古代怀古诗词三百首

中华好诗词主题阅读

王紫微 编著

中国国际广播出版社

序　言

　　怀古诗是以历史人物、历史事件和历史遗迹为创作题材的一类诗歌作品，其特点在于借助历史抒写情怀或发表议论。同"咏史诗"相比，"怀古诗"所涵盖的范围更加宽泛，"咏史诗"的表现对象往往是具象的历史典故，而"怀古诗"的表现对象则可以是抽象的历史时空。因此，我们可以认为，"咏史诗"的概念是包含在"怀古诗"的概念之内的。

　　我国早期的诗歌作品如《诗经》、《楚辞》中，即已具有怀古的成分，然而真正完整的怀古诗，却是在东汉时期由史学家班固首先创作的。班固，字孟坚，扶风安陵（今陕西咸阳东北）人，是中国第一部纪传体断代史《汉书》的作者。班固晚年曾在狱中以西汉时缇萦救父的史实创作《咏史》一诗，一般认为，这就是中国古代第一篇咏史怀古诗。

　　南朝文学批评家钟嵘在《诗品·总论》里以"质木无文"四字点评班固这首《咏史》，意思是说此诗缺乏文采。这固然是针对班固的批评，但也从客观上反映了咏史怀古诗中普遍存在的一个审美特征，即咏史怀古诗与其他门类的诗歌作品相比，主要以内容见长，偏重体现诗歌的思想性，而对诗歌的形式和艺术性则较少强调。

　　本书除怀古诗之外，还选录了一些怀古词。怀古词是对怀古诗的发展，将怀古诗、词并录，可有助于读者更清晰地了解怀古文学的全貌。

　　怀古诗诞生于史学家班固之手，其发展与兴盛亦与史学有着密切联

系。本书共选录历代怀古诗词300首，其中汉魏晋14首，南北朝11首，唐109首（初盛唐26首、中晚唐83首），宋71首，金1首，元14首，明18首，清62首。在魏晋南北朝时期，怀古诗的创作在《史记》、《汉书》之学的影响下渐成规模，其后，怀古诗的发展又形成三个明显的高峰：中晚唐、宋代和清代。

中晚唐文人经过"安史之乱"，阅历的积淀和世风的转换使他们由盛唐时期纯粹的文辞之士逐渐蜕变为知识型、学者型的文人。以史为鉴、经世致用的史学精神在中晚唐形成风气，影响了大量怀古诗的创作。

宋代秉承中晚唐士风余绪，而更加发扬光大。宋代是中国史学的鼎盛期，随着印刷的普及、书籍的增多、科举的完备，宋代的社会文化空前繁荣，为史学发展提供了深厚的土壤。宋代官方编修了《新唐书》等重要的前代史，同时又创造了以《资治通鉴》为代表的编年体通史，此外，私家史学著述亦兴盛起来。在史学背景的促进下，宋代出现了众多以学问和议论为诗的怀古诗，更加突出了怀古诗的思想性。

清代文人由于朝廷文字狱的禁锢，未敢言当朝现实，只得潜心研究历史和学术，形成以考据见长的史学风气。清代的史学名著，如赵翼《廿二史札记》、钱大昕《二十二史考异》、王鸣盛《十七史商榷》等，皆为考辨史实的研究性著述。在这种史学风气的影响下，清代怀古诗更加注重实事求是、还原历史，表现出扎实的学力和朴素的气质。

怀古诗的兴盛虽源于史学，但它毕竟是文学作品，具有内容与形式统一、思想性与艺术性兼顾的审美追求。历史上优秀的怀古诗都达到了相当的文学成就，值得今人学习、借鉴。

魏晋时期，左思以《汉书》等为文献依据，创作《咏史》八首组诗，堪称我国诗歌史上第一位怀古诗名家。《咏史》八首改变了班固《咏史》"质木无文"的缺点，将咏史与咏怀完美地结合起来，借古讽今，针砭时弊，创造了被后世称为"左思风力"的艺术特色。

唐代以前，怀古诗的创作多以史书、文献中的典故为吟咏对象；唐代以后，怀古诗的创作形式更加多样，其吟咏对象不仅来自书本，更来自诗人的游历。漫游山水、凭吊历史遗迹成为怀古诗写作的重要形式。这一变化给怀古诗带来了寓情于景、情景交融的写作手法，丰富了传统怀古诗的结构和表达。

唐代很多著名诗人都曾涉足怀古诗的创作，而尤以杜甫、刘禹锡、杜牧、李商隐等诗人文学成就最为突出。杜甫和刘禹锡从咏怀古迹的角度，既在景物描写中赋予浓厚的历史感，又在历史叙事中穿插眼前景物，使得古今交错，令人回味无穷，为提高怀古诗的艺术性做出了重大贡献。而杜牧和李商隐则在语言的锻炼和诗意的翻新上尤见功力，深刻地影响了宋代怀古诗的创作。

宋代著名政治家兼文学家王安石也是创作怀古诗的高手。其人精通历史，博学深思，往往能做翻案文章，言他人所不能言，议论新颖，见解不凡，给人别开生面、醍醐灌顶的审美感受。除此之外，怀古词在宋代也逐渐发展起来，出现了苏轼、辛弃疾等怀古词创作名家。

清代怀古诗作者大量涌现，然而创作手法主要继承唐宋，巩固了怀古诗基本的文学特征，即用典、议论、抒情三者熔于一炉的艺术表达。这三个要素概括了怀古诗创作的原则，也是我们今天判定怀古诗的重要依据。

作为一种独特的诗歌门类，怀古诗的思想性较其艺术性更加受到读者的关注。《战国策·赵策》载张孟谈语云："前事之不忘，后事之师。"《旧唐书·魏徵传》载唐太宗语云："夫以铜为镜，可以正衣冠；以古为镜，可以知兴替；以人为镜，可以明得失。"可见历史的经验和教训对于后人相当重要。怀古诗的存在价值正如同史书、文献，在叙述和评价史事的过程中提炼古人的经验教训，为今人的生存提供有利的参考。

从对待历史的态度来看，本书选录的历代怀古诗词大致可以分为三类。第一类是歌颂历史人物或历史事件，如歌颂荆轲、项羽、岳飞等前辈英雄，激励后人以之为行动的榜样。第二类是批判历史，如讽刺秦始皇、南朝皇帝、唐玄宗、南宋君臣等，告诫后人不可重蹈前代败亡之覆辙。第三类则是同情历史，即不做明确的褒贬判断，仅从时空变迁、物

是人非的角度哀悼岁月的流逝。

  这三类怀古诗在今天都存在一定借鉴意义，但怀古诗对于今人最大的启示，更在于诗人们活跃的思维与独立的精神。正是由于诗人们不满足于接受世俗定论，不断对历史进行反复思考，才创造出大量闪耀着思想光芒的怀古诗作品。因此，我们在阅读前人怀古诗的时候，也应该发扬独立思考的精神，有必要对诗中的道德评判进行重新审视，尽量做到客观、公正地看待历史。

王紫微

2013.11

目　录

目 录

目 录

目　录

目 录

目 录

目 录

目 录

目 录

目 录

目 录

目　录

咏 史

东汉·班固

三王德弥薄^①，惟后用肉刑^②。

太仓令有罪^③，就递长安城^④。

自恨身无子，困急独茕茕^⑤。

小女痛父言，死者不可生^⑥。

上书诣阙下，思古歌《鸡鸣》^⑦。

忧心摧折裂，《晨风》扬激声。

圣汉孝文帝，恻然感至情。

百男何愦愦^⑧，不如一缇萦！

【题 解】

东汉永元元年（89），大将军窦宪伐匈奴，征班固为中护军。后窦宪败，班固坐免官，又因为诸子不尊法度、得罪洛阳令种兢而被捕，于永元四年（92）卒于狱中。这首诗大约是班固晚年在狱中所作，诗人借用西汉文帝时缇萦上书的事迹，表达了对诸子不肖使自己受到牵累的哀伤与无奈，同时也流露出能够因圣主明君发动恻隐之心而获得宽宥的微茫期许。此诗语言质朴、叙事凝练，堪称中国古代咏史诗的首创之作。

【注 释】

① 三王：指夏商周三代圣王：禹、汤、文王。

② 肉刑：古代残害人身的肉体刑罚。

③ 事见《史记·孝文本纪》："齐太仓令淳于公有罪当刑，诏狱逮徙系长安。太仓公无男，有女五人。太仓公将行会逮，骂其女曰：生子不生男，有缓急非有益也！其少女缇萦自伤泣，乃随其父至长安，

上书曰：妾父为吏，齐中皆称其廉平，今坐法当刑。妾伤夫死者不可复生，刑者不可复属。虽复欲改过自新，其道无由也。妾原没入为官婢，赎父刑罪，使得自新。书奏天子，天子怜悲其意，乃下诏曰：盖闻有虞氏之时，画衣冠异章服以为僇，而民不犯。何则？至治也。今法有肉刑三，而奸不止，其咎安在？非乃朕德薄而教不明欤？吾甚自愧。故夫驯道不纯而愚民陷焉。诗曰：恺悌君子，民之父母。今人有过，教未施而刑加焉？或欲改行为善而道毋由也。朕甚怜之。夫刑至断支体，刻肌肤，终身不息，何其楚痛而不德也，岂称为民父母之意哉！其除肉刑。"

④ 就递：押解。

⑤ 茕茕：孤独无依。

⑥ 事见缇萦上书："妾伤夫死者不可复生，刑者不可复属。"

⑦ 《鸡鸣》：据《文选注》引刘向《列女传》，缇萦上书时曾歌《鸡鸣》、《晨风》之诗。《鸡鸣》为《诗经·齐风》之诗；《晨风》为《诗经·秦风》之诗。

⑧ 愦愦：昏愦、糊涂。

咏史诗

东汉·王粲

自古无殉死^①，达人共所知。
秦穆杀三良^②，惜哉空尔为^③！
结发事明君^④，受恩良不訾^⑤。
临殁要之死，焉得不相随？
妻子当门泣，兄弟哭路垂。
临穴呼苍天，涕下如绠縻^⑥！
人生各有志，终不为此移。

同知埋身剧^⑦，心亦有所施^⑧。

生为百夫雄，死为壮士规。

《黄鸟》作悲诗，至今声不亏。

【题解】

这首诗大约作于东汉建安十六年（211）冬，当时王粲跟随曹操西征回归长安，途经凤翔三良冢，有感而发。此诗继承了《诗经·秦风·黄鸟》对春秋时期秦穆公以三位臣子殉葬之事的刺讥，同时加强了情境渲染与批判力度，表现出慷慨悲壮的建安风骨。诗人在谴责历史上的殉葬制度之余，还通过三良的故事对明君、忠臣等概念做出了新的思考：秦穆公虽然霸业有成，却因不能爱惜臣民而不足以称为明君；三良虽然忠心可鉴，却因不能使自身生得其遇、死得其所而不足以称为智者。对明君的呼唤、对知遇的渴求、对生命的怜悯，正是身处乱世的建安诗人们最强烈的心声。

【注释】

① 殉死：殉葬。杜预《春秋左传注》："以人从葬为殉。"

② 事见《左传·文公六年》："秦伯任好卒，以子车氏三子奄息、仲行、针虎为殉，皆秦之良也，国人哀之，为之赋《黄鸟》。"毛苌《诗传》曰："三良，三善臣。"

③ 空尔为：徒劳无用。

④ 结发：束发。古代男子成童束发，喻指年轻时。

⑤ 不訾：无法计量。

⑥ 绠縻：绳索。

⑦ 剧：严重。

⑧ 施：施行。

【名句】

生为百夫雄，死为壮士规。

三良诗

三国魏·曹植

功名不可为^①，忠义我所安。
秦穆先下世，三臣皆自残^②。
生时等荣乐，既没同忧患。
谁言捐躯易？杀身诚独难。
揽涕登君墓，临穴仰天叹。
长夜何冥冥^③，一往不复还。
黄鸟为悲鸣，哀哉伤肺肝！

【题解】

　　这首诗从题材来看应当与王粲诗作于同时同地。但与王粲诗相比，曹植这首诗更偏重于对三良忠义的歌颂，而淡化了对秦穆公残暴的批判。在王粲诗中，三良的殉葬是被迫的；而在曹植诗中，他们的死则带有自愿的倾向。这种差别的产生，一方面是由于曹植当时涉世未深，对君臣关系的理解带有理想化的成分；另一方面，作为曹魏宗室的曹植更侧重于站在统治者的立场上看待这件史事，因此他的三良诗不及王粲诗哀痛深切。

【注 释】

　　① 不可为：不由己。
　　② 自残：自杀。
　　③ 冥冥：昏暗。

咏史 八首

西晋·左思

其 一

　　弱冠弄柔翰①，卓荦观群书②。
　　着论准《过秦》③，作赋拟《子虚》④。
　　边城苦鸣镝⑤，羽檄飞京都⑥。
　　虽非甲胄士，畴昔览《穰苴》⑦。
　　长啸激清风，志若无东吴。
　　铅刀贵一割⑧，梦想骋良图。
　　左眄澄江湘⑨，右盼定羌胡⑩。
　　功成不受爵，长揖归田庐。

【题 解】

　　左思《咏史》是中国古代诗歌史上最负盛名的咏史组诗，共有八首，其情思深远、气象恢弘，堪称千古绝唱。在这组咏史诗里，诗人吊古抒怀，借他人酒杯浇自己胸中块垒，表现出魏晋时期文学自觉的主体意识与艺术追求。此诗为《咏史》之第一首，大约写于晋武帝咸宁五年（279）前后，其时朝廷下令讨伐东吴与鲜卑，正是将帅立功、国士用命的大好机会。因此，左思在这首诗里也表达了自己欲效力朝廷而功成身退的非凡抱负，先以英雄梦想起首，又以归隐情怀收束，清高风骨在人生价值的取舍中展现无余。

【注释】

① 弱冠：二十岁。《礼记》："人生二十曰弱冠。"柔翰：毛笔。

② 卓荦：超群。

③ 准《过秦》：达到西汉贾谊《过秦论》的水准。

④ 拟《子虚》：堪与西汉司马相如《子虚赋》相比。

⑤ 鸣镝：响箭。

⑥ 羽檄：征调军队的文书。

⑦ 畴昔：往昔，从前。《穰苴》：春秋时期齐国著名军事家司马穰苴的兵法。

⑧《东观汉记》："班超上疏曰：臣乘圣汉神威，冀效铅刀一割之用。"此为自谦之语，虽不锋利的铅刀也可割断东西，虽才能微薄的人也可为国效力。

⑨ 眄：看、视。澄江湘：指平定东吴。

⑩ 定羌胡：指平定戎狄。

其 二

郁郁涧底松^①，离离山上苗^②。

以彼径寸茎，荫此百尺条。

世胄蹑高位^③，英俊沉下僚^④。

地势使之然，由来非一朝。

金张籍旧业^⑤，七叶珥汉貂^⑥。

冯公岂不伟^⑦？白首不见招！

【题 解】

　　这首诗揭示了西晋时期门阀政治压抑人才的社会现实，借古讽今，发人深省。诗在开头部分以《诗经》的比兴手法写出"涧底松"与"山上苗"的不平等地位，继而搜求古事，在对历史的叩问和质疑中抨击世家权贵垄断仕途的不合理制度。在严格区分上品与下品、士族与寒门的中古时代，左思由于出身寒微，又相貌丑陋、拙于言辞，故此虽满腹经纶，却始终无法得到施展抱负的机会。作为门阀制度的受害者，诗人对这些由来已久的政治积弊有着刻骨铭心的感触与哀痛，从这首诗中，我们仿佛能听到他穿越千载的激愤呐喊。

【注 释】

①　郁郁：茂盛的样子。

②　离离：下垂的样子。

③　世胄：世家子弟。蹑：登上。

④　下僚：低等官吏。

⑤　西汉重臣金日磾、张汤的后裔，凭借世家子弟的身份纷纷做上高官。《汉书·张汤传》："功臣之后，唯有金氏、张氏，亲近贵宠，比于外戚。"

⑥　七叶：七代。珥汉貂：官帽上插着貂尾装饰。

⑦　冯公：西汉文帝时的贤人冯唐，虽然能力杰出，却一生未得皇帝重用。《汉纪》："冯唐白首，屈于郎属。"

其 三

吾希段干木①，偃息藩魏君②。

吾慕鲁仲连③，谈笑却秦军④。

当世贵不羁，遭难能解纷。

功成不受赏，高节卓不群。

临组不肯绁⑤，对圭不肯分⑥。

连玺耀庭前⑦，比之犹浮云。

【题 解】

　　这首诗借助于对战国贤人段干木、鲁仲连的歌颂，再度展示了诗人功成身退的人生理想。诗中大部分笔墨都用在对鲁仲连的刻画上，提纲挈领地勾勒出一个潇洒不羁、淡泊出世的文侠形象。从《战国策》等典籍记载中，我们可以看到，像鲁仲连这样的文人辩士在战国时代纵横捭阖，地位十分突出，甚至可能成为历史变革的主导因素，而这正是汉晋以来，寄身于专制体制之下、倍感压抑的文人们最渴望实现的人生价值。作为这个群体的一员，左思终究无法在现实中效仿鲁仲连，于是只好将自己的梦想寄托在这首咏史诗里。

【注 释】

① 希：仰慕。段干木：战国时期魏国贤人，以"不趣俗役，怀君子之道，隐处穷巷，声驰千里之外"（《吕氏春秋·期贤》）深受魏文侯礼遇。

② 偃息：安卧。藩：保卫。据《吕氏春秋·期贤》："秦欲攻魏，而司马康谏曰：段干木贤者，而魏礼之，天下皆闻，无乃不可加兵乎？秦君以为然，乃止。"

③ 鲁仲连：战国时期齐国贤人。《史记·鲁仲连邹阳列传》："鲁仲连好奇伟俶傥之画策，而不肯仕宦任职。"

④ 事见《史记·鲁仲连列传》："赵孝成王时，秦使白起围赵，魏王使将军新垣衍说赵尊秦昭王为帝。鲁连适游赵，谓平原君曰：梁客新垣衍安在？吾请为君责而归之。乃见新垣衍，垣衍起再拜谢曰：吾请出，不敢复言。秦将闻之，为却五十里。秦军引去，平原君欲封鲁连，鲁连辞谢，终不肯受。平原君乃置酒，酒酣起前，以千金遗鲁连，鲁连笑曰：所贵于天下之士者，为人排患、释难、

解纷，而不取也。即有取者，是商贾之事，而连不忍为也。遂辞平原君而去。"

⑤组：系于官印的丝织绶带。绁：系、缚。

⑥圭：古代诸侯所执瑞玉，意喻官爵。

⑦连玺：接连封官受印。

其　四

济济京城内，赫赫王侯居。

冠盖荫四术①，朱轮竟长衢。

朝集金张馆②，暮宿许史庐③。

南邻击钟磬，北里吹笙竽。

寂寂杨子宅④，门无卿相舆。

寥寥空宇中，所讲在玄虚⑤。

言论准宣尼⑥，辞赋拟相如⑦。

悠悠百世后，英名擅八区。

【题 解】

这首诗通过对比西汉时期世家子弟的富贵与学者杨雄的寒素，表达了诗人对历史和社会现实的另一重思考：暂时的显赫地位最终无法与持久的精神财富相比。金张许史之族虽一时兴盛，然而百年之后又有谁惦记他们的存在？而杨雄尽管生前寂寞，死后却以其著作获得人们长久的敬仰。或许是出于这样的思考，左思在功名无望之后也将精力转向文学创作，以十年磨剑之功写成了令洛阳纸贵的《三都赋》。《三都赋》最终使左思在文学史上获得了不次于杨雄的地位，使他也能如愿以偿地"悠悠百世后，英名擅八区"，这样的成就，难道不正得益于与古人的共鸣吗？

【注 释】

① 术：道路。

② 金张：西汉重臣金日磾、张汤家族。

③ 许史：西汉外戚许皇后（元帝母）、史良娣（宣帝祖母）家族。

④ 杨子：西汉著名学者杨雄，擅长辞赋，兼通文史。《汉书·杨雄传》："杨雄《自叙》曰：雄家素贫，嗜酒，人希至其门。"

⑤ 玄虚：道家的玄妙言论。杨雄曾仿《老子》作《太玄》。

⑥ 宣尼：孔子。杨雄曾仿《论语》作《法言》。

⑦ 相如：西汉著名辞赋家司马相如。《汉书·杨雄传》："先是时，蜀有司马相如，作赋甚弘丽温雅。雄心壮之，每作赋，常拟以为式。"

其　五

皓天舒白日，灵景耀神州①。

列宅紫宫里②，飞宇若云浮③。

峨峨高门内，蔼蔼皆王侯④。

自非攀龙客⑤，何为欻来游⑥？

被褐出阊阖⑦，高步追许由⑧。

振衣千仞岗，濯足万里流。

【题 解】

这首诗是左思《咏史》八首中最为后世称道的一首，其中"振衣千仞岗，濯足万里流"一句，气势清刚，骨力雄健，被清代诗评家沈德潜誉为"俯视千古"的名句。从思想内容上看，此诗依然反映出诗人对西晋门阀政治的愤慨与无奈，但这时的左思似乎渐渐放弃了建功立业的欲望，而趋向于隐居遁世的虚无哲学。诗中歌颂的历史人物不再是段干木、鲁仲连、杨子云，而是逃避政治、一心修道的许由。这个转变，透露出诗人思想中出世的一面，同时也体现了魏晋时期儒、道哲学交融共存的实际情况。

【注 释】

① 灵景：日光。

② 紫宫：古代天文中的紫微垣，喻指皇宫。

③ 飞宇：上翘的屋檐。

④ 蔼蔼：众多。《广雅》："蔼蔼，盛也。"

⑤ 攀龙客：指攀附权贵之人。

⑥ 欻：忽然。

⑦ 被褐：身着粗布短衣，喻指贫贱。阊阖：洛阳城阊阖门。

⑧ 许由：尧帝时代一位拒绝名利的高士。西晋皇甫谧《高士传》："许由，字武仲，阳城槐里人，修道冲虚，学于啮缺。许由为尧所让，由是退隐遁，耕于中岳下。"

【名 句】

振衣千仞岗，濯足万里流。

其 六

荆轲饮燕市^①，酒酣气益震。

哀歌和渐离，谓若傍无人。

虽无壮士节，与世亦殊伦。

高眄邈四海^②，豪右何足陈^③？

贵者虽自贵，视之若埃尘。

贱者虽自贱，重之若千钧。

【题 解】

荆轲是战国时期的著名侠客，个性不羁，胆量惊人，其奉燕太子丹之命刺杀秦王的英雄故事在中国历史上脍炙人口、妇孺皆知。这首诗通

过对荆轲事迹的吟咏，表达了诗人对勇气与节操的仰慕以及对个体生命价值的深入思考。荆轲曾言，人死或重于泰山、或轻于鸿毛。这句话后来被史学家司马迁所继承。而司马迁之后，左思又用"贵者虽自贵，视之若埃尘。贱者虽自贱，重之若千钧"的诗句再次诠释了人生的终极意义，可谓与荆轲、司马迁殊途同归。

【注 释】

① 事见《史记·刺客列传》："荆轲之燕，与屠狗及高渐离饮于燕市，酒酣以往，高渐离击筑，荆轲和而歌于市中，相乐也，已而相泣，旁若无人。"

② 眄：视，看。邈：轻视。

③ 豪右：豪门大族。

其 七

主父宦不达^①，骨肉还相薄。
买臣困采樵^②，伉俪不安宅。
陈平无产业^③，归来翳负郭。
长卿还成都^④，壁立何寥廓。
四贤岂不伟？遗烈光篇籍。
当其未遇时，忧在填沟壑^⑤。
英雄有屯邅^⑥，由来自古昔。
何世无奇才？遗之在草泽。

【题 解】

这首诗一连提及主父偃、朱买臣、陈平、司马相如四位西汉人物，以他们成名之前的贫贱经历为实证，意在说明"英雄有屯邅，由来自古

昔"的道理。但是，以上这四位历史人物毕竟是幸运的，他们虽然曾经处境艰难，最终还是生逢机遇，实现了自己的抱负。相比之下，左思的境遇便远不如古人，此诗最后一句"何世无奇才？遗之在草泽"的自问自答，正是诗人对西晋门阀政治微言讥刺。

【注释】

① 西汉名臣主父偃在仕途不顺利的时候曾经被骨肉至亲鄙薄。《史记·主父偃列传》："主父偃曰：臣结发游学四十年，身不得遂，亲不以为子，昆弟不收。"

② 西汉官员朱买臣出仕前以打柴为生，其妻因不耐贫困而改嫁。《汉书·朱买臣传》："朱买臣家贫，常刈薪樵，卖以给食。担束薪，行且诵书。妻亦负戴相随，数止买臣毋歌讴道中，买臣愈益疾歌，妻羞之，求去。买臣笑曰：我年五十当富贵也，今已四十余矣。汝苦日久，待我富贵，报汝功。妻恚怒曰：如公等终饿死沟中耳，能何富贵？买臣不能留，即听去。"

③ 汉初功臣陈平早年家贫，宿于背向城郭的陋巷，以席为门。《汉书·陈平传》："陈平家贫，好读书，负郭穷巷，以席为门，然门外多长者车辙。"

④ 西汉辞赋名家司马相如自成都游临邛，娶卓文君，回到成都，家徒四壁。《史记·司马相如列传》："卓文君奔司马相如，相与驰归成都，居徒四壁立。"

⑤ 填沟壑：喻指死亡。

⑥ 屯邅：处境艰难。

其 八

习习笼中鸟^①，举翮触四隅。
落落穷巷士，抱影守空庐。
出门无通路，枳棘塞中途^②。

计策弃不收，块若枯池鱼③。

外望无寸禄，内顾无斗储。

亲戚还相蔑，朋友日夜疏。

苏秦北游说④，李斯西上书⑤。

俯仰生荣华，咄嗟复雕枯。

饮河期满腹⑥，贵足不愿余。

巢林栖一枝，可为达士模。

【题 解】

在这一首咏史兼咏怀的作品里，左思除了再次表达愤世嫉俗的情绪之外，更将道家出世无为的精神特意标榜，在对现实社会感到悲观失望之后，转而倾心于知足自安的老庄哲学。在诗中，他开始质疑功名的可靠性，苏秦与李斯虽然封侯拜相、显赫一时，但世事无常，转瞬之间，他们竟又死于非命，实在令人嗟叹。于是不如远离名利、放任旷达，虽无富贵可享，却有闲适之乐。这是《咏史》八首最终的思想落脚点，也是诗人与现实达成妥协的唯一出路。

【注 释】

① 习习：屡次展翅欲飞的样子。《说文解字》："习习，数飞也。"
② 枳棘：带刺的植物。
③ 块：独处貌。
④ 事见《史记·苏秦列传》："（苏秦）乃东之赵，遂说六国，苏秦为从约长，并相六国。后去之燕，阳为得罪于燕而亡，自燕之齐，齐宣王以为客卿。后齐大夫多与苏秦争宠者，而使人刺苏秦。"
⑤ 事见《史记·李斯列传》："李斯西入秦，说秦王，后秦王以斯为客卿。……始皇以斯为丞相，二世下斯吏，斯就五刑。"
⑥ 据《庄子·逍遥游》："鹪鹩巢林，不过一枝。偃鼠饮河，不过满腹。"

咏 史

西晋·张协

昔在西京时^①，朝野多欢娱。
蔼蔼东都门，群公祖二疏^②。
朱轩曜金城，供帐临长衢^③。
达人知止足。遗荣忽如无。
抽簪解朝衣^④，散发归海隅。
行人为陨涕，贤哉此丈夫！
挥金乐当年，岁暮不留储。
顾谓四坐宾，多财为累愚^⑤。
清风激万代，名与天壤俱。
咄此蝉冕客^⑥，君绅宜见书^⑦。

【题解】

　　这首诗叙述了西汉贤士疏广、疏受辞官归隐的事迹，表达了诗人不慕荣华、消散淡泊的精神追求。据史书记载，张协本人就是一位无意仕途、以吟咏为乐的诗人，其生活观念恰好与二疏相通，并且最终他也和二疏一样走上了挂冠归隐、终老于家的道路，可见这首咏史诗之所以选择二疏为主角，其用意是相当深远的。另外，通过这首诗和以上左思的《咏史》八首多取材于《汉书》的特点，我们也可以看出西晋时期《汉书》学的发达，以及史书与咏史诗创作的互动关系。

【注 释】

　　① 西京：西汉都城长安。
　　② 祖：为设送行之祭祀。二疏：西汉名臣疏广、疏受叔侄。都博通经史，

汉宣帝时，任太子太傅、太子少傅，被称为贤大夫，后称病还乡，将皇帝和太子所赐黄金散赠乡里贫寒之家。

③ 供帐：备办物品之处。

④ 此句意指取下官帽脱下官服。

⑤ 累愚：愚者之累。

⑥ 咄：告诫。蝉冕客：戴貂蝉官帽者，泛指高官。

⑦ 绅：士大夫的衣带。

览 古

西晋·卢谌

赵氏有和璧①，天下无不传。

秦人来求市，厥价徒空言。

与之将见卖，不与恐致患。

简才备行李②，图令国命全。

蔺生在下位，缪子称其贤。

奉辞驰出境，伏轼迳入关③。

秦王御殿坐，赵使拥节前④。

挥袂睨金柱⑤，身玉要俱捐。

连城既伪往，荆玉亦真还。

爰在渑池会⑥，二主克交欢。

昭襄欲负力⑦，相如折其端。

眦血下沾衿，怒发上冲冠。

西缶终双击，东瑟不只弹。

舍生岂不易，处死诚独难。

棱威章台颠，强御亦不干。

屈节邯郸中^⑧，俯首忍回轩。
廉公何为者？负荆谢厥愆^⑨。
智勇盖当代，弛张使我叹^⑩。

【题解】

　　这首诗一连叙述了完璧归赵、渑池会、负荆请罪三个历史事件，全方位描绘出战国英雄蔺相如的智勇无双。诗人以五言韵律的铿锵节奏，浓缩《史记·廉颇蔺相如列传》洋洋千言于一诗，精炼地再现了吟咏对象传奇的一生，可谓古代叙事诗之典范。从这首诗里，我们可以看出诗人对智慧和勇气的呼唤，这正是西晋末年战乱频仍中士人们最普遍和最真实的心声。

【注释】

　　① 出自完璧归赵的故事，见《史记·廉颇蔺相如列传》。
　　② 简：拣选。《尔雅》："简，择也。"
　　③ 轼：车厢前面供人依凭的横木。
　　④ 节：符节，古代出使凭证。
　　⑤ 袂：衣袖。睨：看、视。
　　⑥ 爰：于是。渑池会的故事，见《史记·廉颇蔺相如列传》。
　　⑦ 负：恃、倚仗。
　　⑧ 此句谓负荆请罪的故事，见《史记·廉颇蔺相如列传》。
　　⑨ 愆：罪过。
　　⑩ 弛张：指蔺相如有勇有谋、应对从容。《礼记》："一张一弛，文
　　　　武之道也。"

咏荆轲

东晋·陶渊明

燕丹善养士^①，志在报强嬴^②。

招集百夫良，岁暮得荆卿^③。

君子死知己，提剑出燕京。

素骥鸣广陌，慷慨送我行。

雄发指危冠，猛气冲长缨。

饮饯易水上，四座列群英。

渐离击悲筑^④，宋意唱高声^⑤。

萧萧哀风逝，淡淡寒波生。

商音更流涕^⑥，羽奏壮士惊。

心知去不归，且有后世名。

登车何时顾，飞盖入秦庭^⑦。

凌厉越万里，逶迤过千城。

图穷事自至，豪主正怔营^⑧。

惜哉剑术疏，奇功遂不成。

其人虽已没，千载有余情。

【题 解】

这首诗取材于著名的荆轲刺秦王的故事，但剪裁有度，重点截取荆轲临行前的慷慨悲歌、义无反顾，使得故事主题更加突出。诗人将叙事与抒情紧密结合在一起，将荆轲舍生重义、豪迈任侠的英雄气概通过哀风寒波、商音羽奏、凌厉万里、逶迤千城等自然风物的微妙变化情景交融、淋漓尽致地呈现出来，创造出波澜壮阔、深切感人的艺术效果。从这首诗中，我们可以感受到田园诗人陶渊明"猛志常在"的另一面。

【注释】

① 燕丹：战国末期燕王喜之子太子丹。养士：战国时代诸侯贵族有豢养门客的风尚。

② 强嬴：强秦。秦王姓嬴。

③ 荆卿：即荆轲。荆轲刺秦王的故事，见《史记·刺客列传》。

④ 渐离：荆轲好友高渐离，燕国人，善击筑。

⑤ 宋意：燕国人，善歌。

⑥ 商音：五音之一。五音为宫、商、角、徵、羽。

⑦ 盖：车盖。

⑧ 怔营：惶恐不安的样子。

张子房诗

南朝宋·谢瞻

王风哀以思，周道荡无章。

卜洛易隆替^①，兴乱罔不亡。

力政吞九鼎^②，苟慝暴三殇^③。

息肩缠民思^④，灵鉴集朱光。

伊人感代工^⑤，聿来扶兴王。

婉婉幕中画，辉辉天业昌。

鸿门消薄蚀^⑥，垓下殒搀抢^⑦。

爵仇建萧宰^⑧，定都护储皇^⑨。

肇允契幽叟^⑩，翻飞指帝乡^⑪。

惠心奋千祀，清埃播无疆。

神武睦三正^⑫，裁成被八荒。

明两烛河阴^⑬，庆霄薄汾阳^⑭。

銮旂历颓寝^⑮，饰像荐嘉尝^⑯。

圣心岂徒甄，惟德在无忘。

逝者如可作，揆子慕周行。

济济属车士，粲粲翰墨场。

瞽夫违盛观^⑰，竦踊企一方^⑱。

四达虽平直，蹇步愧无良。

飡和忘微远^⑲，延首咏太康^⑳。

【题 解】

这首诗作于东晋义熙十三年（417）正月。其时姚泓作乱关中，刘裕以舟师进讨，谢瞻随行。大军中途在项城休整时，刘裕游张良庙，命僚佐赋诗，其中谢瞻所作的这一首被誉为当时之冠。此诗语言典雅，用意深婉，既追慕汉初张良的智勇功勋，又歌颂当朝刘裕的英明神武，虽有阿谀之嫌，又过于藻绘用事，但其能够以精炼的文字勾勒出古今兴亡大势，并赋予深刻思考，亦不失为一首优秀的政论诗。

【注 释】

① 卜洛：周公占卜决定经营洛邑。

② 指秦取周九鼎宝器，夺得天下。

③ 事见《礼记·檀弓》："孔子过泰山侧，有妇人哭于墓者而哀。夫子式而听之，使子路问之，曰：子之哭也，壹似重有忧者。而曰：然。昔者吾舅死于虎，吾夫又死焉，今吾子又死焉。夫子问：何为不去也？曰：无苛政。夫子曰：小子识之，苛政猛于虎也。"

④ 息肩：休息肩膀。

⑤ 伊人：指张良。代工：天工其人代之。

⑥ 鸿门：鸿门宴的故事，项羽和范增在鸿门设宴，欲置刘邦于死地，张良用自己的智慧使其化险为夷。详见《史记·项羽本纪》。薄蚀：

不在晦朔出现的日食，喻指项羽。

⑦ 垓下：垓下之战，刘邦战胜项羽的决战。攙抢：彗星，喻指项羽。

⑧ 爵仇：劝封雍齿。雍齿与刘邦有仇。建萧宰：劝立萧何为相国。

⑨ 定都：劝定都长安。护储皇：保护太子刘盈的储君之位，事见《史记·高祖本纪》及《吕太后本纪》。

⑩ 肇：始。允：信。契幽叟：指张良受《太公兵法》一事，见《史记·留侯世家》。

⑪ 指张良晚年愿弃人间事，从游赤松子，学道飞升。

⑫ 神武：指刘裕。睦：和。三正：天、地、人。

⑬ 明两：喻指刘裕。河阴：帝尧所居。

⑭ 庆霄：喻指刘裕。汾阳：帝舜所居。

⑮ 銮斿：銮旗。

⑯ 尝：秋天举行的大祭。

⑰ 瞽夫：盲人，诗人自称。

⑱ 企：踮起脚。

⑲ 飡和：圣人饮人以和，喻指天下和顺。微远：诗人自称。

⑳ 太康：升平之世。

五君咏

南朝宋·颜延之

阮步兵

阮公虽沦迹①，识密鉴亦洞。
沈醉似埋照②，寓辞类托讽③。
长啸若怀人，越礼自惊众④。
物故不可论⑤，途穷能无恸⑥？

【题 解】

　　《五君咏》作于宋文帝元嘉年间，当时颜延之领步兵，好酒疏诞，刘湛言于彭城王刘义康，出其为永嘉太守，颜延之甚怨愤，乃作《五君咏》，分别吟咏魏晋时期"竹林七贤"中的阮籍、嵇康、刘伶、阮咸、向秀。这首诗是组诗的第一首，吟咏对象是七贤之中的领衔人物阮籍。阮籍曾任步兵校尉，故称阮步兵。作为身处魏晋之交的名士，阮籍等人的命运往往和曹氏与司马氏集团的政治斗争联系在一起，动辄得咎、朝不保夕，因此不得不常常以酒自欺、以醉免祸，然而在清醒的内心里，阮籍又对现实怀有深沉的悲观，本诗所呈现的就是这种介于醉与醒之间的矛盾状态。

【注 释】

　　① 沦迹：隐藏形迹。
　　② 埋照：韬光养晦。
　　③ 指阮籍作《咏怀》八十二首，在创作中寄托自己的思想。
　　④ 越礼：阮籍常常无视礼法，做出惊人之举。
　　⑤ 物故：世事。
　　⑥ 指阮籍穷途恸哭之事。《三国志》注引《魏氏春秋》曰："籍时率意独驾，不由径路，车迹所穷，辄恸哭而还。"

嵇中散

中散不偶世^①，本自餐霞人^②。
形解验默仙^③，吐论知凝神^④。
立俗迕流议^⑤，寻山洽隐沦^⑥。
鸾翮有时铩^⑦，龙性谁能驯？

【题解】

　　"竹林七贤"是南朝人极为欣赏和推崇的历史题材，在诗歌和绘画中都很常见。七贤之中尤以嵇康个性鲜明、最具风采，因此也最为南朝人所喜爱。嵇康官拜中散大夫，故后世称其为嵇中散。在此诗中，颜延之突出地描写了嵇康不合流俗的孤傲性格、养生山林的清高志趣，甚至将嵇康比喻成人中之龙，仰慕之情，溢于言表。根据历史记载，嵇康最终被司马氏所害，但在颜延之这首诗里，他却在诗人的浪漫想象中得以永生。

【注 释】

　　① 偶世：与世俗相合。
　　② 餐霞：服食日光流霞，道家的一种修炼方式。
　　③ 形解：尸解，道家认为修道者死后灵魂可以脱离形体羽化飞升。
　　　　默仙：默然成仙。
　　④ 吐论：发表言论，指嵇康所著《养生论》。
　　⑤ 迕流议：违反世俗见解。
　　⑥ 洽隐沦：与隐逸之士和谐相处。
　　⑦ 鸾翮：凤凰的羽毛。铩：伤残。

刘参军

刘灵善闭关，怀情灭闻见①。
　鼓锺不足欢，荣色岂能眩？
韬精日沈饮②，谁知非荒宴？
颂酒虽短章③，深衷自此见。

【题解】

　　刘灵，又作刘伶，官拜建威参军，在"竹林七贤"中以嗜酒闻名。

他的嗜酒与阮籍一样，也是对当时险恶政治的一种回避，因此任诞狂放的背后，实际上却隐藏着痛苦和悲观。颜延之这首诗正是从这个角度揭示刘伶的韬晦与深衷，传达出传统士人对于政治变局的忧惧与无奈，结合颜延之本人的生平经历与《五君咏》的创作背景，我们就更能够明显地体会到其中的深意。

【注释】

① 灭闻见：言道德内充，情欲俱闭，既无外累，故闻见皆灭。
② 韬精：韬晦精神。
③ 颂酒：指刘伶曾作《酒德颂》。

阮始平

仲容青云器①，实禀生民秀。
达音何用深？识微在金奏②。
郭弈已心醉③，山公非虚觏④。
屡荐不入官⑤，一麾乃出守⑥。

【题解】

这首诗的吟咏对象是"竹林七贤"中的阮咸。阮咸是阮籍的侄子，字仲容，官至始平太守，精通音乐，善于弹奏。颜延之此诗既抓住了阮咸深识音律的特点，先借用几个历史典故精确地勾勒出其人飘逸不群的天资禀赋，令读者仰慕神往，继而结尾处笔锋一转，又写出阮咸受到朝廷排挤的不幸遭际，两相对比，诗人对贤士怀才不遇的同情溢于言表。

【注释】

① 青云：比喻高远。

② 指阮咸善识钟律，能够分辨音乐的好坏。事见傅畅《晋诸公赞》："中护军长史阮咸唱议，荀勖所造乐，声高则悲，亡国之音哀以思，今声不合雅，惧非德政中和之善，必古今长短之所致。后掘地得古铜尺，岁久欲腐坏，以此尺度于勖，今尺短四分，时人明咸为解。"

③ 事见《名士传》："阮咸哀乐至到，过绝于人，太原郭弈见之心醉，不觉叹服。"

④ "竹林七贤"之一的山涛曾作《启事》评价阮咸："咸若在官之职，必妙绝于时。"觏：见识。

⑤ 事见曹嘉之《晋纪》："山涛举咸为吏部郎，三上，武帝不能用也。"

⑥ 指阮咸为荀勖所指挥，出为始平太守。《晋诸公赞》曰："勖性自矜，因事左迁咸为始平太守。"麾：指挥。

向常侍

向秀甘淡薄，深心托豪素①。
探道好渊玄，观书鄙章句②。
交吕既鸿轩③，攀嵇亦凤举④。
流连河里游⑤，恻怆山阳赋⑥。

【题 解】

这首诗的吟咏对象是嵇康的好友向秀，官拜常侍。"竹林七贤"之中，向秀始终追随嵇康，直到嵇康为司马氏所害，向秀虽满心愤懑，然苦不能言，只好作《思旧赋》，在字里行间含蓄地表达对好友的哀思。因此颜延之此诗主要描述了向秀与嵇康的深厚友谊，并通过引用《思旧赋》中的文句，将向秀对嵇康的悼念表现得真切感人。

【注释】

① 豪：通毫，毛笔。素：缣帛，书写工具。

② 指向秀注《庄子》，耻为寻章摘句，而精通大义。《世说新语》曰："初，注《庄子》者数十家，莫能究其指要。向秀于旧注外为解义，妙析奇致，大畅玄风。"

③ 吕：指与嵇康共同的朋友吕安。鸿：天鹅。轩：飞貌。

④ 嵇：指嵇康。《向秀别传》曰："秀常与嵇康偶锻于洛邑，与吕子灌园于山阳，收其余利以供酒食之费。"

⑤ 河里：河内。《魏氏春秋》曰："康寓居河内之山阳，与河内向秀相友善，游于竹林。"

⑥ 嵇康死后，向秀作《思旧赋》怀念之，其中有句云："济黄河以泛舟，经山阳之旧居。"

咏 史

南朝宋·鲍照

五都矜财雄 ①，三川养声利 ②。

百金不市死 ③，明经有高位 ④。

京城十二衢，飞甍各鳞次 ⑤。

仕子彯华缨 ⑥，游客竦轻辔 ⑦。

明星晨未稀，轩盖已云至。

宾御纷飒沓 ⑧，鞍马光照地。

寒暑在一时，繁华及春媚。

君平独寂漠 ⑨，身世两相弃。

【题 解】

　　鲍照此诗借古讽今，极言西汉盛世官宦之贵、豪门之富，继而清醒地指出"寒暑在一时，繁华及春媚"——世俗荣华即来即去、转瞬即逝，岂可贪恋？不如效法高士严君平，隐居治学，惠及后人。这虽然表面是写西汉故事，然而实际上却也隐喻了对东晋南朝门阀政治的批判。作为寒族诗人的代表，鲍照在这首诗中所传达的思想内容与前辈左思的《咏史》八首可谓息息相通。此诗结尾"君平独寂漠"一语，既是对古人的赞美，也是诗人自托身世的写照。

【注 释】

①　五都：西汉时以洛阳、邯郸、临淄、宛、成都为五都。

②　三川：秦郡名，今河南省荥阳县西南，其地有河、洛、伊三水，故称三川。养声利：追求名利。

③　不市死：古代斩刑在市中行刑，故名市死。《史记·越王勾践世家》："千金之子，不死于市。"

④　明经：精通经学。

⑤　飞甍：高耸的屋脊。

⑥　仕子：做官之人。髟：摆动的样子。缨：彩线制成的帽带。

⑦　竦：执。辔：辔头。

⑧　宾御：宾客和侍者。飒沓：众多的样子。

⑨　君平：严君平，名遵，蜀郡成都人，西汉著名道家学者。不慕荣华，隐居于成都市中，以卜筮为业。事迹散见于《汉书》、《汉纪》等。

咏霍将军北伐

南朝梁·虞羲

拥旄为汉将①，汗马出长城。

长城地势险，万里与云平。

凉秋八九月，虏骑入幽并②。

飞狐白日晚③，瀚海愁云生④。

羽书时断绝，刁斗昼夜惊⑤。

乘墉挥宝剑⑥，蔽日吊高旝⑦。

云屯七萃士⑧，鱼丽六郡兵⑨。

胡笳关下思⑩，羌笛陇头鸣⑪。

骨都先自詟⑫，日逐次亡精⑬。

玉门罢斥候⑭，甲第始修营⑮。

位登万庾积⑯，功立百行成。

天长地自久，人道有亏盈。

未穷激楚乐⑰，已见高台倾。

当今麟阁上⑱，千载有雄名！

【题 解】

这是一首以西汉名将霍去病生平事迹为题材的咏史诗，描述了霍去病北伐匈奴的赫赫战功与谢绝汉武帝赏赐甲第的高尚品格，感叹其英年早逝的遗憾，并盛赞他大名永垂、彪炳千秋。在这首诗里，诗人运用了大量工整的排偶，使叙事波澜壮阔、抑扬有致。故清代诗评家何焯在《义门读书记》中评价此诗曰："妙在起伏，非徒铺叙为工。"

【注释】

① 旄：杆头装饰有牦牛尾的军旗。

② 幽并：位于边陲的幽州与并州。

③ 飞狐：要塞名，古代河北平原与北方边郡的交通咽喉。

④ 瀚海：指荒漠地带，因浩瀚如海而得名。

⑤ 刁斗：古代行军用具，白天作为炊具，夜晚用来敲击示警。

⑥ 乘堞：登上城墙。

⑦ 旍：通"旌"，旌旗。

⑧ 云屯：喻指军队密集如云。七萃士：七支精锐的军队。

⑨ 鱼丽：古代军阵名。六郡：指陇西、天水、安定、北地、上郡、西河。

⑩ 胡笳：古代北方边境民族乐器。

⑪ 羌笛：古代北方边境民族乐器。陇头：陇山，在今陕西省与甘肃省交界处。

⑫ 骨都：匈奴侯名。

⑬ 日逐：匈奴王名。亡精：失去魂魄。

⑭ 玉门：玉门关，在今甘肃省敦煌西北。斥候：哨兵。

⑮ 甲第：高门宅邸。

⑯ 庾：古代计量单位，一庾等于十六斗。

⑰ 激楚：古曲名。

⑱ 麟阁：麒麟阁，在未央宫中。汉宣帝时曾图霍光等十一功臣像于阁上，表彰功绩。

班婕妤

南朝梁·萧绎

婕妤初选入 ①，含媚向罗帷。
何言飞燕宠 ②，青苔生玉墀 ③。

谁知同辇爱^④，遂作裂纨诗^⑤。
以兹自伤苦，终无长信悲^⑥。

【题 解】

齐梁时期流行宫体诗的创作，描写对象以女性为主，在这种风气的影响下，梁元帝萧绎这首咏史诗也选择了汉成帝的妃子班婕妤的生平际遇作为歌咏对象。班婕妤是越骑校尉班况之女，聪慧贤德，长于文史，入宫之初曾得到成帝的宠爱与太后的称赞，后来却因赵飞燕姐妹的到来而失宠，只好入长信宫陪伴太后，孤独终老。这个故事里既带有深婉悲怨的思妇心结，又符合怀才不遇的文人情怀，因此成为被后世诗人反复吟咏的重要题材。

【注 释】

① 婕妤：古代妃嫔称号。

② 飞燕：汉成帝皇后赵飞燕。《汉书·外戚传》："孝成赵皇后，本长安宫人。……及壮，属阳阿主家，学歌舞，号曰飞燕。成帝尝微行出。过阳阿主，作乐，上见飞燕而说之，召入宫，大幸。有女弟复召入，俱为婕妤，贵倾后宫。"

③ 墀：台阶。

④ 同辇爱：指班婕妤初入宫时曾经深得汉成帝宠爱，邀与同车。《汉书·外戚传》："成帝游于后庭，尝欲与婕妤同辇载，婕妤辞曰：观古图画，贤圣之君皆有名臣在侧，三代末主乃有嬖女，今欲同辇，得无近似之乎？上善其言而止。"

⑤ 裂纨诗：指赵飞燕姐妹入宫后，班婕妤失宠，作《怨歌行》，又名《团扇歌》，以秋凉团扇自喻，表达遭受冷落的心情："新裂齐纨素，鲜洁如霜雪。裁为合欢扇，团团如明月。出入君怀袖，动摇微风发。常恐秋节至，凉飙夺炎热。弃置箧笥中，恩情中道绝。"

⑥ 长信：太后所居长信宫。《汉书·外戚传》："赵氏姊弟骄妒，婕妤恐久见危，求共养太后长信宫，上许焉。婕妤退处东宫，作赋自伤悼。"

经陈思王墓诗

北周 · 庾信

公子独忧生，丘垄擅余名①。
采樵枯树尽，犁田荒隧平。
宁追宴平乐②，讵想谒承明③。
旦余来锡命④，兼言事结成⑤。
飘飖河朔远⑥，飑飚飑风鸣⑦。
雁与云俱阵，沙将蓬共惊。
枯桑落古社，寒乌归孤城。
陇水哀笳曲⑧，渔阳惨鼓声⑨。
离家来远客，安得不伤情。

【题 解】

    此诗约作于梁简文帝时，庾信自梁朝出使东魏途中。陈思王即曹植，其墓在山东东阿。庾信北游河朔，经过曹植墓，哀悼曹植当年被朝廷排挤的遭遇，又联想起自己远离家乡的处境，古今共鸣，触景生情，遂成此诗。据史书记载，庾信到达东魏后，"文章辞令，盛为邺下所称"。这首诗既承袭了南朝文学的萧瑟哀戚，又感染了北朝文学的雄浑豪迈，可谓兼得南北的集大成之作。

【注 释】

    ① 擅余名：享有名声。
    ② 宴平乐：在洛阳平乐观举行宴饮，喻指曹植身为公子青春得意之时。
        曹植在《名都篇》中曾写道："归来宴平乐，美酒斗十千。"
    ③ 谒承明：拜谒魏文帝曹丕会见群臣的承明庐，喻指曹植受到曹丕

排挤的失意之时。曹植《赠白马王彪》云："谒帝承明庐，逝将归旧疆。"

④旦余：早晨。锡命：天子有所赐予的诏命。

⑤事结成：指完成出使任务。

⑥河朔：泛指黄河以北地区。

⑦飐飖：风吹颤动摇曳的样子。

⑧陇水：陇山上的流水。

⑨渔阳惨鼓：古代鼓曲《渔阳三挝》。

铜雀台

南朝陈·张正见

凄凉铜雀晚①，摇落墓田通②。
云惨当歌日③，松吟欲舞风。
人疏瑶席冷，曲罢繐帷空。
可惜年将泪，俱尽望陵中。

【题 解】

这首诗在宫体诗风的影响下，采用女性视角，细腻婉转地描述了曹操死后铜雀台伎人的凄凉生活。她们虽然仍接受朝廷的供养，但唯一的工作就是面向高陵，为死去的曹操歌舞。在这首诗里，诗人以"云惨当歌日"和"人疏瑶席冷"的情景特写，将铜雀台伎人了无生趣的现实处境描绘得恰到好处，又以"可惜年将泪，俱尽望陵中"的哀婉叹息收尾，道出了铜雀台伎人对未来的无助与绝望，令人同情不已。

【注释】

① 铜雀：曹操在邺城所建铜雀台，在今河北临漳。

② 墓田：指曹操高陵，位于邺城之西。

③ 指铜雀台上伎人的歌舞。《三国志·魏书》载曹操《遗令》曰："吾婢妾与伎人皆勤苦，使着铜雀台，善待之。于台堂上安六尺床施繐帐，朝晡上脯备之属，月旦、十五日，自朝至午，辄向帐中作伎乐。汝等时时登铜雀台，望吾西陵墓田。"

感遇 三十八首选一

唐·陈子昂

其 四

乐羊为魏将①，食子殉军功。
骨肉尚相薄，他人安得忠？
吾闻中山相②，乃属放麑翁③。
孤兽犹不忍，况以奉君终。

【题解】

这首诗作于武则天当朝之时。武则天为夺取政权杀害了许多李唐宗室，其中也包括自己的亲生骨肉，结果上行下效，朝中大臣为了表示效忠武则天，也纷纷做出一些表面上大义灭亲的残忍之事。诗人陈子昂目睹了这种奸伪的政治风气，不便正面指责，就创作了这首咏史诗，借古讽今，针砭时弊。此诗以乐羊和秦西巴两人的历史典故对比，批判了灭亲忠君的荒谬逻辑，语言风格质朴雄健，题旨鲜明，发人深省。

【注 释】

① 乐羊：战国时魏国将军，为表示效忠魏君而吃了自己儿子的肉羹。事见《说苑·贵德》："乐羊为魏将以攻中山。其子在中山，中山悬其子示乐羊，乐羊不为衰志，攻之愈急。中山因烹其子而遗之羹，乐羊食之尽一杯。中山见其诚也，不忍与其战，果下之。遂为文侯开地。文侯赏其功而疑其心。"

② 中山相：指战国中山君侍卫秦西巴因不忍猎杀小鹿而被封为中山太傅，即中山相。事见《说苑·贵德》："孟孙猎得麑。使秦西巴持归，其母随而鸣，秦西巴不忍，纵而与之。孟孙怒而逐秦西巴。居一年，召以为太子傅。左右曰：夫秦西巴有罪于君，今以为太子傅，何也？孟孙曰：夫以一麑而不忍，又将能忍吾子乎？"

③ 麑：幼鹿。

燕昭王

唐·陈子昂

南登碣石馆①，遥望黄金台②。
丘陵尽乔木，昭王安在哉？
霸图今已矣③，驱马复归来。

【题 解】

武则天万岁通天二年（697），建安郡王武攸宜北征契丹，陈子昂随军参谋。武攸宜出身贵胄，不晓军事，陈子昂献计陈词，反遭贬斥。于是诗人追想战国时期燕昭王筑台纳贤、振兴国家的故事，写下了这首讽喻当朝的诗作。诗人遥望乔木丛生的黄金台遗址，表达了对世无明主、

不能知人善任的悲愤之情，同时也生发出英雄无用武之地的身世感慨，以及对国家命运的深切忧虑。

【注 释】

① 碣石馆：即碣石宫。燕昭王时，梁人邹衍来燕，昭王建碣石宫师事之。见《史记·孟子荀卿列传》。

② 黄金台：燕昭王采纳郭隗的建议，筑台延揽天下奇士。《战国策·燕策》曰："于是昭王为隗筑宫而师之。乐毅自魏往，邹衍自齐往，剧辛自赵往，士争凑燕。""黄金台"之称，见于鲍照《放歌行》："岂伊白璧赐，将起黄金台。"

③ 指当朝国事日非、霸业难再。

与诸子登岘首

唐·孟浩然

人事有代谢，往来成古今。
江山留胜迹，我辈复登临。
水落鱼梁浅①，天寒梦泽深②。
羊公碑尚在，读罢泪沾襟。

【题 解】

这首诗是孟浩然登襄阳岘首山、凭吊西晋名将羊祜碑的怀古伤今之作。据《晋书·羊祜传》载："祜乐山水，每风景，必造岘山，置酒言咏，终日不倦。尝慨然叹息，顾谓从事中郎邹湛等曰：自有宇宙，便有

此山。由来贤达胜士，登此远望，如我与卿者多矣！皆湮灭无闻，使人悲伤。如百岁后有知，魂魄犹应登此也。"数百年后，孟浩然登临岘首，追思羊祜生前之语，既感慨历史兴衰、人生短暂，又悲叹自己不能如羊公一般建功立业、流芳后世。百感交集，皆寓于此诗寥寥数句之中，通俗平淡，却又动人至深。

【注 释】

① 鱼梁：鱼梁洲。《水经注·沔水》曰："沔水中有鱼梁洲，庞德公所居。"
② 梦泽：古有云、梦二泽，在洞庭湖北岸一带。

【名 句】

水落鱼梁浅，天寒梦泽深。

夷门歌

唐·王维

七雄雄雌犹未分①，攻城杀将何纷纷。
秦兵益围邯郸急②，魏王不救平原君。
公子为嬴停驷马③，执辔愈恭意愈下。
亥为屠肆鼓刀人，嬴乃夷门抱关者④。
非但慷慨献奇谋，意气兼将生命酬。
向风刎颈送公子，七十老翁何所求！

【题 解】

　　这首诗是王维早年的作品，代表了诗人意气风发、积极进取的状态。此诗取材于战国时期信陵君窃符救赵的历史故事，但却将故事主角由魏公子无忌换成了夷门侠客侯嬴，对史料进行重新剪裁，强调了平民英雄的力量。从艺术特色来看，此诗结构巧妙，语言精炼，塑造人物主次分明、形象生动，战国时代的豪侠气概踏着铿锵有力的诗歌韵律扑面而来，由此开启了盛唐气象的序幕。

【注 释】

① 七雄：指战国七雄，齐、楚、燕、韩、赵、魏、秦七国。
② 事见《史记·魏公子列传》："魏安厘王二十年，秦昭王已破赵长平军，又进兵围邯郸。"
③ 自此句至诗结尾，扼要叙述侯嬴为信陵君策划窃符救赵的过程。事见《史记·魏公子列传》。
④ 抱关者：守门小吏。

息夫人

唐·王维

　　莫以今时宠，能忘旧日恩。
　　看花满眼泪，不共楚王言^①。

【题 解】

　　唐孟棨《本事诗》云："宁王宪贵盛，宠妓数十人，有卖饼妻，纤白明媚，王一见属意，因厚遗其夫求之，宠爱逾等。岁余，因问曰：汝复忆饼师否？默然不对。因呼使见之，其妻注视，双泪垂颊，若不胜情。时王坐客十余人，皆当时文士，无不凄异。王命赋诗，维先成云：莫以今时宠，能忘旧日恩。看花满眼泪，不共楚王言。坐客无敢继者，王乃归饼师，以终其志。"可见王维此诗亦是触景生情，有感而发。诗作虽然短小，却完整地勾画出一个在强权中备受压抑的女性形象，语言凝练深沉，动人心魄。

【注释】

① 指息夫人的故事，见《左传·庄公十四年》："蔡哀侯为莘故，绳息妫以语楚子。楚子如息，以食入享，遂灭息。以息妫归，生堵敖及成王焉。未言。楚子问之，对曰：吾一妇人，而事二夫，纵弗能死，其又奚言？"

西施咏

唐·王维

艳色天下重，西施宁久微①。
朝为越溪女②，暮作吴宫妃。
贱日岂殊众，贵来方悟稀。
邀人傅脂粉③，不自着罗衣。
君宠益娇态，君怜无是非④。
当时浣纱伴，莫得同车归。
持谢邻家子⑤，效颦安可希⑥。

【题 解】

　　王维此诗结构严谨，意新语工，诗中运用比兴手法，通过对西施由浣纱女成为吴王妃的经历，表达了一种若有真才实学必能脱颖而出的人生观念。同时，诗人也嘲讽了所谓"效颦"之人，即胸无点墨却盲目追求功名富贵的人们，鲜明地指出这些人必定失败的下场。从这首诗里，我们可以读出盛唐文人的自信气质与慷慨本色，虽然同是吟咏女性，但境界已与齐梁时代完全两样。

【注 释】

　　① 西施：春秋末年越国美女，后被越王勾践献给吴王夫差，成为吴王宠妃。事迹详见《越绝书》、《吴越春秋》等。宁久微：岂会长久微贱。

　　② 越溪：浣江，在今浙江省诸暨县南苎萝山下，相传西施曾在此浣纱。

　　③ 傅：通"敷"，涂抹。

　　④ 怜：怜爱，宠爱。

　　⑤ 持谢：寄语，奉劝。

　　⑥ 效颦：效仿西施皱眉。事见《庄子·天运》："故西施病心而颦其里，其里之丑人见而美之，归亦捧心而颦其里。其里之富人见之，坚闭门而不出；贫人见之，挈妻子而去之走。"

古风 五十九首选三

唐·李白

其 三

秦王扫六合①，虎视何雄哉！

挥剑决浮云，诸侯尽西来^②。

明断自天启，大略驾群才。

收兵铸金人^③，函谷正东开^④。

铭功会稽岭^⑤，骋望琅琊台^⑥。

刑徒七十万，起土骊山隈^⑦。

尚采不死药^⑧，茫然使心哀。

连弩射海鱼^⑨，长鲸正崔嵬。

额鼻象五岳，扬波喷云雷。

鬐鬣蔽青天，何由睹蓬莱?

徐市载秦女，楼船几时回?

但见三泉下，金棺葬寒灰。

【题 解】

李白的《古风》五十九首是其著名的拟古作品，素以风骨雄健、气势磅礴享誉古今。这首诗是《古风》五十九首中的第三首，咏史对象是功过参半、饱受争议的千古一帝秦始皇。诗中首先描述秦始皇统一六国的雄才大略，随后笔锋一转，又揭露其称帝后骄奢淫逸、迷信神仙的荒唐行径，并借此暗中讽刺唐玄宗的妄求长生。如此立意，本非李白独创，然而此诗动荡开合、万马奔腾的创造力和想象力却充分代表了诗人不可复制的艺术个性。

【注 释】

① 六合：指天下。

② 战国时秦在西方，其他六国居东，故云秦统一天下后，诸侯皆西来朝见。

③ 收缴民间兵器铸成金人。事见《史记·秦始皇本纪》："收天下兵，聚之咸阳，销以为钟鐻，金人十二，重各千石，置廷宫中。"

④ 函谷：函谷关，在今河南省灵宝市北，是我国建置最早的雄关要塞之一，秦国的东方门户。

⑤ 指秦始皇三十九年在会稽山刻石称颂功德。事见《史记·秦始皇本纪》："上会稽，祭大禹，望于南海，而立石刻颂秦德。"

⑥ 事见《史记·秦始皇本纪》："南登琅邪，大乐之，留三月。乃徙黔首三万户琅邪台下，复十二岁。作琅邪台，立石刻，颂秦德，明得意。"

⑦ 指秦始皇为自己修建骊山陵墓。事见《史记·秦始皇本纪》："始皇初即位，穿治郦山，及并天下，天下徒送诣七十馀万人，穿三泉，下铜而致椁，宫观百官奇器珍怪徙臧满之。令匠作机弩矢，有所穿近者辄射之。以水银为百川江河大海，机相灌输，上具天文，下具地理。以人鱼膏为烛，度不灭者久之。"

⑧ 指秦始皇迷信方士之说，派徐市等出海寻求不死仙药。

⑨ 徐市诈称海中有大鱼阻碍，不得登仙岛求药，于是秦始皇派人沿海射鱼。事见《史记·秦始皇本纪》："方士徐市等入海求神药，数岁不得，费多，恐谴，乃诈曰：蓬莱药可得，然常为大鲛鱼所苦，故不得至，愿请善射与俱，见则以连弩射之。始皇……乃令入海者赍捕巨鱼具，而自以连弩候大鱼出射之。自琅邪北至荣成山，弗见。至之罘，见巨鱼，射杀一鱼。"

其十五

燕昭延郭隗，遂筑黄金台。

剧辛方赵至，邹衍复齐来。

奈何青云士①，弃我如尘埃。

珠玉买歌笑②，糟糠养贤才③。

方知黄鹄举④，千里独徘徊。

【题 解】

这首诗与陈子昂《燕昭王》一诗取材相同，亦吟咏战国时期的礼贤

明君，借以表达诗人李白自身怀才不遇的感慨。此诗先咏史事寄寓理想，次用成语影射现实，古今交织，言事相兼，创作手法模仿阮籍《咏怀》体，将题旨隐藏在比兴之中，立意托讽而语言朴实。它与前一首"秦王扫六合"不同，代表了李白咏史诗含蓄隽永的另一种风格。

【注 释】

① 青云士：指飞黄腾达之士。

② 指当朝统治者挥霍金玉珠宝以享受声色。

③ 此句化用阮籍《咏怀·其三十一》"战士食糟糠，贤者处蒿莱"，指天下贤士因为得不到明主的知遇而过着贫贱的生活。

④ 黄鹄举：化用春秋时期田饶去鲁的故事，比喻远走高飞、另谋出路。

其三十一

郑客西入关^①，行行未能已，
白马华山君，相逢平原里，
璧遗镐池君，明年祖龙死。
秦人相谓曰：吾属可去矣！
一往桃花源^②，千春隔流水。

【题 解】

李白这首诗化用《史记》、《汉书》与《桃花源记》中的典故，翻文为诗，将不同时代产生的两个神话传说巧妙地串联起来，行文紧凑，天衣无缝。诗中先复述秦朝暴政不得天神护佑的情节，再描写百姓获知神谕后纷纷避难深山的表现，充分反映了统治者与民心的离合关系，以史为鉴，发人深省。李白写作此诗时或许已经预感到"安史之乱"的某些征兆，所以借古喻今，表达了自己厌恶现世、意欲归隐的思想倾向。

【注释】

① 此句至"明年祖龙死"，讲述华山神托郑客带玉璧给水神镐池君，并预言秦始皇将死的故事。因好事者说秦属水德，故镐池君即为秦朝保护神。

② 桃花源：语出陶渊明《桃花源记》，指理想中的恬然隐居之地。《桃花源记》中的桃源中人"自云先世避秦时乱，率妻子邑人来此绝境，不复出焉，遂与外人间隔"，故李白在诗中想象他们是为避秦亡之乱而归隐。

梁甫吟

唐·李白

长啸梁甫吟①，何时见阳春②？

君不见，朝歌屠叟辞棘津③，八十西来钓渭滨。

宁羞白发照清水，逢时壮气思经纶。

广张三千六百钓④，风期暗与文王亲。

大贤虎变愚不测⑤，当年颇似寻常人。

君不见，高阳酒徒起草中⑥，长揖山东隆准公。

入门不拜逞雄辩，两女辍洗来趋风。

东下齐城七十二⑦，指挥楚汉如旋蓬⑧。

狂客落魄尚如此，何况壮士当群雄！

我欲攀龙见明主，雷公砰訇震天鼓⑨，帝旁投壶多玉女⑩。

三时大笑开电光⑪，倏烁晦冥起风雨。

阊阖九门不可通，以额扣关阍者怒⑫。

白日不照我精诚，杞国无事忧天倾⑬。

猰貐磨牙竞人肉⑭，驺虞不折生草茎⑮。

手接飞猱搏雕虎^⑯，侧足焦原未言苦^⑰。

智者可卷愚者豪^⑱，世人见我轻鸿毛。

力排南山三壮士^⑲，齐相杀之费二桃。

吴楚弄兵无剧孟^⑳，亚夫咍尔为徒劳^㉑。

梁甫吟，声正悲。

张公两龙剑^㉒，神物合有时。

风云感会起屠钓，大人䡾屼当安之^㉓。

【题 解】

唐玄宗天宝元年（742），李白到长安任翰林供奉，本以为能够获得施展抱负的机会，谁知两年之后即遭奸佞排挤，被赐金放还。本诗就作于李白离开长安前后，当时诗人四十四岁，建功立业的梦想一朝破灭，心情极度悲愤失落。因此在这首诗中，他借用神话传说以恣肆雄奇、酣畅淋漓的笔墨对朝廷的昏聩大加讽刺，同时也将自己怀才不遇的一腔愤懑以江河奔涌之势宣泄而出，最后又通过姜太公、郦食其的历史典故聊以自慰，表达了"乘风破浪会有时"的积极态度，一波三折，豪气凌云。

【注 释】

① 梁甫吟：古代用作葬歌的一支民间曲调，音调悲切凄苦。

② 阳春：指得遇明君，施展抱负。语出宋玉《九辩》："恐溘死而不得见乎阳春。"

③ 指姜太公吕望曾在棘津做小贩，在朝歌做屠夫，在磻溪钓鱼，最终遇到周文王而得重用。

④ 三千六百钓：吕望八十钓于渭滨，九十得遇文王，期间历时十年，三千六百日，故云三千六百钓。一说大地三千六百轴，吕望广设钓钩，因此得遇文王。

⑤ 虎变：指仕途得意，语出《周易·革卦》："大人虎变。"

⑥ 指郦食其谒见刘邦的故事。刘邦高鼻，故称隆准公。事见《史记·郦生陆贾列传》。

⑦ 指郦食其凭借精湛的口才说服齐王归顺刘邦。事亦见《史记·郦生陆贾列传》。

⑧ 旋蓬：蓬草随风旋转，比喻轻易。

⑨ 砰訇：形容大声。

⑩ 事见《神异经·东荒经》："东荒山中有大石室，东王公居焉。长一丈，头发皓白，人形鸟面而虎尾，载一黑熊，左右顾望。恒与一玉女投壶，每投千二百矫，设有入不出者，天为之唏嘘；矫出而脱误不接者，天为之笑。"

⑪ 三时：指春、夏、秋三个季节。

⑫ 阍者：守门人。

⑬ 指杞人忧天的故事，见《列子·天瑞》。

⑭ 猰貐：神话中一种食人野兽，此处喻指朝廷奸佞。

⑮ 驺虞：传说中一种仁兽，不食生物，不踏草木。此处喻指仁君。

⑯ 飞猱：攀援轻捷的猿猴。

⑰ 焦原：传说中春秋时期莒国的一块大石，宽五十步，下临百丈深溪，无人敢近。

⑱ 卷：收敛。豪：放纵。

⑲ 指春秋时期齐相晏婴二桃杀三士的故事。详见《晏子春秋·内篇·谏下》。

⑳ 指汉景帝时吴楚七国之乱，汉将周亚夫在平叛途中遇到侠士剧孟，于是嗤笑吴楚不用剧孟，败局已定。事见《史记·游侠列传》。

㉑ 哈：嗤笑。

㉒ 典出《晋书·张华传》：张华和雷焕望气，见斗牛之间有剑气，分野在豫章丰城。因补焕为丰城令。在丰城狱基掘得二剑，张、雷各得一。张华复雷焕信云"天生神物，终当合耳"。后果飞入延平津，化为双龙。张公，指晋张华。

㉓ 臲卼：不安的样子。

妾薄命

唐·李白

汉帝重阿娇①，贮之黄金屋。
咳唾落九天，随风生珠玉。
宠极爱还歇，妒深情却疏②。
长门一步地③，不肯暂回车。
雨落不上天，水覆难再收。
君情与妾意，各自东西流。
昔日芙蓉花，今成断根草。
以色事他人，能得几时好？

【题解】

　　《妾薄命》是乐府古题之一，李白这首诗依题立意，通过描述汉武帝陈皇后由得宠而失宠的生平际遇，揭示了古代女性以色事人、色衰爱弛的悲剧命运。全诗语言质朴自然，气韵天成。诗中或运用夸张，如"咳唾落九天，随风生珠玉"，或运用对比，如"昔日芙蓉花，今成断根草"，手法多变，于平淡之中又见奇警。

【注 释】

　　① 汉武帝宠爱皇后陈阿娇的故事，见于《汉武故事》："后长主（长公主、武帝姑母）还宫，胶东王（汉武帝）数岁，公主抱置膝上，问曰：儿欲得妇否？长主指左右长御百余人，皆云不用。指其女曰：阿娇好否？笑对曰：好，若得阿娇作妇，当作金屋贮之。长主大悦。乃苦要上，遂成婚焉。"
　　② 妒深：指陈皇后嫉妒武帝新宠卫子夫。《史记·外戚世家》载陈

皇后"闻卫子夫大幸，恚，几死者数矣"。

③ 长门：据《汉书·外戚传》记载，陈皇后失宠后，终因巫蛊之罪被贬居长门宫："元光五年，上遂穷治之，女子楚服等坐为皇后巫蛊祠祭祝诅，大逆无道，相连及诛者三百余人，楚服枭首于市。使有司赐皇后策曰：皇后失序，惑于巫祝，不可以承天命。其上玺绶，罢退居长门宫。"

越中览古

唐·李白

越王勾践破吴归①，战士还家尽锦衣。
宫女如花满春殿，只今惟有鹧鸪飞②。

【题解】

这首诗是李白游览越州（今浙江绍兴）时所作，内容是吟咏春秋时期吴越争霸的历史事件。但诗人选取的描写对象既不是吴越战争的激烈场面，也不是越王勾践卧薪尝胆的励志情节，而是越国军队胜利班师后欢娱逸乐的升平景象。这一视角新颖独特，耐人寻味。当年吴王夫差励精图治，征服越国，如今越王勾践卧薪尝胆，报仇雪耻，然而雪耻之后，越王的行为似乎又在重蹈吴王的覆辙。历史轮回，盛衰无常，于是任何一个王朝都难以长久维持，这就是诗人越中览古的最大感慨。

【注 释】

① 指公元前 473 年，越王勾践经过十年生聚、十年教训，最终打败吴
  国的著名历史事件。详见《史记·越王勾践世家》、《吴越春秋》等。
② 鹧鸪：一种鸟类，形似鸡而个头稍小。

登金陵凤凰台

唐·李白

凤凰台上凤凰游^①，凤去台空江自流。
吴宫花草埋幽径^②，晋代衣冠成古丘^③。
三山半落青天外^④，二水中分白鹭洲^⑤。
总为浮云能蔽日^⑥，长安不见使人愁。

【题 解】

　　这首诗大约是唐肃宗乾元二年（759），李白流放夜郎遇赦返回后
所作。一说其作于天宝年间，是李白被排挤离开长安、南游金陵时的作
品。诗人从六朝帝都金陵遥想唐朝都城长安，一方面感叹历史兴衰，一
方面忧虑当代国运，即景生情，寓意深沉。此诗语言对仗工整，流畅自
然，不事雕琢，潇洒清新，堪为唐代律诗中的杰作。

【注 释】

① 凤凰台：相传南朝刘宋永嘉年间，有凤凰飞集金陵山上，于是名此
  山为凤凰山，山上筑台，为凤凰台。

② 吴宫花草：三国时吴国定都于金陵。

③ 晋代衣冠：东晋亦定都金陵。衣冠合称，指士以上的服饰，喻指士绅。

④ 三山：金陵西南长江边有三峰并列，南北相连。陆游《入蜀记》云："三山，自石头及凤凰山望之，杳杳有无中耳。"

⑤ 白鹭洲：在金陵西长江中，将长江分割成两道。

⑥ 浮云能蔽日：喻指君主被奸邪蒙蔽。陆贾《新语·慎微》："邪臣之蔽贤，犹浮云之障日月也。"

【名句】

吴宫花草埋幽径，晋代衣冠成古丘。

总为浮云能蔽日，长安不见使人愁。

经下邳圯桥怀张子房

唐·李白

子房未虎啸①，破产不为家②。

沧海得壮士③，椎秦博浪沙。

报韩虽不成，天地皆振动。

潜匿游下邳，岂曰非智勇？

我来圯桥上，怀古钦英风。

唯见碧流水，曾无黄石公④。

叹息此人去，萧条徐泗空⑤。

【题 解】

　　这是李白经过下邳（今江苏邳县）圮桥时写下的一首怀古之作。诗中饱含对汉初三杰之一张良的敬慕之情，在颂扬张良智勇豪侠的同时，又寄托了自己怀才不遇的身世感慨。诗末以黄石公作结，点明主题：当今世上并非没有如张良一般的英雄人物，然而却缺乏黄石公这样的高士加以赏识、提携——这既是李白个人的遭遇，也是唐朝历史上广泛的社会悲剧。

【注 释】

①虎啸：指张良追随刘邦后叱咤风云的光辉业绩。
②形容张良素来豪侠仗义、不同寻常。
③指张良与力士策划在博浪沙椎击秦始皇的故事。详见《史记·留侯世家》。
④黄石公：指在圮桥上传授张良《太公兵法》的老者黄石公，事见《史记·留侯世家》。
⑤徐泗：徐州、泗水地区的简称。

望鹦鹉洲悲祢衡

唐·李白

魏帝营八极①，蚁观一祢衡②。
黄祖斗筲人③，杀之受恶名。
吴江赋《鹦鹉》④，落笔超群英。
锵锵振金玉，句句欲飞鸣。
鸷鹗啄孤凤⑤，千春伤我情。
五岳起方寸⑥，隐然讵可平。

才高竟何施，寡识冒天刑。

至今芳洲上，兰蕙不忍生。

【题解】

唐肃宗乾元二年（759）冬或上元元年（760）春，李白在江夏作《经乱离后天恩流夜郎忆旧游书怀赠江夏太守良宰》，诗中云"顾惭祢处士，虚对鹦鹉洲"，这首《望鹦鹉洲悲祢衡》可能写于同时。诗中前八句怀古，后八句抒情，表达了诗人对祢衡一生的仰慕和惋惜。高步瀛《唐宋诗举要》评价此诗曰："此以正平自况，故极致悼惜，而沉痛语以骏快出之，自是太白本色。"

【注释】

① 魏帝：指魏武帝曹操。

② 蚁观：指小看曹操经营天下的功业。祢衡：字正平，东汉末年名士，文学家。为人狂放。因出言不逊触怒曹操，被遣送至荆州刘表处，后又因出言不逊，被送至江夏太守黄祖处，终为黄祖所杀，卒年二十六岁。生平详见《后汉书·祢衡传》。

③ 黄祖：东汉末年荆州牧刘表部下的江夏太守。祢衡为黄祖所杀之事，见于《后汉书·祢衡传》："衡为作书记，轻重疏密，各得体宜。祖长子射，尤善于衡。后祖在蒙冲船上，大会宾客，而衡言不逊顺，祖惭，乃呵之。衡大骂，祖恚，遂令杀之。射徒跣来救，不及。祖亦悔之，乃厚加棺敛。"斗筲：斗和筲都是很小的容器，比喻气量狭小和才识短浅。

④ 指祢衡曾在黄祖长子黄射的宴会上作《鹦鹉赋》。详见《鹦鹉赋·序》："时黄祖太子射，宾客大会。有献鹦鹉者，举酒于衡前曰：祢处士，今日无用娱宾，窃以此鸟自远而至，明慧聪善，羽族之可贵，愿先生为之赋，使四座咸共荣观，不亦可乎？衡因为赋，笔不停缀，文

不加点。"祢衡作赋之地，即名鹦鹉洲，在今湖北汉阳西南。

⑤ 鸷鹗：恶鸟，喻指黄祖。孤凤：喻指祢衡。

⑥ 意谓心中似有五岳突起，喻指情绪激荡。

夜泊牛渚怀古

唐·李白

牛渚西江夜①，青天无片云。
登舟望秋月，空忆谢将军②。
余亦能高咏，斯人不可闻。
明朝挂帆去，枫叶落纷纷。

【题 解】

这首诗是李白行舟牛渚，追忆东晋时谢尚闻袁宏咏史的典故，有感而发所作。诗人对谢尚与袁宏之间超越身份贵贱、倾心激赏的真挚情感仰慕不已，怀古伤今，不禁发出了"余亦能高咏，斯人不可闻"的深切感慨。千里马常有而伯乐不常有，天地虽大，知音难求。在"明朝挂帆去，枫叶落纷纷"的背景下，我们仿佛看见诗人渐行渐远的寂寞身影。

【注 释】

① 牛渚：安徽当涂西北紧靠长江的一座山，北端突入江中，即采石矶。
西江：从南京以西至江西境内的一段长江，古称西江。

② 谢将军：指东晋镇西将军谢尚。谢尚曾在牛渚赏识以运租为业的袁宏，使其声名大振。事见《晋书·文苑传》："袁宏，字彦伯，侍

中猷之孙也。父勖，临汝令。宏有逸才，文章绝美，曾为咏史诗，是其风情所寄。少孤贫，以运租自业。谢尚时镇牛渚，秋夜乘月，率尔与左右微服泛江。会宏在舫中讽咏，声既清会，辞又藻拔，遂驻听久之，遣问焉。答云：是袁临汝郎诵诗。即其咏史之作也。尚倾率有胜致，即迎升舟，与之谭论，申旦不寐，自此名誉日茂。"

咏　史

唐·戎昱

汉家青史上，计拙是和亲①。
社稷依明主，安危托妇人。
岂能将玉貌，便拟静胡尘。
地下千年骨，谁为辅佐臣。

【题解】

这是一首借古喻今的政治讽刺诗。唐朝从"安史之乱"后，国力削弱，边患频仍，朝廷为稳定政局，便效法西汉，实施和亲政策。诗人认为这一政策有辱国体，痛心疾首，因此写下这首咏史诗，批判中唐统治者的软弱无能。此诗议论尖锐，讽刺辛辣，语言质朴，直抒胸臆。当然，在诗的结尾处，诗人最终将指责对象定位在朝廷的辅佐之臣，为皇帝留了情面。

【注释】

① 和亲：两个不同民族或同一种族的两个不同政权的首领之间出于为我所用的目的所进行的联姻。此处特指西汉为缓和汉、匈关系，嫁宗室女与匈奴单于。

长沙过贾谊宅

唐·刘长卿

三年谪宦此栖迟^①，万古惟留楚客悲。
秋草独寻人去后^②，寒林空见日斜时。
汉文有道恩犹薄，湘水无情吊岂知？
寂寂江山摇落处，怜君何事到天涯！

【题解】

　　这首诗大约作于唐代宗大历八年（773）至十二年（777）之间，当时刘长卿被人诬陷，由淮西鄂岳留后贬为睦州司马。在这次迁谪途中，诗人来到长沙，凭吊贾谊故居，自伤身世，遂作此诗。贾谊是西汉文帝时著名的政论家，因被权贵中伤，出为长沙王太傅，后虽被文帝召回，但终不得大用，抑郁而死。作为一篇唐诗七律中的精品，这首诗用典自然，文笔洒脱，在含而不露的即景抒情中将古人贾谊与诗人自身融为一体，使怀古与伤今的情绪彼此蕴藉，微言大义，况味隽永。

【注释】

　　① 三年谪宦：指贾谊被贬为长沙王太傅共三年之久。
　　② 人去后：此语及"日斜时"，皆化用贾谊《鵩鸟赋》"庚子日斜兮"、"主人将去"之句。

蜀　相

唐·杜甫

丞相祠堂何处寻？锦官城外柏森森①。
映阶碧草自春色，隔叶黄鹂空好音。
三顾频烦天下计②，两朝开济老臣心③。
出师未捷身先死④，长使英雄泪满襟。

【题解】

唐肃宗乾元二年（759）十二月，杜甫由华州来成都定居。次年，即唐肃宗上元元年（760），诗人拜谒成都诸葛武侯祠时有感而作此诗。诸葛武侯，即三国时蜀国丞相诸葛亮，字孔明，武侯祠在成都城南二里许。此诗前半部写景，后半部抒情，以祠堂中空余春色的寂寞映衬出诸葛武侯出师未捷的遗憾，表达了诗人对前辈英雄的无比崇敬之情。此诗结构严谨、语言精炼、对仗工整、韵律优美，堪称古来吟咏武侯祠的第一佳作。

【注释】

① 锦官城：指成都，成都盛产锦，三国蜀汉在此驻有管理织锦之官，故名锦官城。
② 指刘备曾三顾茅庐，访问诸葛亮，请他出山谋划平定天下之大计。诸葛亮《出师表》云："三顾臣于草庐之中，咨臣以当世之事"。
③ 两朝：指蜀汉先主刘备与后主刘禅两代。开济：指创业和守业。
④ 据《三国志·蜀书·诸葛亮传》记载，诸葛亮为完成蜀汉大业，五伐中原、两出祁山，于建兴十二年（234）由斜谷出据武功五丈原，与魏将司马懿相持渭南百余日，病死军中。

【名句】

出师未捷身先死，长使英雄泪满襟。

琴 台

唐·杜甫

茂陵多病后^①，尚爱卓文君^②。
酒肆人间世^③，琴台日暮云。
野花留宝靥^④，蔓草见罗裙。
归凤求皇意^⑤，寥寥不复闻。

【题解】

　　这首诗是杜甫晚年在成都凭吊司马相如遗迹琴台时所作。首先从司马相如与卓文君的晚年生活写起，继而以倒叙的方式描绘出二人始终不渝的真挚爱情。诗人在凭吊琴台之时，头脑中仿佛回荡着司马相如的《琴歌》："凤兮凤兮归故乡，遨游四海求其凰。"这首曾使司马相如与卓文君两情相悦、心心相印的古歌，在后世竟"寥寥不复闻"，不禁令人感慨物是人非、知音难觅。

【注释】

　　① 指司马相如晚年多病，退居茂陵。茂陵，汉武帝陵墓，在今陕西兴平。
　　② 卓文君：西汉时蜀地富商卓王孙之女，寡居，后与司马相如私奔。
　　③ 指司马相如与卓文君的爱情遭到卓王孙反对，不给他们提供任何经济支持，因此二人只好在成都卖酒为生。《史记·司马相如列传》曰：

"文君当垆，相如身自着犊鼻裈，与庸保杂作，涤器于市中。"

④ 宝靥：指当年卓文君脸上美丽的笑靥。

⑤ 指琴曲《凤求凰》。当年司马相如在琴台上弹奏此曲，吸引卓文君。

八阵图

唐·杜甫

功盖三分国，名成八阵图①。
江流石不转②，遗恨失吞吴③。

【题 解】

这首诗是唐代宗大历元年（766）杜甫初到夔州（今四川奉节东）时所作，诗人通过对八阵图古迹的吟咏，抒发了对诸葛亮的无限追思之情。此诗构思精巧、用典妥帖、议论精警、语言生动，以如椽之笔精炼地概括出当年三国纷争的天下大势与诸葛亮文韬武略的丰功伟绩。诗人在惋惜诸葛亮"遗恨"的同时，也渗透了自己垂暮无成的抑郁情怀。

【注 释】

① 八阵图：三国时诸葛亮创造的一种阵法。所谓八阵，是指由天、地、风、云、龙、虎、鸟、蛇八种阵势组成的军事操练与作战图形。

② 石不转：八阵图是诸葛亮依据阵图聚石堆成，故云"石不转"。

③ 指刘备讨伐东吴失策，以致诸葛亮联吴抗魏的统一大业遭到破坏，这成为诸葛亮的终生遗憾。

咏怀古迹 五首

唐·杜甫

其 一

支离东北风尘际^①，漂泊西南天地间^②。
三峡楼台淹日月^③，五溪衣服共云山^④。
羯胡事主终无赖^⑤，词客哀时且未还。
庾信平生最萧瑟，暮年诗赋动江关。

【题解】

《咏怀古迹》五首是杜甫于唐代宗大历元年（766）在夔州所作的组诗，五首诗分别根据夔州和三峡附近遗留的庾信、宋玉、王昭君、刘备、诸葛亮等人的古迹写成。这首诗是组诗中的第一首，吟咏对象是南北朝文学家庾信。庾信，字子山，初仕梁朝，为宫体文学代表作家，梁朝覆灭后滞留于西魏，又入北周，在北方生活的经历丰富了他的文学创作，使其成为南北朝文学的集大成者。杜甫此诗就庾信独特的经历而发议论，揭示了文学创作与作家经历的必然联系，同时也以庾信自况，表达了自己亲历"安史之乱"后的垂暮之感与乡关之思。

【注释】

① 支离：流离。东北风尘：喻指"安史之乱"。安禄山起兵范阳，在长安东北，故云"东北风尘"。
② 漂泊西南：指战乱中人们纷纷逃亡蜀中。
③ 淹日月：指长久滞留。
④ 夔南五溪是汉族与其他少数民族杂处之地，服饰相通。
⑤ 羯胡：指安禄山，安禄山是胡人，故称"羯胡"。

其　二

摇落深知宋玉悲^①，风流儒雅亦吾师。

怅望千秋一洒泪，萧条异代不同时。

江山故宅空文藻，云雨荒台岂梦思^②。

最是楚宫俱泯灭^③，舟人指点到今疑。

【题解】

　　这首诗是杜甫凭吊战国时期楚国著名辞赋家宋玉所作。诗人暮年出蜀，过巫峡，至江陵，不禁怀念这位楚国作家，并勾起自己的身世之感。在杜甫看来，宋玉不但善于辞赋，更是一位具有政治抱负的人物，只不过他仕途失意，屡遭误解，故生前死后人们都仅仅注意到他的文学才华。这是宋玉的悲剧，也是杜甫一生的伤心之处。于是在这首诗中，诗人怅望古迹，抒发怀才不遇之悲，意境交融，感情深挚。

【注释】

　　① 摇落：语出宋玉《九辩》："悲哉秋之为气也，萧瑟兮草木摇落而变衰。"

　　② 云雨：语出宋玉《高唐赋·序》："昔者，先王尝游高唐，怠而昼寝，梦见一妇人，曰：妾，巫山之女也，为高唐之客，闻君游高唐，原荐枕席。王因幸之。去而辞曰：妾在巫山之阳，高丘之阻，旦为朝云，暮为行雨，朝朝暮暮，阳台之下。"

　　③ 楚宫：指楚王宫，唐代已不存。

其　三

群山万壑赴荆门^①，生长明妃尚有村^②。

一去紫台连朔漠^③，独留青冢向黄昏^④。

画图省识春风面^⑤，环佩空归夜月魂。

千载琵琶作胡语⑥，分明怨恨曲中论。

【题 解】

这首诗以西汉元帝时王昭君的故事为题，通过对昭君的怀念，表达了诗人自己的伤心怀抱。王昭君，名嫱，字昭君，晋代避司马昭讳，改称明妃或明君，西汉南郡秭归（今湖北秭归）人，元帝时被选入宫，竟宁元年（前33），匈奴呼韩邪单于请求和亲，昭君自请嫁往匈奴，为宁胡阏氏。杜甫这首诗以工整的对仗和巧妙的联想概括了昭君的一生，表现了她虽身在异乡却始终眷恋故土的家国之思，这其中也贯穿了诗人自己的辛酸。正如明代王嗣奭《杜臆》所云："昭有国色，而入宫见妒；公亦国士，而入朝见嫉。正相似也，悲昭君以自悲也。"

【注 释】

① 荆门：荆门县，在湖北省中部，汉江与漳水之间。
② 尚有村：昭君村，在荆州府归州东北四十里，今湖北省秭归县香溪。
③ 紫台：指汉宫，语出南朝江淹《恨赋》："若夫明妃去时，仰天太息，紫台稍远，关山无极。"朔漠：北方沙漠地带。
④ 青冢：昭君墓，在今内蒙古呼和浩特市南九公里大黑河南岸平原上，远望呈黛青色，故名青冢。
⑤ 指画工为昭君画像的故事，详见《西京杂记》："元帝后宫既多，不得常见，乃使画工图形，案图召幸之。诸宫人皆赂画工，多者十万，少者亦不减五万。独王嫱不肯，遂不得见。匈奴入朝，求美人为阏氏。于是上案图，以昭君行。及去，召见，貌为后宫第一，善应付，举止优雅。帝悔之，而名籍已定。帝重信于外国，故不复更人。乃穷案其事，画工皆弃市，籍其家，资皆巨万。"
⑥ 琵琶：拨弦乐器，出于胡中，马上所鼓。

【名句】

群山万壑赴荆门，生长明妃尚有村。

其 四

蜀主窥吴幸三峡①，崩年亦在永安宫②。
翠华想象空山里，玉殿虚无野寺中。
古庙杉松巢水鹤，岁时伏腊走村翁③。
武侯祠堂常邻近，一体君臣祭祀同。

【题 解】

　　这首诗是杜甫在四川奉节凭吊三国遗迹永安宫与武侯祠所作。永安宫是蜀汉先主刘备托孤于丞相诸葛亮之地，武侯祠又是诸葛亮的祠堂，将这两处古迹放在一起吟咏，显然是在歌颂刘备与诸葛亮如鱼得水的君臣关系，但诗人并没有直接从正面写明这一主旨，而是通过"岁时伏腊走村翁"、"一体君臣祭祀同"的具象场景，以数百年后民间对刘备君臣的深切怀念烘托出他们不朽的人格魅力，可谓构思精巧，描写生动。

【注 释】

①　蜀主：指三国蜀汉先主刘备。窥吴：指意欲攻打东吴。幸：驾临。
②　永安宫：在今四川省奉节县，蜀汉昭烈皇帝刘备临终托孤之地。章武二年（222），刘备率军攻打东吴，为关羽报仇，遭东吴大将陆逊火攻连营，还守鱼复，改县名永安，营亦名永安宫。
③　伏腊：伏天腊月。指每逢节气村民皆前往祭祀蜀汉君臣。

其 五

诸葛大名垂宇宙，宗臣遗像肃清高①。
三分割据纡筹策②，万古云霄一羽毛。
伯仲之间见伊吕③，指挥若定失萧曹④。
运移汉祚终难复⑤，志决身歼军务劳。

【题解】

这首诗是杜甫在夔州拜谒武侯祠时所作，与他在成都拜谒武侯祠时所作的《蜀相》有异曲同工之妙。诗中除了吟咏古迹之外，更将重要笔墨放在对历史的议论上，议而不空，情韵盎然。诗人高度评价了诸葛亮的人品和才能，并对他有才无命的人生悲剧予以深切感慨。由于诗人以自身肝胆凭吊英雄，故能涤荡人心，成为古今咏史名篇。

【注释】

①宗臣：举世敬仰的名臣。肃清高：对其高风亮节肃然起敬。
②纡筹策：费尽苦心进行谋划。纡，曲折。
③伯仲：兄弟，喻指不相上下。伊吕：商朝开国重臣伊尹与西周开国重臣姜太公吕望。
④失萧曹：超过萧曹。萧曹，指汉初功臣萧何与曹参。
⑤运移汉祚：指汉朝气数已尽。祚，指皇位，国统。

金陵怀古

唐·司空曙

辇路江枫暗①，宫庭野草春。
伤心庾开府②，老作北朝臣。

【题 解】

金陵即今江苏南京，从三国时起先后为六朝国都，是历代诗人咏史怀古的重要题材。司空曙这首诗选材典型，用事精工，别具匠心。此诗前两句写实，以简练的笔墨将古都金陵颓败荒凉的景象表现得鲜明具体。后两句则由实入虚，借用南北朝文学家庾信的典故，既伤感历史上六朝的兴亡更迭，又忧虑唐朝国运衰微的局面，贴切工稳，蕴含丰富。

【注 释】

① 辇路：皇帝乘车经过的道路。
② 庾开府：即庾信，庾信曾任开府仪同三司，故称庾开府。

三闾庙

唐·戴叔伦

沅湘流不尽①，屈子怨何深②。
日暮秋烟起，萧萧枫树林。

【题 解】

　　三闾庙是为奉祀战国时期楚国三闾大夫屈原而建,在今湖南省汨罗市。戴叔伦这首诗即是途经三闾庙,凭吊屈原所作。诗人抓住了屈原一生的悲怨情感,通过日暮秋烟里的滔滔江水和纷纷落叶,将这种感情含蓄地烘托出来,同时也再现了屈原辞赋萧瑟苍凉的审美特征,古今合璧,意蕴深厚。故施补华《岘佣说诗》评论此诗曰:"并不用意,而言外自有一种悲凉感慨之气,五绝中此格最高。"

【注 释】

　①沅湘:指沅水与湘水,这是屈原辞赋中常常吟咏的两条江流。
　②屈子:即屈原。屈原,名平,字原。战国时期楚国贵族,任三闾大夫、左徒,兼管内政外交大事。他主张对内举贤能,修明法度,对外力主联齐抗秦。后因遭奸邪排挤,被流放沅、湘流域。公元前278年,秦将白起攻破楚国郢都,忧国忧民的屈原在长沙附近的汨罗江怀石自杀。事迹详见《史记·屈原贾生列传》。

汴河曲

唐·李益

汴水东流无限春①,隋家宫阙已成尘。
行人莫上长堤望,风起杨花愁杀人②。

【题 解】

　　汴河是隋炀帝穷奢极欲、自取灭亡的历史见证,李益这首《汴河曲》

既从亲眼所见的汴河春景发挥想象，将隋朝二世而亡的历史教训通过触目惊心的景观变化具体而微地呈现在读者面前。同时，诗人也在其中寄寓了对唐朝国运的深切忧思，揭示了倘若不能以史为鉴，则必将重蹈前朝覆辙的历史规律。全诗情景交融，感兴丰富，语言优美，旨意隽永。

【注 释】

① 汴水：唐人习指隋炀帝所开凿的通济渠东段，即运河从板渚（今河南荥阳北）到盱眙入淮的一段。当年隋炀帝为游览江都，动用百万劳工开凿通济渠，沿岸堤上种柳，世称隋堤，并在汴水之滨建造了豪华的行宫。

② 杨花：此处双关，借用"杨花"之"杨"暗喻隋朝皇帝的姓氏。

隋宫燕

唐·李益

燕语如伤旧国春^①，宫花一落已成尘。
自从一闭风光后，几度飞来不见人。

【题 解】

这首诗与上一首《汴河曲》同写隋炀帝亡国的历史教训，但表现手法有所区别，《汴河曲》是从诗人的视角出发，直接引出吊古伤今的感慨，而这首《隋宫燕》则借用燕子的视角，更加委婉、巧妙地展示了历史兴亡的沧桑与无情。尽管隋宫已然荒凉破败，燕子却仍年年如期而至，这种虚实相生的笔法极大地增强了本诗的艺术表现力，给读者留下了深刻的印象。

【注 释】

① 旧国：指隋朝。

题楚昭王庙

唐·韩愈

丘坟满目衣冠尽，城阙连云草树荒。
犹有国人怀旧德，一间茅屋祭昭王^①。

【题 解】

　　唐宪宗元和十四年（819），韩愈因上书反对皇帝迎佛骨，被贬为潮州刺史，在途经楚国古都宜城时写下了这首咏史诗。楚昭王是春秋时期楚平王之子，曾经率军击败入侵的吴国军队，收复国土，故后人为之立庙纪念。这首诗表面看来平淡无奇，然而细细品味之后，则又意味深长：百姓虽无财力兴建高大庙堂，却也要用一间小小茅屋祭祀楚昭王，可见昭王的人格魅力流芳千古。这就是历史的公平与公正，时间的考验最终将证明一切人与事的真伪。

【注 释】

① 一间茅屋：韩愈《记宜城驿》云："旧庙屋极宏盛，今惟草屋一区。然问左侧人，尚云每岁十月，民相率聚祭其前。"

游太平公主山庄

唐·韩愈

公主当年欲占春，故将台榭压城闉^①。
欲知前面花多少，直到南山不属人^②。

【题 解】

太平公主山庄位于唐时京兆万年县（今属西安市）南。太平公主是唐高宗与武则天之女，曾参与拥立唐睿宗的宫廷政变，并借此专权用事、把持朝政。后因谋废太子，事泄，被赐死。韩愈这首诗通过对太平公主山庄别墅的描写，侧面揭示了公主当年权倾朝野、飞扬跋扈的表现，就此告诫当今身居高位的权贵们，纵然横行一时，却终究不能长久。

【注 释】

① 台榭：建在高土台上的敞屋。城闉：古代城门外层的曲城。
② 南山：指终南山，在京兆万年县南。

蜀先主庙

唐·刘禹锡

天下英雄气，千秋尚凛然。
势分三足鼎^①，业复五铢钱^②。
得相能开国^③，生儿不象贤^④。
凄凉蜀故妓^⑤，来舞魏宫前。

【题解】

　　蜀先主即刘备，其庙在夔州，这首诗是刘禹锡任夔州刺史时所作。全诗前四句写蜀汉之盛，后四句写蜀汉之衰，在鲜明的对比中，道出了古今兴亡的深刻教训。在刘禹锡生活的时代，曾经有过开元盛世的唐朝，已经日薄西山，这情形正好似当年的蜀汉，于是诗人怀古伤今，不由感慨万千。此诗对仗工整、用典自然、议论精警、气韵超迈，不愧为刘禹锡五律中的代表作。

【注释】

　　① 三足鼎：指魏、蜀、吴三国并立，如鼎足之势。
　　② 五铢钱：古代钱币，重五铢，汉武帝元狩五年（前118）铸造，后王莽代汉时废止，东汉初年光武帝刘秀又加以恢复。
　　③ 指刘备因得到丞相诸葛亮的辅佐而开创基业。
　　④ 指蜀后主刘禅不能效法贤人、继承父业。
　　⑤ 事见《三国志·蜀书·后主传》裴松之注引《汉晋春秋》："司马文王与禅宴，为之作故蜀妓，旁人皆为之感怆，而禅喜笑自若。"

金陵怀古

唐·刘禹锡

潮满冶城渚①，日斜征虏亭②。
蔡洲新草绿③，幕府旧烟青④。
兴废由人事，山川空地形。
《后庭花》一曲⑤，幽怨不堪听。

【题解】

　　唐敬宗宝历二年（826）冬，刘禹锡在和州刺史任上接到朝廷召他返回洛阳的命令，这首诗便是次年春天他途经金陵时所作。诗中通过描写金陵的冶城、征虏亭、蔡洲、幕府山四处具有代表性的景物，反映了从三国到东晋的历史变迁，并在写景中蕴含了对家国兴亡的无限感慨。诗人认为，六朝兴废皆取决于人事，金陵的险要地势并不能对政治发挥多少作用，历来六朝亡国之君，无不由于倚仗天险、沉迷声色而失道寡助，这些历史教训是多么值得今人借鉴啊！

【注释】

　　① 冶城：故址在江苏南京朝天宫附近，三国时吴国在此冶铸，因而得名。
　　② 征虏亭：故址在今江苏南京玄武湖北，为东晋征虏将军谢石所建。
　　③ 蔡洲：在今江苏江宁西南十二里的江中。东晋苏峻作乱时，陶侃、温峤领兵平乱，曾在此驻军。
　　④ 幕府：指幕府山，在今江苏南京北，长江南岸，东晋丞相王导曾在此山建幕府，因而得名。
　　⑤《后庭花》：即乐曲《玉树后庭花》，为南朝陈后主所作。

西塞山怀古

唐·刘禹锡

王浚楼船下益州^①，金陵王气黯然收^②。
千寻铁锁沉江底^③，一片降幡出石头^④。
人世几回伤往事，山形依旧枕寒流。

从今四海为家日 ^⑤，故垒萧萧芦荻秋 ^⑥。

【题解】

这首诗是唐穆宗长庆四年（824），刘禹锡由夔州刺史调任和州刺史途经西塞山时所作。西塞山在今湖北大冶东面的长江边，地势险峻，是六朝著名的军事要塞。此诗前四句以精炼的语言描述西晋与东吴在西塞山进行的一场战争，说明了倚仗山川险峻苟安图存注定失败的道理。后四句即景抒情，以国家统一的现状与古人留下的荒凉故垒进行对照，传达了对当今统治者必须以史为鉴的恳切告诫。

【注 释】

① 西晋太康元年（280），大将王浚奉晋武帝之命率水军顺长江东下讨伐东吴，直指吴都金陵。益州：在今四川，治所成都。

② 金陵王气：古人认为金陵地势险要，如龙盘虎踞，是帝王之都。

③ 东吴末代君主孙皓为防晋军来攻，在长江中暗置铁锥，并用千寻铁链封锁江面，以为可以高枕无忧。不料王浚以大筏冲走铁锥，纵火烧毁铁链，率战船直抵金陵，于是孙皓被迫投降。寻：古代八尺为一寻。

④ 石头：即金陵，又名石头城。

⑤ 四海为家：喻指全国统一。

⑥ 芦荻：生长在路旁水边芦苇一类的植物。

【名 句】

千寻铁锁沉江底，一片降幡出石头。

阿娇怨

唐·刘禹锡

望见葳蕤举翠华^①，试开金屋扫庭花。
须臾宫女传来信，言幸平阳公主家^②。

【题 解】

　　这首诗以汉武帝与皇后陈阿娇的故事为吟咏对象，用精炼含蓄的笔墨将陈皇后望幸不至的哀怨情状刻画得入木三分，表达了诗人对这位不幸女子的深切同情。全诗并未正面叙述阿娇之"怨"，而是通过阿娇手下宫女的种种表现，如"望见葳蕤"、"扫庭花"、"传来信"，侧面衬托出阿娇本人由期待转为失落的情绪变化，可谓不着一字，尽得风流。

【注 释】

　　① 葳蕤：指汉武帝仪仗中华丽的羽毛饰物。
　　② 平阳公主：汉武帝姐姐，向武帝进献歌伎卫子夫，最终使陈皇后失宠。

石头城

唐·刘禹锡

山围故国周遭在^①，潮打空城寂寞回。
淮水东边旧时月^②，夜深还过女墙来^③。

【题 解】

　　这首诗是刘禹锡所作金陵组诗之一。金陵组诗是诗人于唐敬宗宝历年间任和州刺史期间的作品，其中包括石头城、乌衣巷、台城等。《石头城》一诗曾被白居易誉为"吾知后之诗人，不复措辞矣"，在艺术上具有很高造诣。全诗运用白描手法，寓情于景，通过对典型景物的刻画，营造出一种寥落悲凉的审美境界，使读者沉浸其中，回味深长。

【注 释】

　　① 故国：指六朝。
　　② 淮水：指秦淮河，在江苏省西南部，长江下游支流。
　　③ 女墙：城上短墙，城垛。

【名 句】

　　山围故国周遭在，潮打空城寂寞回。

乌衣巷

唐·刘禹锡

朱雀桥边野草花①，乌衣巷口夕阳斜②。
旧时王谢堂前燕③，飞入寻常百姓家。

【题 解】

　　这首诗写作手法与前一首《石头城》相仿，亦以白描写景、借景抒

情，诗意精炼含蓄而意味隽永。诗中的点睛之笔，莫过于借王谢堂前燕、飞入百姓家的具体场景，以小见大地表现出王朝兴替、人世沧桑的深沉历史感。即如唐汝询《唐诗解》云："不言王谢为百姓家，而借言于燕，正诗人托兴玄妙处。"沈德潜《唐诗别裁》云："言王谢家成民居耳，用笔巧妙，此唐人三昧也。"

【注释】

① 朱雀桥：又名朱雀航，东晋时建在秦淮河上的一座浮桥，是城中心通往乌衣巷的必经之路，故址在今南京市镇淮桥以东。

② 乌衣巷：东晋时高门大族聚居之地，王导、谢安家皆在此，因其子弟穿乌衣，故名乌衣巷。故址在今南京市秦淮河南，朱雀桥附近。

③ 王谢：即东晋大贵族王导、谢安的家族。

【名句】

旧时王谢堂前燕，飞入寻常百姓家。

台　城

唐·刘禹锡

台城六代竞豪华①，结绮临春事最奢②。
万户千门成野草，只缘一曲《后庭花》。

【题解】

这首《台城》纯用赋体铺叙而成，虽不像前两首《石头城》、《乌衣巷》以巧妙含蓄见长，却别有一种清疏明朗的风致，令人过目难忘。诗中以南朝宫阙千门万户竟被一曲《后庭花》葬送的强烈对比，传达了历史无情的触目惊心，字里行间渗透着诗人怀古伤今的无限感慨。在金陵组诗中，刘禹锡表面上只是追悼六朝繁华，实际上却隐含着对风雨飘摇中大唐国运的深切忧虑。

【注释】

① 台城：三国时吴国后苑城，东晋改建，为东晋南朝朝廷与宫殿所在。故址在今南京市鸡鸣山南干河沿北。

② 结绮临春：指南朝陈后主所建造的临春阁、结绮阁，故址在今江苏省南京市。据《南史·张贵妃传》载："（陈）至德二年，乃于光昭殿前起临春、结绮、望仙三阁，高数十丈，并数十间。其窗牖、壁带、县楣、栏槛之类皆以沉檀香为之，又饰以金玉，间以珠翠，外施珠帘。内有宝床宝帐，其服玩之属，瑰丽皆今古未有。"

读史 五首

唐·白居易

其 一

楚怀放灵均①，国政亦荒淫。
彷徨未忍决，绕泽行悲吟。
汉文疑贾生，谪置湘之阴。
是时刑方措②，此去难为心。
士生一代间，谁不有浮沉。
良时真可惜，乱世何足钦。

乃知汨罗恨，未抵长沙深。

【题 解】

这首诗是白居易《读史》五首中的第一首，是诗人读《史记·屈原贾生列传》后有感而发所作。诗中对比历史上屈原和贾谊的政治悲剧，得出一番"良时真可惜，乱世何足钦"的奇警议论，推翻了世人心目中普遍认为的屈原比贾谊更值得同情的观念，提出身处乱世、怀才不遇实属正常，而身处盛世、怀才不遇才是最可悲的。这篇议论卓尔不群，言他人所未言，开创了咏史诗中的翻案文章，对宋人影响深刻。

【注 释】

① 楚怀：战国时楚国国君楚怀王。灵均：即屈原，屈原号灵均。
② 刑方措：刑法搁置不用，喻指政治清明。《汉书·文帝纪》："断狱数百，几致刑措。"

其 二

祸患如芬丝^①，其来无端绪。
马迁下蚕室^②，嵇康就囹圄^③。
抱冤志气屈，忍耻形神沮。
当彼戮辱时，奋飞无翅羽。
商山有黄绮^④，颍川有巢许^⑤。
何不从之游，超然离网罟。
山林少羁鞅^⑥，世路多艰阻。
寄谢伐檀人^⑦，慎勿嗟穷处。

【题解】

这首诗仍然运用对比手法，以历史上四个典故为例证，说明“山林少羁鞅，世路多艰阻”的人生道理，表达了诗人厌倦仕途、宁愿回归自然隐居田园的淡泊追求。在诗人看来，司马迁和嵇康虽然一世英才，但却不懂得明哲保身，以至于身遭戮辱、无力奋飞，这样的境遇远不如“商山四皓”与巢父、许由隐居山林，虽然贫穷，却能够身心安泰。入世与出世抉择，向来是古人咏史中常见的题材，此诗的特点在于尤以议论、说理见长，文字通俗易懂，这正是白居易诗歌的典型风格。

【注释】

① 棼丝：乱丝。

② 马迁：西汉史学家司马迁。蚕室：本指养蚕的处所，后引用为受宫刑的牢狱。

③ 囹圄：监狱。

④ 商山：位于陕西省商洛市丹凤县城西，因形似“商”字得名。黄绮：指“商山四皓”中的夏黄公与绮里季。“商山四皓”是西汉初年四位著名的隐士。

⑤ 颍川：颍川郡，以颍水得名，在今河南。巢许：巢父和许由。巢父，传说中的高士，因筑巢而居，人称巢父。尧以天下让之，不受，隐居聊城，以放牧为生。

⑥ 羁鞅：束缚。

⑦ 寄谢：告知。檀：檀木，主要生长在热带地区，木质坚硬，气味芬芳。

其　三

汉日大将军①，少为乞食子。
秦时故列侯②，老作锄瓜士。
春华何晔晔③，园中发桃李。

秋风忽萧条，堂上生荆枳④。

深谷变为岸，桑田成海水。

势去未须悲，时来何足喜。

寄言荣枯者，反复殊未已。

【题解】

这首诗的咏史对象是两位汉初人物，韩信与召平。韩信年轻时生活潦倒，却忍辱负重、胸怀大志，最终成为西汉开国功臣，拜将封侯。而召平年轻时为秦朝列侯，年老后竟成为一介布衣，种瓜东陵。表面看来，韩信是成功者，召平是失败者，然而随着时间的推移，韩信因功高盖主反而遭到朝廷杀戮，召平却能韬光养晦、明哲保身，并且还将自己的处世之道传授给丞相萧何，使萧何免于被刘邦猜忌。这一系列变化中反映的就是白居易所说的"势去未须悲，时来何足喜"的道理。以史为鉴，在荣辱沉浮中皆保持一颗平和之心即是这首诗要告诉读者的生活智慧。

【注释】

① 大将军：指汉初著名军事家韩信。韩信发迹之前曾经穷困潦倒，乞食为生。详见《史记·淮阴侯列传》。

② 故列侯：指故秦东陵侯召平。《史记·萧相国世家》曰："召平者，故秦东陵侯。秦破，为布衣，贫，种瓜于长安城东，瓜美，故世俗谓之东陵瓜，从召平以为名也。"

③ 昕晔：光彩夺目的样子。

④ 枳：落叶灌木或小乔木，小枝多刺。

其　四

含沙射人影①，虽病人不知。

巧言构人罪，至死人不疑。

掇蜂杀爱子②，掩鼻劓宠姬③。

弘恭陷萧望④，赵高谋李斯⑤。

阴德既必报，阴祸岂虚施。

人事虽可罔⑥，天道终难欺。

明则有刑辟，幽则有神祇。

苟免勿私喜，鬼得而诛之。

【题解】

这首诗借用尹吉甫杀子、郑袖争宠、弘恭构陷萧望之、赵高谋害李斯四段历史故事，描述了人间种种骗局与阴谋，并予以激烈批判。诗人站在正义的立场上，坚信一切骗局的真相总将大白于天下。尹吉甫之妻、郑袖、弘恭、赵高等人虽然一时得逞，然而在史书记载里，他们终究恶名昭著、遗臭万年。在诗人看来，这些真相的揭示有赖于天道和鬼神的襄助，然而在我们今天的读者看来，这又何尝不显示了历史本身的无私与公正。

【注释】

① 传说水中一种叫蜮的怪物，看到人影就喷沙子，被喷之人就生病死亡。比喻暗中诽谤或中伤他人。

② 西周宣王时尹吉甫之子伯奇的故事，见《太平御览》卷九五零引《列女传》："尹吉甫子伯奇至孝，事后母。母取蜂去毒，系于衣上，伯奇前，欲去之，母便大呼曰：伯奇牵我。吉甫见疑之，伯奇自死。"

③ 战国时楚怀王夫人郑袖的故事，见《韩非子·内储说下》。

④ 西汉元帝时佞臣弘恭、石显蒙蔽皇帝，谋害丞相萧望之的故事。详见《汉书·萧望之传》。

⑤ 秦始皇死后，宦官赵高先联合李斯拥立秦二世，又在二世面前构陷李斯，自己独揽大权。详见《史记·李斯列传》。

⑥冈：迷惑、蒙蔽。

其 五

季子憔悴时①，妇见不下机。

买臣负薪日，妻亦弃如遗。

一朝黄金多，佩印衣锦归。

去妻不敢视②，妇嫂强依依③。

富贵家人重，贫贱妻子欺。

奈何贫富间，可移亲爱志？

遂使中人心，汲汲求富贵。

又令下人力，各竞锥刀利。

随分归舍来，一取妻孥意④。

【题解】

这首诗采集战国苏秦和西汉朱买臣的历史典故，化用《史记》和《汉书》的语言，翻文为诗，生动地揭示了古代社会重视名利胜于亲情的冷漠人心，激愤之情溢于言表。在苏秦和朱买臣的典型事例中，苏秦之嫂与朱买臣之妻固然道德有亏，然而真正导致此类家庭悲剧的根源还在于社会导向的急功近利。白居易此诗即是站在这个角度上对社会人心予以规谏，体现了诗人强烈的社会责任感。

【注释】

① 季子：战国时期著名的纵横家苏秦，字季子。据《史记·苏秦列传》载，其人早年游学数岁，徒劳无功，受到家人的嘲讽和鄙视，后立志发迹，终佩六国相印，衣锦还乡。

② 指不安贫贱、与朱买臣离婚的前妻见到做官后的朱买臣，不敢直视。

据《汉书·朱买臣传》载："（朱买臣）拜为太守，入吴界，见其故妻、妻夫治道。买臣驻车，呼令后车载其夫妻，到太守舍，置园中，给食之。居一月，妻自经死，买臣乞其夫钱，令葬。"

③ 指苏秦妻、嫂"不敢仰视"、"委蛇蒲服"的丑态。

④ 妻孥：妻儿。

长恨歌

唐·白居易

汉皇重色思倾国①，御宇多年求不得②。

杨家有女初长成③，养在深闺人未识。

天生丽质难自弃，一朝选在君王侧。

回眸一笑百媚生，六宫粉黛无颜色④。

春寒赐浴华清池⑤，温泉水滑洗凝脂。

侍儿扶起娇无力，始是新承恩泽时。

云鬓花颜金步摇⑥，芙蓉帐暖度春宵。

春宵苦短日高起，从此君王不早朝。

承欢侍宴无闲暇，春从春游夜专夜。

后宫佳丽三千人，三千宠爱在一身。

金屋妆成娇侍夜，玉楼宴罢醉和春。

姊妹弟兄皆列土⑦，可怜光彩生门户。

遂令天下父母心，不重生男重生女。

骊宫高处入青云，仙乐风飘处处闻。

缓歌慢舞凝丝竹，尽日君王看不足。

渔阳鼙鼓动地来⑧，惊破霓裳羽衣曲⑨。

九重城阙烟尘生⑩，千乘万骑西南行。

翠华摇摇行复止，西出都门百余里。
六军不发无奈何⑪，宛转蛾眉马前死。
花钿委地无人收，翠翘金雀玉搔头⑫。
君王掩面救不得，回看血泪相和流。
黄埃散漫风萧索，云栈萦纡登剑阁⑬。
峨嵋山下少人行⑭，旌旗无光日色薄。
蜀江水碧蜀山青，圣主朝朝暮暮情。
行宫见月伤心色，夜雨闻铃肠断声。
天旋地转回龙驭⑮，到此踌躇不能去。
马嵬坡下泥土中，不见玉颜空死处。
君臣相顾尽沾衣，东望都门信马归。
归来池苑皆依旧，太液芙蓉未央柳⑯。
芙蓉如面柳如眉，对此如何不泪垂。
春风桃李花开日，秋雨梧桐叶落时。
西宫南内多秋草⑰，落叶满阶红不扫。
梨园弟子白发新⑱，椒房阿监青娥老⑲。
夕殿萤飞思悄然，孤灯挑尽未成眠。
迟迟钟鼓初长夜，耿耿星河欲曙天。
鸳鸯瓦冷霜华重⑳，翡翠衾寒谁与共。
悠悠生死别经年，魂魄不曾来入梦。
临邛道士鸿都客㉑，能以精诚致魂魄。
为感君王辗转思，遂教方士殷勤觅。
排空驭气奔如电，升天入地求之遍。
上穷碧落下黄泉㉒，两处茫茫皆不见。
忽闻海上有仙山，山在虚无缥缈间。
楼阁玲珑五云起，其中绰约多仙子。
中有一人字太真，雪肤花貌参差是。
金阙西厢叩玉扃㉓，转教小玉报双成㉔。
闻道汉家天子使，九华帐里梦魂惊。

揽衣推枕起徘徊，珠箔银屏迤逦开㉕。

云鬓半偏新睡觉，花冠不整下堂来。

风吹仙袂飘飘举，犹似霓裳羽衣舞。

玉容寂寞泪阑干㉖，梨花一枝春带雨。

含情凝睇谢君王，一别音容两渺茫。

昭阳殿里恩爱绝㉗，蓬莱宫中日月长㉘。

回头下望人寰处，不见长安见尘雾。

唯将旧物表深情，钿合金钗寄将去。

钗留一股合一扇㉙，钗擘黄金合分钿㉚。

但教心似金钿坚，天上人间会相见。

临别殷勤重寄词，词中有誓两心知。

七月七日长生殿㉛，夜半无人私语时。

在天愿作比翼鸟，在地愿为连理枝。

天长地久有时尽，此恨绵绵无绝期。

【题解】

白居易这首著名的长篇咏史叙事诗作于唐宪宗元和元年（806），当时诗人正在盩厔县（今陕西周至）任县尉，此诗是他和友人陈鸿、王质夫同游仙游寺，有感于唐玄宗、杨贵妃的爱情故事而创作的。诗人以精炼的语言、优美的形象，叙述了唐玄宗与杨贵妃在"安史之乱"中的爱情悲剧，曲折回旋、哀婉动人。在叙事的基础上，诗人又充分运用了传统诗歌中的抒情手法，贴切地传达出历史人物的内心世界，使得"长恨"这一主题在不知不觉中呈现于读者面前，凄恻缠绵，回味无穷。

【注释】

①汉皇：假借汉武帝之名，指代唐玄宗。

② 御宇：指皇帝统治天下。

③ 杨家有女：指玄宗的宠妃杨玉环。杨玉环，字太真，祖籍蒲州永乐（今山西永济），生于蜀郡成都（今四川成都），先为寿王李瑁王妃，后为唐玄宗贵妃。

④ 六宫：后妃住处统称。

⑤ 华清池：唐代华清宫的温泉浴池，在今陕西省临潼县骊山。

⑥ 步摇：一种上有垂珠，制成花枝形的首饰，举步则摇动。

⑦ 指杨贵妃的三个姐妹分别被封为韩国夫人、虢国夫人和秦国夫人，族兄杨国忠被封为右丞相，杨铦和杨锜被封为鸿胪卿与侍御史。列土：分封爵位和土地。

⑧ 渔阳：唐代渔阳郡，在今北京市平谷区和河北蓟县一带。鼙鼓：骑兵用的小鼓。

⑨ 霓裳羽衣曲：唐代宫廷乐舞，相传为唐开元年间西凉节度使杨敬述所献，经唐玄宗润色并制成歌词。

⑩ 指天宝十五载（756）六月，安禄山叛军攻破潼关，长安受到威胁。九重：天子所居之处。

⑪ 指朝廷军队要求唐玄宗杀死杨贵妃，方肯继续行进。

⑫ 搔头：发簪。

⑬ 云栈：高耸入云的栈道。萦纡：迂回曲折。剑阁：剑门关，在今四川省剑阁北。

⑭ 峨嵋山：位于四川省乐山市峨眉县。唐玄宗逃往蜀中时并没有经过峨眉山，此处泛指蜀山。

⑮ 龙驭：皇帝的车驾。

⑯ 太液：汉宫池名。未央：汉宫名。这里都是以汉代池苑宫殿指代唐玄宗时的池苑宫殿。

⑰ 西宫：指西内太极宫。南内：即兴庆宫。玄宗自蜀回京后，先住兴庆宫，后迁居西内。

⑱ 梨园：唐玄宗时教练宫廷歌舞艺人的地方，一在长安光化门北禁苑中，一在蓬莱宫内宜春院，一在华清宫。

⑲ 椒房：汉代后妃所居宫殿，以椒泥涂墙，温暖而有香气，兼多子之意，

故名。这里用来指代唐代后宫。

⑳ 鸳鸯瓦：互相成对的瓦。

㉑ 临邛：今四川邛崃。鸿都：东汉皇家藏书之所，在京城洛阳北宫，这里借指唐长安。

㉒ 碧落：天上。黄泉：地下。

㉓ 扃：门户。

㉔ 小玉：春秋时吴王夫差的小女紫玉。双成：神话中西王母的侍女。她们都被用来指代杨贵妃在天上的侍女。

㉕ 珠箔：珠帘。迤逦：曲折连绵。

㉖ 阑干：纵横散乱的样子。

㉗ 昭阳殿：西汉宫殿，汉成帝皇后赵飞燕曾居于此，这里指代杨贵妃所住的宫殿。

㉘ 蓬莱宫：传说中海上仙山的宫殿，这里指杨贵妃所住的仙境。

㉙ 此句意谓钗有两股，削去一股，留下一股；合有两爿，削去一爿，留下一爿。

㉚ 擘：分开。

㉛ 长生殿：唐华清宫殿名。《唐会要·华清宫》："天宝元年十月，造长生殿，名为集灵台，以祀神。"

【名句】

回眸一笑百媚生，六宫粉黛无颜色。

在天愿作比翼鸟，在地愿为连理枝。

天长地久有时尽，此恨绵绵无绝期。

集灵台 二首

唐·张祜

其　一

日光斜照集灵台^①，红树花迎晓露开。
昨夜上皇新授箓^②，太真含笑入帘来。

【题解】

　　张祜这两首《集灵台》与白居易《长恨歌》同为吟咏唐玄宗、杨贵妃故事的诗作，所不同者，《长恨歌》对李、杨爱情多抱同情态度，而《集灵台》则从批判的角度入手，以嘲讽的口吻揭露唐玄宗与杨贵妃姐妹的骄奢荒淫。在第一首《集灵台》里，诗人抓住玄宗欲纳贵妃而先令其为女道士的暧昧伎俩，将玄宗的好色与太真的轻浮表现得淋漓尽致。

【注释】

　　① 集灵台：即长生殿。
　　② 授箓：指授予牒文，确认道士身份。杨玉环原为寿王妃，被唐玄宗
　　　　看中后，为掩人耳目，先出家做女道士，再入宫。

其　二

虢国夫人承主恩^①，平明骑马入宫门。
却嫌脂粉污颜色，淡扫蛾眉朝至尊。

【题解】

　　杨贵妃一人得宠，全家皆受封爵。《集灵台》第二首即描写杨贵妃姐姐虢国夫人朝见唐玄宗的情景，以夫人不施脂粉、素面朝天勾引玄宗的具体细节，展现出玄宗的荒淫与杨氏姐妹的嚣张气焰。在这首诗里，诗人借用明褒暗贬的生动语言，含而不露地在"淡扫蛾眉"与"朝至尊"的尴尬联系中寓以辛辣的嘲讽，体现出高超的艺术技巧。

【注释】

　　① 虢国夫人：杨贵妃三姐，受封虢国夫人。

咏怀 二首选一

唐·李贺

其 一

长卿怀茂陵①，绿草垂石井。
弹琴看文君，春风吹鬓影。
梁王与武帝②，弃之如断梗。
惟留一简书③，金泥泰山顶④。

【题解】

　　这首诗作于李贺因不得举进士、赋闲在昌谷家中时期，怀才不遇的苦闷使诗人联想到历史上司马相如的遭遇，于是借古人之事，抒发自己

的幽怨心情。司马相如生前才智过人，却僻处一隅、闲散无事；谁知其死后却因为一篇《封禅文》而受到朝廷的重视。可见统治者所关心的不是治国安邦，而是神道设教、巩固地位。这种荒唐的价值取向造就了司马相如生前的落寞和死后的虚荣，也造就了诗人李贺一生的悲剧。

【注释】

① 长卿：即司马相如。

② 梁王：指梁孝王刘武，汉景帝同母兄弟，汉武帝叔父。《史记·司马相如列传》云："会景帝不好辞赋，是时梁孝王来朝，从游说之士齐人邹阳、淮阴枚乘、吴庄忌夫子之徒，相如见而说之，因病免，客游梁，梁孝王令与诸生同舍。"

③ 一简书：指司马相如去世时只留下一篇《封禅文》。

④ 金泥：水银与金屑和成的泥，用以涂封祭天玉牒。《史记·司马相如列传》："司马相如既卒五岁，天子始祭后土。八年，……封于泰山。"

金铜仙人辞汉歌

唐·李贺

魏明帝青龙元年八月，诏宫官牵车西取汉孝武捧露盘仙人，欲立致前殿。宫官既拆盘，仙人临载，乃潸然泪下。唐诸王孙李长吉遂作《金铜仙人辞汉歌》。

茂陵刘郎秋风客①，夜闻马嘶晓无迹。
画栏桂树悬秋香，三十六宫土花碧②。
魏官牵车指千里③，东关酸风射眸子④。

空将汉月出宫门，忆君清泪如铅水。

衰兰送客咸阳道⑤，天若有情天亦老。

携盘独出月荒凉，渭城已远波声小⑥。

【题解】

这首诗作于唐宪宗元和八年（813），李贺辞官离京赴洛阳途中。金铜仙人是汉武帝为求仙所铸，位于建章宫神明台上，掌擎铜盘以承露水，汉朝灭亡后，魏明帝派人将其从长安迁往魏都洛阳。这首诗描写的就是金铜仙人离开长安时的情景。诗人运用拟人手法，将金铜仙人想象成有生命有感情的个体，借用它的视角，表达了王朝兴替的无情与故土难离的悲愁。全诗遣词警拔奇幻、冷艳至极，体现了李贺诗独特的艺术风貌。

【注释】

① 刘郎：指汉武帝刘彻。秋风客：汉武帝曾作《秋风辞》，故称"秋风客"。

② 三十六宫：西汉长安宫殿总数。张衡《西京赋》云："离宫别馆，三十六所。"土花：苔藓。

③ 魏官：指魏明帝派来主持搬运的官员。千里：指长安、洛阳之间的距离。

④ 东关酸风：指从潼关方向吹来的冷风。

⑤ 咸阳道：此指长安城外的道路。咸阳，秦都城名，在长安西北。

⑥ 渭城：汉代改咸阳为渭城县，此处指长安。

【名句】

衰兰送客咸阳道，天若有情天亦老。

马诗 二十三首选一

唐·李贺

其二十三

武帝爱神仙，烧金得紫烟。
厩中皆肉马①，不解上青天。

【题解】

　　这首诗通过对汉武帝炼丹求仙故事的描写，借古讽今，用诙谐而又辛辣的笔触表现了统治者的昏庸可笑。汉武帝一心追求长生不死，迷信方士，炼金服食，渴望如黄帝一般乘龙登天。于是诗人便联想到武帝登天也需要坐骑天马，而宫中肉马皆是凡才，怎能带武帝上天？这一巧妙想象揭示了武帝成仙的荒唐梦想，同时也旁敲侧击地隐喻了武帝不重视人才的政治失误，全诗内涵丰富，耐人寻味。

【注释】

　　① 肉马：肥胖平庸之马，暗喻窃据高位、挤满朝廷的无能之臣。

金陵怀古

唐·许浑

玉树歌残王气终①，景阳兵合戍楼空②。

松楸远近千官冢^③，禾黍高低六代宫^④。
石燕拂云晴亦雨^⑤，江豚吹浪夜还风^⑥。
英雄一去豪华尽，惟有青山似洛中^⑦。

【题 解】

许浑这首诗继承《诗经·王风》中的《黍离》之悲，以六朝末日的衰败景象衬托金陵繁华一去不返的怅然情怀，表达了对江山不改、世事多变的万千感慨。此诗在选取艺术形象和锤炼字句上尤见功力，"松楸"、"禾黍"二句为实写，"石燕"、"江豚"二句为虚写，虚实结合，以神话的浪漫气氛与现实的凄凉哀婉相互融合，成功地塑造出一个烟波迷离的金陵形象。

【注 释】

① 玉树：即《玉树后庭花》。
② 景阳：景阳宫。公元589年，隋军攻陷金陵，直逼景阳宫外，陈后主束手就擒，陈朝灭亡。
③ 楸：落叶乔木，干高叶大，木材致密、耐湿。
④ 黍：一年生草本植物，叶线形，籽实淡黄色。
⑤ 石燕：《浙中记》云："零陵有石燕，得风雨则飞翔，风雨止还为石。"
⑥ 江豚：《南越志》云："江豚如猪，居水中，每于浪间跳跃，风辄起。"
⑦ 洛中：即洛阳。金陵与洛阳都有群山环绕，地形相似。

登洛阳故城

唐·许浑

禾黍离离半野蒿^①，昔人城此岂知劳？
水声东去市朝变^②，山势北来宫殿高^③。
鸦噪暮云归古堞^④，雁迷寒雨下空壕。
可怜缑岭登仙子^⑤，犹自吹笙醉碧桃。

【题 解】

洛阳是一座著名古城，历史上东周、东汉、曹魏、西晋、北魏都曾定都于此。隋炀帝时，在洛阳旧城西十八里营建新城，唐武则天时又加以扩建，而旧城就此荒废。许浑这首诗即是凭吊旧城时所作。诗人生活在没落萧条的晚唐时代，因而在追抚山川陈迹、俯仰古今兴废的深沉感慨中又寄寓了一层现实幻灭的悲哀，令诗句苍凉凄迷、深婉动人。

【注 释】

① 禾黍离离：语出《诗经·王风·黍离》，《黍离》是周大夫过故宗庙宫室，见处处禾黍，感伤王都倾覆所作。

② 水声东去：指洛阳城南，洛水东流。

③ 山势北来：指洛阳城北，邙山绵亘四百余里。

④ 堞：城上矮墙。

⑤ 缑岭：即缑氏山，在今河南偃师东南，距洛阳约百里。传说东周灵王太子晋修道成仙，在此驾鹤升天。

咸阳城东楼

唐·许浑

一上高城万里愁，蒹葭杨柳似汀洲^①。
溪云初起日沉阁，山雨欲来风满楼。
鸟下绿芜秦苑夕^②，蝉鸣黄叶汉宫秋。
行人莫问当年事，故国东来渭水流^③。

【题解】

　　此诗题目一作《咸阳城西楼晚眺》。咸阳城是秦朝故都，旧址在今陕西咸阳东窑店，与唐长安隔渭水相望。这首诗通过生动的景物描写，把怀古与思乡巧妙地结合起来，在羁旅的乡愁中渗透了深广的感时伤事之情，意境苍茫，气象高远。诗人以"山雨欲来风满楼"的千古名句，隐喻了王朝兴替的沧桑多变，可谓点睛之笔，神完气足。

【注释】

　　① 蒹葭：芦苇。汀洲：水中沙洲。
　　② 芜：野草。
　　③ 渭水：在陕西省中部，黄河最大支流。

【名句】

溪云初起日沉阁，山雨欲来风满楼。

汴河亭

唐·许浑

广陵花盛帝东游^①，先劈昆仑一派流^②。

百二禁兵辞象阙^③，三千宫女下龙舟。

凝云鼓震星辰动，拂浪旗开日月浮。

四海义师归有道^④，迷楼还似景阳楼^⑤。

【题 解】

　　这首诗于前三联中运用想象、虚构、夸张等艺术手法，极力渲染隋炀帝开凿运河、东游广陵的浩大声势。尾联卒章显志，尖锐地指出隋炀帝为满足一己私欲，导致民怨沸腾、义军四起的惨痛后果，并在迷楼与景阳楼的联系中，揭示出"后人哀之而不鉴之，亦使后人而复哀后人也"的深刻道理。诗人在对隋炀帝的批判中，实际上也融入了对晚唐政治腐败的忧愤。

【注 释】

①广陵：即扬州。

②将昆仑山流下的黄河水分引开渠，修出一条运河。

③百二：语出《史记·高祖本纪》："秦，形胜之国，带河山之险，县隔千里，持戟百万，秦得百二焉。"苏林注曰："秦地险固，二万人足当诸侯百万人也。"象阙：古代天子、诸侯宫门外的一对高耸建筑，此处指代京城。

④义师：指隋末反对炀帝暴政的义军。

⑤迷楼：隋炀帝晚年尤沉迷女色，在扬州建造迷楼，因"使真仙游其中，亦当自迷也"（《迷楼记》）而得名。景阳楼：南朝陈后主所建楼名。

途经秦始皇墓

唐·许浑

龙盘虎踞树层层，势入浮云亦是崩。

一种青山秋草里，路人唯拜汉文陵^①。

【题 解】

　　这首诗通过描写路人对待秦始皇墓与汉文帝陵的不同态度，以新颖的角度表现了秦始皇的奢侈残暴与汉文帝的简朴仁厚，对比强烈，褒贬分明。正如贺裳《载酒园诗话》评论云："本咏秦始，却言汉文，题外相形，意味深长多矣。"同样是青山秋草的景色，一个暴君，一个仁君，千载之下，自有公论。诗人正是站在正义的立场上，于轻浅疏淡的笔墨中传达出一种厚重的历史感。

【注 释】

　　① 汉文陵：汉文帝霸陵，在今西安市东，与秦始皇墓相近。

过骊山作

唐·杜牧

始皇东游出周鼎^①，刘项纵观皆引颈^②。

削平天下实辛勤，却为道傍穷百姓。

黔首不愚尔益愚^③，千里函关囚独夫^④。

牧童火入九泉底⑤，烧作灰时犹未枯。

【题解】

这首诗大约作于唐敬宗宝历年间，当时杜牧有感于敬宗大起宫室、广声色，于是便以秦朝二世而亡的历史素材为题，借古讽今，劝谏当朝统治者以秦为鉴。诗中用"削平天下实辛勤，却为道傍穷百姓"的强烈对比，揭示了民心对于治国的重大作用。秦始皇企图焚百家言、以愚黔首，结果是百姓没有变得愚蠢，统治者却越来越愚蠢。这一深刻的历史教训，实在值得后人不断反思。

【注释】

① 据《史记·秦始皇本纪》载："二十八年（前219），始皇东行郡县，……还，过彭城，斋戒祷祠，欲出周鼎泗水，使千人没水求之，弗得。"周鼎：周代的传国重器，共九个，象征最高统治权力。传说周亡后，鼎沉泗水。

② 据《史记·高祖本纪》载："高祖（刘邦）常繇咸阳，纵观，观秦皇帝，喟然太息曰：嗟乎，大丈夫当如此也！"据《史记·项羽本纪》载："秦始皇帝游会稽，渡浙江，梁（项梁）与籍（项羽）俱观。籍曰：彼可取而代也。"

③ 黔首：指百姓。《史记·秦始皇本纪》："更名民曰黔首。"

④ 函关：函谷关。独夫：指众叛亲离的暴君。

⑤ 据《汉书·刘向传》载："秦始皇帝葬于骊山之阿，下锢三泉，上崇山坟，其高五十余丈，周回五里有余，水银为江海，黄金为凫雁。天下苦其役而反之，骊山之作未成，而周章百万之师至其下矣。项籍燔其宫室营宇，往者咸见发掘。其后牧儿亡羊，羊入其凿，牧者持火照求羊，失火烧其藏椁。"

过勤政楼

唐·杜牧

千秋佳节名空在^①，承露丝囊世已无^②。

唯有紫苔偏称意，年年因雨上金铺^③。

【题 解】

勤政楼原是唐玄宗用来处理朝政、举行国家重大典礼的地方，建于开元八年（720），在长安城兴庆宫的西南角。"安史之乱"后，玄宗退位，"勤政务本"早成空话，勤政楼也日渐衰败、苔藓丛生。这首诗所描绘的就是这样一幅王朝末日的凄凉景象。诗人以紫苔见意，借紫苔之盛反衬唐朝之衰，小中见大，回味无穷。在这一盛一衰之中，我们可以读出诗人内心的极度感伤。

【注 释】

① 千秋佳节：开元十七年（729）阴历八月五日，唐玄宗为庆贺自己的生日，在勤政楼批准宰相奏请，定这一天为千秋节。

② 承露丝囊：唐封演《封氏闻见记》卷四《降诞》云："玄宗开元十七年，丞相张说奏以八月五日为千秋节，百寮有献承露囊者。"《唐会要》卷二九《节日》载："开元十七年八月五日，左丞相源干曜、右丞相张说等上表请以是日为千秋节，着之甲令，布于天下，咸令休假。群王当以是日进万寿酒，王公戚里进金镜绶带，士庶以结丝承露囊更相问遗。"

③ 铺：铺首，门环。

过华清宫 三首

唐·杜牧

其 一

长安回望绣成堆^①，山顶千门次第开。
一骑红尘妃子笑^②，无人知是荔枝来。

【题解】

《过华清宫》组诗是杜牧经过骊山华清宫时有感而作。华清宫是唐玄宗开元十一年（723）修建的行宫，唐玄宗与杨贵妃曾在此寻欢作乐。这首诗是组诗中的第一首，诗人以贵妃笑迎荔枝的典型细节衬托出玄宗的荒淫误国，构思精妙，形象生动。故俞陛云《诗境浅说续编》评论说："唐人之过华清宫者，辄生感喟，不过写盛衰之感；此诗以华清为题，而有褒姬一笑倾周之慨。"

【注释】

① 绣成堆：华清宫所在骊山之上种植花卉树木，远望如同锦绣，有东、西秀岭之称。
② 指唐玄宗为博杨贵妃一笑，使人专程从南方快马运送荔枝到长安。李肇《唐国补史》云："杨贵妃生于蜀，好食荔枝。南海所生，尤胜蜀者，故每岁飞驰以进。"

【名句】

一骑红尘妃子笑，无人知是荔枝来。

其 二

新丰绿树起黄埃①，数骑渔阳探使回②。

霓裳一曲千峰上③，舞破中原始下来。

【题解】

这首诗以简练的语言勾勒出丰富的历史事实，即写出了安禄山的狡
猾多端，又揭示出唐玄宗的昏庸误国。而最精彩之处，莫过于"霓裳一
曲千峰上，舞破中原始下来"的夸张笔法，无限传神地讽刺了玄宗沉迷
声色、葬送江山的典型史实，一字千钧，力透纸背，不仅显示了诗人高
超的艺术技巧，也为后世一切王朝的统治者敲响了警钟。

【注 释】

① 新丰：故址在今陕西临潼新丰镇，距骊山不远。

② 指唐玄宗时安禄山密谋造反，玄宗派使者辅璆琳前去打探虚实，结
　果辅璆琳收受安禄山贿赂，回朝后对玄宗极言安禄山忠心耿耿，导
　致朝廷对安禄山放松警惕。

③ 霓裳：即《霓裳羽衣曲》。

其 三

万国笙歌醉太平，倚天楼殿月分明。

云中乱拍禄山舞①，风过重峦下笑声。

【题解】

这首诗同样讽刺唐玄宗笙歌太平的荒淫统治，与上一首诗有异曲同
工之妙。诗人选取了安禄山在玄宗驾前表演胡旋舞、令众人欢笑的典型

场景，将玄宗陶醉于繁华假象、被奸臣蒙蔽愚弄、大祸临头而浑然不知的可怜又可恨的形象刻画得入木三分，不禁令人哀其不幸、怒其不争。在诗的结尾处，诗人以"风过重峦下笑声"的有力结句，骤然斩断众人的欢笑，以他们在安禄山直捣长安的战乱中再也笑不出来的惨痛教训，告诫后世统治者务必以史为鉴。

【注 释】

① 禄山舞：据《旧唐书·安禄山传》载，安禄山身体肥胖，重三百三十斤，却能在唐玄宗面前表演胡旋舞，其疾如风。旁边的宫人拍掌击节，因为舞得太快，节拍都乱了。

题宣州开元寺水阁

唐·杜牧

六朝文物草连空，天淡云闲今古同。
鸟去鸟来山色里，人歌人哭水声中。
深秋帘幕千家雨，落日楼台一笛风。
惆怅无日见范蠡①，参差烟树五湖东②。

【题 解】

这首诗作于唐文宗开成年间，当时杜牧任宣州（今安徽宣城）团练判官。宣城风景优美，南朝诗人谢朓曾在此做太守，城中开元寺建于东晋，为著名古迹。杜牧在宣城任职期间常来开元寺题咏，这首诗就是他在寺院水阁之上，俯瞰宛溪、眺望敬亭山、抒发古今感慨的代表作品。

诗人以明丽俊爽的景物描写、流畅轻快的诗歌语言，冲淡了怀古伤今的低回惆怅，体现了杜牧诗特有的清新风格。

【注 释】

① 范蠡：春秋时期越王勾践谋臣，曾辅佐越王打败吴王夫差，功成之后，为避免越王猜忌，乘扁舟归隐五湖。
② 五湖：指太湖及与其相属的四个小湖。

题商山四皓庙

唐·杜牧

吕氏强梁嗣子柔①，我于天性岂恩仇。
南军不袒左边袖②，四老安刘是灭刘③。

【题 解】

这首诗是唐文宗开成四年（839）二月，杜牧由浔阳去往长安途经商山时所作。据《史记·留侯世家》记载，汉高祖刘邦晚年因太子刘盈性格软弱，欲另立戚夫人之子赵王如意，于是吕后便与张良设计，让刘盈请来"商山四皓"作为辅弼，使刘邦不能小觑刘盈。结果刘盈虽然保住了太子身份，然而他即位后行事懦弱，终使吕氏专权，危害刘氏。杜牧此诗即以这段历史为题，质疑"商山四皓"出山的后果，认为"四皓"出山虽一时稳定了政局，却终究为汉室埋下祸根，从长远来看，恐怕是过大于功。

【注释】

① 指刘邦皇后吕雉个性刚强，而其子刘盈却性格柔弱。

② 西汉京城有南、北军，刘邦死后，吕雉专权，将南北军权交付吕氏家族。吕雉死后，诸吕作乱，被太尉周勃等镇压。据《史记·吕太后本纪》载："太尉将之入军门，行令军中曰：为吕氏右袒，为刘氏左袒。军中皆左袒为刘氏。太尉行至，将军吕禄亦已解上将印去，太尉遂将北军。"

③ 四老：即"四皓"：东园公、角里先生、绮里季、夏黄公。

赤　壁

唐·杜牧

折戟沉沙铁未销①，自将磨洗认前朝。

东风不与周郎便②，铜雀春深锁二乔③。

【题解】

　　这首诗是杜牧经过赤壁（今湖北武昌西南赤矶山）古战场时，有感于三国英雄成败所作的咏史诗。赤壁之战发生于东汉建安十三年（208），其结果是在东吴统帅周瑜的指挥下，孙、刘联军击败曹操，从此奠定了三足鼎立的历史格局。杜牧此诗的巧妙之处在于，诗人并不从正面歌颂周瑜的胜利，而是从反面假想其失败，强调周瑜获胜不过是因为借助于偶然的东风——从这个轻松的历史玩笑中，我们可以体会到诗人通晓军事的自负情绪与"时无英雄，遂使竖子成名"的不平感慨。

【注释】

① 指赤壁之战时沉埋于江泥的断戟尚未朽烂。戟：古代兵器，融戈、矛于一体，既能直刺，又能横击。

② 指东吴都督周瑜利用东南风火攻，焚烧曹操战舰的故事，详见《三国志·吴书·周瑜传》。

③ 铜雀：即铜雀台。二乔：江东美女大乔、小乔。大乔为孙策妇，小乔为周瑜妇。

【名句】

东风不与周郎便，铜雀春深锁二乔。

题桃花夫人庙

唐·杜牧

细腰宫里露桃新①，脉脉无言几度春。
至竟息亡缘底事？可怜金谷坠楼人②。

【题解】

桃花夫人即春秋时息君夫人息妫，因抗议楚王被传为美谈，唐时犹有祭祀。而杜牧这首诗却摒弃俗见，对息夫人的故事加以重新审视，提出息国灭亡正是由于息夫人的美色，息夫人难辞其咎。这里，诗人又引用西晋时绿珠坠楼的故事，与息夫人的故事进行对比，指出绿珠与息夫人的遭遇相似，而反抗远比息夫人强烈，褒贬之意，不言而喻。故赵翼

《瓯北诗话》评价此诗曰："以绿珠之死，形息夫人之不死，高下自见而词语蕴藉，不显露讥刺，尤得风人之旨耳。"

【注释】

① 细腰：语出《墨子·兼爱》："昔者楚灵王好士细腰，故灵王之臣皆以一饭为节，胁息然后带，扶墙然后起。比期年，朝有黧黑之色。"

② 金谷坠楼人：指西晋富豪石崇乐妓绿珠为主殉死的故事，详见《晋书·石崇传》。

题乌江亭

唐·杜牧

胜败兵家事不期，包羞忍耻是男儿。
江东子弟多才俊①，卷土重来未可知。

【题解】

唐武宗会昌年间，杜牧任池州刺史，过乌江亭，写下了这首咏史诗。乌江亭在今安徽和县东北乌江浦，相传项羽曾在此自刎。杜牧这首诗不落前人窠臼，视角新颖，议论独到。人们向来欣赏项羽自刎乌江的气节，杜牧却做翻案文章，指出项羽此举的刚愎自用与气量狭窄。诗中假设项羽"卷土重来"的情形，在对其批评、讽刺和惋惜的同时，也宣扬了乐观积极的处世态度，值得后人借鉴。

【注释】

① 江东：长江在今安徽南部境内向东北方向斜流，以此段长江为标准，确定东西和左右，今皖南、苏南、浙江、江西东部这片地区统称江东。

【名句】

江东子弟多才俊，卷土重来未可知。

兰 溪

唐·杜牧

兰溪春尽碧泱泱，映水兰花雨发香。
楚国大夫憔悴日^①，应寻此路去潇湘^②。

【题解】

这首诗作于唐武宗会昌四年（844）暮春，当时杜牧在黄州任刺史。兰溪即黄州兰溪镇，镇东有竹林磴，其处多兰，其下有溪，故称兰溪。在诗中，诗人通过对兰溪景色的优美描写，令人自然而然地联想到屈原美好的人格与节操。兰溪古属楚国，因此诗人便推测屈原当年有可能就是经由此路而去潇湘。在对历史的遥想中，诗人的足迹与屈原的足迹重合起来——屈原报国无门、独行江滨的身影，同样也是诗人抑郁彷徨的写照。

【注释】

① 楚国大夫：指屈原。

② 潇湘：潇水与湘水并称，泛指今湖南地区。

题木兰庙

唐·杜牧

弯弓征战作男儿，梦里曾经与画眉。
几度思归还把酒，拂云堆上祝明妃①。

【题解】

这首诗作于唐武宗会昌四年（844），当时杜牧任黄州刺史。木兰庙在今湖北黄冈木兰山上，祭祀传说中的女中豪杰花木兰。此诗和杜牧的多数咏史诗风格不同，它不以议论见胜，而是集中笔墨去描写木兰在从军过程中的隐秘心事——在梦中，她和家乡女伴们一起对镜梳妆，这一细节的设计更反衬出木兰替父从军的杰出形象。她的英勇正如同历史上自请和番的王昭君，令后人既仰慕、又同情。

【注释】

① 拂云堆：即拂云堆神祠，在今内蒙古自治区乌拉特西北，祭祀明妃。

金谷园

唐·杜牧

繁华事散逐香尘^①，流水无情草自春。
日暮东风怨啼鸟，落花犹似坠楼人。

【题 解】

金谷园故址在今河南洛阳西北，是西晋富豪石崇的别墅，盛极一时，唐已荒废，成为供人凭吊的古迹。杜牧此诗追怀金谷园的繁华往事，句句写景，景中有情，将飘然下坠的落花与坠楼而死的绿珠联想到一起，寄寓了无限情思。绿珠作为政治斗争的牺牲品，不能选择自己的生死，她的命运正如同落花一般可怜又可惜。这一比喻贴切自然、意味隽永。

【注 释】

① 繁华事：据王嘉《拾遗记》载："石季伦（崇）屑沉水之香如尘末，布象床上，使所爱者践之，无迹者赐以真珠。"石崇之奢靡可见一斑。

过陈琳墓

唐·温庭筠

曾于青史见遗文，今日飘蓬过此坟^①。

词客有灵应识我，霸才无主独怜君②。

石麟埋没藏春草，铜雀荒凉对暮云。

莫怪临风倍惆怅，欲将书剑学从军。

【题解】

陈琳是汉末著名文人，"建安七子"之一，擅长写作章表书记。陈琳墓在今江苏邳县，这首诗就是温庭筠凭吊陈琳墓时有感而作。此诗名为吊古，实为咏怀，全诗贯穿着诗人自己与陈琳之间不同时代、不同际遇的对比：陈琳生逢明主、青史垂名，而诗人自己却怀才不遇、书剑飘零，这一对比表达了诗人对现实社会人才制度的深刻不满。

【注释】

① 飘蓬：喻指漂泊不定的生活。

② 怜：怜慕、欣羡。

经五丈原

唐·温庭筠

铁马云雕共绝尘①，柳营高压汉营春②。

天清杀气屯关右，夜半妖星照渭滨③。

下国卧龙空寤主④，中原得鹿不由人⑤。

象床宝帐无言语⑥，从此谯周是老臣⑦。

【题解】

五丈原在今陕西岐山南斜谷口西。蜀汉后主建兴十二年（234），诸葛亮伐魏，出斜谷，与魏军相持百余日后，病故于此。在这首诗里，诗人概括了诸葛亮最后一次挥师北伐、未捷先死的经过，通过对典型环境与典型事物的艺术处理，渲染了将星陨落的肃杀气氛。在诗的结尾处，诗人以贪生怕死、劝后主降魏的谯周和鞠躬尽瘁、死而后已的诸葛亮进行对比，更深化了对诸葛亮死非其时的痛惜之情。

【注释】

① 铁马：穿有铁甲的战马。云雕：绘有猛禽鸷鸟的战旗。

② 柳营：汉文帝时，匈奴入侵，将军周亚夫防守细柳（今陕西咸阳西南），以治军严谨著称。这里借细柳营比喻蜀汉军营。

③ 据《三国志·蜀书·诸葛亮传》裴注引《晋阳秋》，诸葛亮在五丈原军中病逝当夜，有"赤而芒角"的大星在渭水之南坠落。

④ 下国：小国，指蜀汉。卧龙：指诸葛亮。《三国志·蜀书·诸葛亮传》："（徐庶）谓先主曰：诸葛孔明者，卧龙也，将军岂愿见之乎？"寤：觉悟。

⑤ 中原得鹿：比喻群雄并起，争夺天下。语出《史记·淮阴侯列传》："秦失其鹿，天下共逐之。"

⑥ 象床宝帐：祠庙里神龛中的陈设。

⑦ 谯周：蜀汉大臣，通经学，善书札。炎兴元年（263），因劝后主降魏，受封阳城亭侯。入晋，任骑都尉、散骑常侍。

蔡中郎坟

唐·温庭筠

古坟零落野花春，闻说中郎有后身①。

今日爱才非昔日，莫抛心力作词人。

【题解】

　　蔡中郎即东汉末年著名文人蔡邕，曾官居左中郎将，死后葬于毗陵（今江苏常州），这首诗就是温庭筠过蔡中郎墓时抒发的一段感慨。此诗所表达的题旨与《过陈琳墓》相仿，而艺术上各有特色。蔡邕生活在黑暗腐朽的汉末，一生坎坷，但其文才毕竟受到广泛认可；而在诗人温庭筠的时代，文人的命运更不如蔡邕，只能老死户牖、身名俱灭。因此诗人不禁发出"今日爱才非昔日，莫抛心力作词人"的悲叹，这代表了当时广大士人的不平心声。

【注释】

　　① 据《太平广记》引殷芸《小说》载："张衡死日，蔡邕母始怀孕，此二人才貌甚相类，时人云邕是衡之后身。"诗人据此推想蔡邕转世亦有后身。

苏武庙

唐·温庭筠

苏武魂销汉使前^①，古祠高树两茫然。
云边雁断胡天月，陇上羊归塞草烟。
回日楼台非甲帐^②，去时冠剑是丁年^③。
茂陵不见封侯印^④，空向秋波哭逝川。

【题解】

苏武是历史上著名的坚持民族气节的英雄人物，这首诗就是温庭筠瞻仰苏武庙有感而发的作品。诗人以如画的笔墨，再现了苏武牧羊绝塞的孤寂生活与其回归汉朝后物是人非的沧桑感慨，属对工整，情景浑然。晚唐国势衰颓，民族矛盾尖锐，正是在这一时代背景下，温庭筠创作了这首《苏武庙》，表彰民族气节、歌颂忠贞不屈，以此感召世事人心。

【注释】

① 苏武：字子卿，西汉大臣。汉武帝时为郎。天汉元年（前100）奉命以中郎将持节出使匈奴，被扣留。匈奴贵族多次威胁利诱，欲使其投降；后将他迁到北海（今贝加尔湖）边牧羊，扬言要公羊生子方可释放他回国。苏武历尽艰辛，留居匈奴十九年，持节不屈。至始元六年（前81），方获释回汉。苏武去世后，汉宣帝将其列为麒麟阁十一功臣之一，彰显其节操。魂销汉使前：指汉昭帝时，汉匈和亲，汉使到达匈奴，得知苏武尚在，便欲将其接回，苏武在异域历尽艰辛，骤然见到汉使，表现出强烈复杂的感情。

② 甲帐：据《汉武故事》载："（武帝）以琉璃、珠玉、明月、夜光错杂天下珍宝为甲帐，其次为乙帐。甲以居神，乙以自居。"

③ 丁年：壮年。

④ 指苏武归汉之时，武帝已长眠茂陵，宣帝赐苏武爵关内侯、食邑三百户。

北齐 二首

唐·李商隐

其 一

一笑相倾国便亡，何劳荆棘始堪伤。
小怜玉体横陈夜①，已报周师入晋阳②。

【题解】

　　李商隐《北齐》共两首，都是以北齐后主高纬荒淫亡国的史实为题材写作的。这首诗是《北齐》的第一首，诗人借助两个同时发生的场景，充分说明了北齐亡国的历史教训：一个场景是高纬正与冯淑妃寻欢作乐，一个场景是北周武帝的军队攻进北齐军事重镇晋阳。在这组鲜明的对比中，诗人对高纬的讽刺力透纸背，不着一字而含蓄深沉。

【注 释】

　　① 小怜：北齐后主高纬的淑妃冯小怜。
　　② 周师：北周武帝的军队。晋阳：北齐军事中心，在今山西省太原市。

其 二

巧笑知堪敌万机，倾城最在着戎衣①。
晋阳已陷休回顾②，更请君王猎一围。

【题解】

　　这首诗是《北齐》的第二首。如果说上一首诗是议论与形象并用，

那么这一首诗则完全寓议论于形象。面对冯淑妃的娇媚笑容，高纬将一切国家大事置于脑后，二人在自身即将成为敌军猎物的危急关头，仍然执迷不悟，还要再猎一围。诗人模拟冯淑妃的口吻，生动地展现了当年的历史场景，深刻地揭示了帝妃二人的昏淫行径导致北齐亡国的必然性。

【注 释】

① 戎衣：猎装。

② 据《北史·后妃传》记载："周师之取平阳，帝猎于三堆，晋州亟告急，帝将还，淑妃请更杀一围，帝从其言。"

梦 泽

唐·李商隐

梦泽悲风动白茅 ①，楚王葬尽满城娇 ②。
未知歌舞能多少？虚减宫厨为细腰。

【题 解】

唐宣宗大中二年（848），李商隐由桂州（今广西桂林）北返长安，途经梦泽一带楚国故地，触景生情，遂作此诗。诗人选取了楚灵王好细腰、宫中多饿死的典故，将梦泽想象成一个千古悲剧的发生地，并在其中寄托了对宫女们的深切同情——既同情她们的处境与命运，又同情她们的无知、愚昧和灵魂的麻木。受害与自戕的统一成为李商隐在这首诗中探索的人性主题，这使得此诗客观上具有了超越本身题材的普遍意义，引人深思。

【注 释】

① 梦泽：约指今湖南北部长江以南、洞庭湖以北的一片湖泽地区。白茅：
沼泽地区生长的一种茅草，楚国每年要向周天子进贡祭祀用的茅草，
诗人由此联想到楚宫旧事。

② 楚王：指好细腰的楚灵王。

隋 宫

唐·李商隐

紫泉宫殿锁烟霞^①，欲取芜城作帝家^②。
玉玺不缘归日角^③，锦帆应是到天涯^④。
于今腐草无萤火^⑤，终古垂杨有暮鸦。
地下若逢陈后主^⑥，岂宜重问《后庭花》。

【题 解】

　　这首诗以隋炀帝的故事为吟咏对象，通过巧妙的构思和丰富的想象，
讽刺了隋炀帝耽于逸乐、荒淫亡国的种种行径。颈联引用放萤与栽柳两
个历史典故呈现今昔对比，寓凄凉于唯美，含蓄蕴藉。尾联化用隋炀帝
与陈后主梦中相会的传说，以假设、反诘的语气质问炀帝，灵活生动，
余味无穷。故清人方东树《昭昧詹言》评价此诗曰："兴在象外，活极
妙极，可谓绝作。"

【注 释】

① 紫泉宫殿：隋都长安紫泉南面宫殿，原名紫渊，后因避唐高祖李渊

讳改称紫泉。

② 芜城：即广陵、江都，今江苏扬州。隋炀帝拟建都江都，大业元年
（605），役使民工十万，在长安和江都之间，建离宫四十余所。

③ 日角：指人的额骨突出如太阳，古人谓之帝王之相，这里指唐高祖
李渊。

④ 锦帆：喻指隋炀帝所乘龙舟。据《开河记》载："帝自洛阳迁驾大梁，
诏江淮诸州造大船五百只，龙舟既成，泛江沿淮而下，时舳舻相继，
自大梁至淮口，连绵不绝，锦帆过处，香闻百里。"

⑤ 萤火：据《隋书·炀帝纪》载："壬午，上于景华宫征求萤火数斛，
夜出游山，放之，光照山谷。"

⑥ 据《隋遗录》记载，炀帝在江都吴公宅鸡台梦见陈后主，后主问炀
帝曰："龙舟之游乐乎？始谓殿下致治在尧舜之上，今日复此逸游，
大抵人生各图快乐，曩时何见罪之深耶？"

筹笔驿

唐·李商隐

猿鸟犹疑畏简书^①，风云常为护储胥^②。
徒令上将挥神笔，终见降王走传车^③。
管乐有才真不忝^④，关张无命欲何如^⑤？
他年锦里经祠庙^⑥，梁父吟成恨有余。

【题解】

这首诗是唐宣宗大中九年（855），诗人罢梓州幕返回长安途经筹
笔驿所作。筹笔驿在今四川省广元市北，三国时蜀汉丞相诸葛亮曾驻军

筹划于此。诗人在将写景、叙事、抒情、议论熔于一炉的同时，又巧妙地使用了"徒令"、"终见"、"真不忝"、"欲何如"等词语，贴切地表达了对诸葛亮既崇敬又惋惜、无奈的情感，一唱三叹，令人回味无穷。

【注 释】

① 简书：军中的命令文书。

② 储胥：用于守卫的栅栏。

③ 降王：指蜀汉后主刘禅。走传车：指刘禅乘传车去魏国。传车，古代驿站专用车辆。

④ 管乐：管仲和乐毅。管仲，春秋时人，辅佐齐桓公建立霸业。乐毅，战国时人，燕国名将，曾率军攻陷齐国七十余城，受封昌国君。不忝：不愧。

⑤ 关张：关羽和张飞。二人都是蜀汉名将，可惜年寿不永，未能坚持到蜀汉后期。

⑥ 指唐宣宗大中五年（851）诗人到成都瞻仰武侯祠。锦里：位于成都市南，武侯祠在此。

隋 宫

唐·李商隐

乘兴南游不戒严①，九重谁省谏书函②。
春风举国裁宫锦③，半作障泥半作帆④。

【题 解】

这首七绝通过精心选材和独特构思，仅以寥寥数笔，就将隋炀帝荒

淫害民的罪恶刻画得入木三分。隋炀帝当政十四年，绝大部分时间用于游玩享乐，其南下江都，不但滥用民力、无所顾忌，还一意孤行、妄杀大臣。诗人在宏观展示隋炀帝穷奢极欲的基础上，又特别抓住了一种典型事物——宫锦，从侧面衬托出炀帝的铺张；他甚至要求百姓荒废农事，为他的出游做准备。这样的行为将给百姓造成怎样的灾难，将给隋朝社稷带来怎样的影响，显然是不言而喻的。

【注 释】

① 戒严：特殊情况下采取的警戒措施。古代皇帝出巡要戒严。
② 据《资治通鉴·隋纪》载，大业十二年（616）七月，隋炀帝南游江都，建节尉任宗上书极谏，当日在朝堂上便被杖杀。奉信郎崔民象上表谏阻，也被杀害。炀帝车驾行至氾水，奉信郎王爱仁又谏，炀帝大怒，将其斩首后继续前行。
③ 宫锦：专供皇宫使用的锦缎。
④ 障泥：马鞯，因垂于马鞍两侧以挡泥土，又称障泥。

咏 史

唐·李商隐

北湖南埭水漫漫①，一片降旗百尺竿②。
三百年间同晓梦③，钟山何处有龙盘④？

【题 解】

这首诗以高度概括的笔法，勾勒出六朝三百余年的兴亡历史，大处

落墨，挥洒自如。在诗人看来，六朝相继衰亡，就如同清晨的残梦，美丽而短暂，一切繁华，转瞬即成过眼云烟。这充分说明决定一朝存亡的关键不在"地利"，而在"人和"，正如俞陛云《诗境浅说续编》评论此诗云："金陵虽踞江山之胜，而王业不偏安。三百年间，降旗屡举，知虎踞龙盘，未可恃金汤之固。"

【注 释】

① 北湖：指玄武湖，在金陵城北。南埭：指鸡鸣埭，在玄武湖北。

② 一片降旗：六朝历代末叶亡国的总象征。

③ 三百年间：指六朝建都金陵，自孙吴至陈，约三百年。

④ 钟山：即今南京市东的紫金山。龙盘：形容山脉形势如龙盘。《吴录》："刘备尝使诸葛亮至京，因睹秣陵山阜，乃叹曰：钟山龙盘，石城虎踞，帝王之宅也。"

齐宫词

唐·李商隐

永寿兵来夜不扃^①，金莲无复印中庭^②。
梁台歌管三更罢^③，犹自风摇九子铃^④。

【题 解】

这首诗题为"齐宫词"，实兼咏齐、梁两代，构思独特，寓意深远。前两句写南齐亡国，以"金莲无复印中庭"的典故暗示了东昏侯萧宝卷

荒淫昏聩的恶果。后两句写梁台歌管，梁台即不久之前萧宝卷与潘妃享乐的齐宫，如今宫殿易主，而在同样的时间和地点，不同的人物正在上演着相同的一幕。诗人抓住了"九子铃"这一典型事物，既衬托出梁台歌管的喧闹，又揭示了梁台新主无视前朝教训继续作乐的荒诞史实，微言大义，发人深省。

【注 释】

① 永寿：南齐东昏侯萧宝卷为潘妃所建宫殿之一。扃：关闭。
② 金莲：萧宝卷凿金为莲花贴地，令潘妃在上面歌舞，谓之"步步生莲"。后永元三年（501），梁武帝萧衍起兵包围建康，王珍国、张稷为内应，夜开云龙殿，引兵入宫。当夜萧宝卷在含德殿作笙歌，被张稷斩首。事见《南史·齐纪》。
③ 梁台：南朝梁的宫禁。
④ 九子铃：装饰宫殿的风铃，金玉制成。南齐庄严殿有玉九子铃，萧宝卷令取作潘妃宫殿的装饰。

汉宫词

唐·李商隐

青雀西飞竟未回①，君王长在集灵台②。
侍臣最有相如渴③，不赐金茎露一杯④。

【题 解】

这首诗将神话传说与历史故事巧妙结合，讽刺了汉武帝一心求仙而

无意求贤的荒唐行径。诗中武帝只祈求自己长生却完全不顾人才死活的
自私面目，着实令天下士人心寒。此诗虽然吟咏汉代故事，但与唐代的
社会现实也联系密切。唐武宗于会昌五年（845）筑望仙台于南郊，并
且服食丹药、喜怒无常，其昏庸迷信，正与汉武帝相同。因此李商隐这
首诗不单咏史，更有借古讽今的意味。

【注 释】

① 青雀：即《山海经》中为西王母传递音信的青鸟。
② 集灵台：指汉武帝为求仙而兴建的集灵宫、望仙台等。
③ 相如渴：指司马相如患有消渴疾，即糖尿病，此病依赖饮水。
④ 金茎露：指汉武帝在建章宫神明台所立金铜仙人承露盘接贮的云表
　 之露。

马嵬 二首

唐·李商隐

其 一

冀马燕犀动地来①，自埋红粉自成灰②。
君王若道能倾国，玉辇何由过马嵬③。

【题 解】

　　《马嵬》是唐代诗人李商隐的咏史名作，共两首，一为七绝，一为
七律，都以唐玄宗、杨贵妃的故事为抒情对象，诗中寄寓了对唐玄宗的

强烈批评之意。这首诗是《马嵬》的第一首，诗人用反诘的口吻嘲笑了唐玄宗因专宠杨贵妃、不思国事所导致的落魄下场：既然杨贵妃能够"倾国倾城"，那么危急关头只要使其迎敌，安禄山必败无疑，又何必经由马嵬仓皇逃难？在这轻松的语气背后，隐藏的是唐王朝沉痛的历史教训。

【注 释】

① 冀马燕犀：天宝十四载（755），东平郡王、三镇节度使安禄山从范阳起兵叛乱。范阳即幽州，在今河北省，古属燕国、冀州，故云"冀马燕犀"。

② 红粉：指杨贵妃。

③ 马嵬：杨贵妃缢死之地，在陕西兴平西。《通志》云："马嵬坡，在西安府兴平县二十五里。"《旧唐书·杨贵妃传》云："安禄山叛，潼关失守，从幸至马嵬。禁军大将陈玄礼密启太子诛国忠父子，既而四军不散，曰：贼本尚在。指贵妃也。帝不获已，与贵妃诀，遂缢死于佛室，时年三十八。"

其 二

海外徒闻更九州①，他生未卜此生休②。
空闻虎旅传宵柝③，无复鸡人报晓筹④。
此日六军同驻马⑤，当时七夕笑牵牛⑥。
如何四纪为天子⑦，不及卢家有莫愁⑧。

【题 解】

这首诗是《马嵬》的第二首。诗人以倒叙手法，从唐玄宗命方士寻觅杨贵妃的魂魄着笔，追述当年马嵬兵变的情形，夹叙夹议，语言警策。诗中将批判锋芒直指唐玄宗，嘲笑他做了四十余年皇帝却无法顾全自己的爱妃，还不及寻常百姓能够保护自家妻子，这一尖锐的讽刺，既表明了诗人的才华，也表明了诗人的胆识，在艺术和思想上都别开生面。

【注 释】

① 更：还有。九州：兖、冀、青、徐、豫、荆、扬、雍、梁等州谓之九州，战国时阴阳五行家邹衍认为九州之外还有九州。

② 他生：据陈鸿《长恨歌传》，唐玄宗与杨贵妃于七夕并肩密誓，愿生生世世为夫妇。

③ 虎旅：指跟随唐玄宗逃难的禁卫军，由陈玄礼指挥。宵柝：晚间巡逻打更报警用的梆子。

④ 鸡人：宫中负责敲击更筹报时的卫士，谓之"鸡人"。晓筹：即更筹，古代夜间计时报更的竹签。

⑤ 六军：《周礼》记载，天子六军。后泛指朝廷军队。《旧唐书·肃宗纪》："杨国忠讽玄宗幸蜀，丁酉至马嵬顿，六军不进，大将军陈玄礼请诛杨氏，于是诛国忠，赐贵妃自尽。"

⑥ 笑牵牛：讥笑牵牛和织女一年只能相会一次。

⑦ 四纪：岁星（木星）十二年行天一周，谓之一纪。唐玄宗在位四十五年，将近四纪，故云。

⑧ 莫愁：古乐府中所传女子。如萧衍《河中之水歌》云："河中之水向东流，洛阳女儿名莫愁。十五嫁为卢家妇，十六生儿字阿侯。"

楚 吟

唐·李商隐

山上离宫宫上楼①，楼前宫畔暮江流。
楚天长短黄昏雨，宋玉无愁亦自愁。

【题解】

　　这是一首借楚国故事自伤身世的七绝。诗人在诗中描绘了一幅暮色凄迷、苦雨潇潇、楚宫荒凉的画面，渲染出悲愁的气氛，令人动容。在这种情境里，诗人遥想当年宋玉即使无愁，也会悲愁不已。这悲愁不仅是因景而生，更是由于楚国国势危殆、贤才失路。而这一点也正是诗人之愁，李商隐仕途坎坷，几乎一生都在幕僚中度过，所以诗中的宋玉实际上就是李商隐的化身，诗中所表现的情感，就是李商隐岁月蹉跎、壮志未酬的忧愤。

【注 释】

　　① 离宫：这里指在今四川巫山西北的楚宫，即宋玉《高唐赋》所咏楚襄王所游之地。

瑶　池

唐·李商隐

瑶池阿母绮窗开①，《黄竹》歌声动地哀②。
八骏日行三万里③，穆王何事不重来。

【题解】

　　这首诗亦是为讽刺晚唐皇帝求仙而作。全诗不着一字议论，而是将讽刺之意全部融化在西王母的心理活动中，构思精巧，生动新颖。末句本是诗人含蓄有力的嘲弄，却以西王母心中的疑问呈现，委婉幽默，令

人回味无穷。正如清代纪昀评论此诗曰："尽言尽意矣，而以诘问之词吞吐出之，故尽而未尽。"（《李义山诗集辑评》）

【注释】

① 瑶池阿母：即仙人西王母，瑶池是其居所。据《穆天子传》记载，周穆王西游昆仑山，遇西王母，西王母在瑶池设宴招待穆王。临别，西王母作歌曰："白云在天，山陵自出。道里悠远，山川之间。将子毋死，尚能复来。"穆王答曰："比及三年，将复而野。"

② 《黄竹》：《穆天子传》载，穆王南游，在去往黄竹途中遇风雪，有冻人，穆王作《黄竹歌》三章以哀民。

③ 八骏：《穆天子传》中穆王所乘八匹骏马：赤骥、盗骊、白义、逾轮、山子、渠黄、骅骝、绿耳。

龙　池

唐·李商隐

龙池赐酒敞云屏 ①，羯鼓声高众乐停 ②。
夜半宴归宫漏永 ③，薛王沉醉寿王醒 ④。

【题解】

　　这首诗揭露唐玄宗霸占儿媳的秽行，讽刺尖锐，笔法独到。杨玉环于开元二十三年（735）册封寿王妃，被玄宗看中，先度为女道士，纳入宫中，于天宝四载（745）正式立为贵妃，寿王则另娶韦昭训女为妃。诗人没有对这一乱伦行径作正面批评，而是通过"薛王沉醉寿王醒"的有力结句，以寿王遭遇夺妻之痛的郁积无眠反衬出玄宗的恶行，从而收到比正面谴责更加强烈的艺术效果。

【注 释】

① 龙池：在长安兴庆宫内，是唐玄宗和诸王、后妃宴游之所。
② 羯鼓：羯族乐器，状如漆桶，用两杖敲击，声音急促高亢。
③ 宫漏：宫中计时所用漏壶。
④ 薛王：唐玄宗弟弟李业封薛王，开元二十二年（734）卒，其子李珣嗣位。按照诗中所写的历史时间，薛王当指李珣。寿王：唐玄宗子李瑁。

贾 生

唐·李商隐

宣室求贤访逐臣①，贾生才调更无伦②。
可怜夜半虚前席③，不问苍生问鬼神④。

【题 解】

　　贾谊贬谪长沙，早已成为历代诗人抒写不遇之感的烂熟题材。而李商隐这首诗独辟蹊径，特意选取贾谊自长沙召回，与汉文帝夜对宣室的微观细节，从中翻出一段新警透辟的议论。诗中写汉文帝对贾谊虚心垂询、态度虔诚，这本是一幅君臣际会的和谐画面，然而细究文帝为之虚心、虔诚的谈话内容，则不禁令人错愕唏嘘。原来文帝向贾生请教的不是治国之道，而是神仙之事，如此求贤，只能令贤者无所适从、满怀压

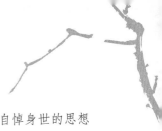

抑。正是在这一强烈的心理落差中，诗人将借古讽今、自悼身世的思想感情展露无遗。

【注释】

① 宣室：西汉未央宫前殿的正室，亦泛指西汉朝廷。逐臣：被贬谪的臣子。

② 贾生：即贾谊。

③ 前席：古人席地而坐，文帝与贾生相谈甚欢，不觉身体前移，靠近对方。《史记·屈原贾生列传》："至夜半，文帝前席。既罢，曰：吾久不见贾生，自以为过之，今不及也。"

④ 问鬼神：据《史记·屈原贾生列传》："贾生征见。孝文帝方受厘，坐宣室。上因感鬼神事，而问鬼神之本，贾生因具道所以然之状。"

【名句】

可怜夜半虚前席，不问苍生问鬼神。

经炀帝行宫

唐·刘沧

此地曾经翠辇过，浮云流水竟如何？
香销南国美人尽，怨入东风芳草多。
残柳宫前空露叶，夕阳川上浩烟波。
行人遥起广陵思，古渡月明闻棹歌①。

【题 解】

　　这首诗是诗人途经隋炀帝行宫时，有感而作。诗人以想象破题，对比隋炀帝生前死后的今昔变化，在对炀帝的鞭挞中融入了追悼历史兴亡的感伤。继而诗人进一步即景抒情，按照时间的推移结构文辞，由日而昏，由昏而夜，将无限悲凉的沧桑之感通过体贴入微的景物描写表现出来，创造出一种凄清深婉的优美意境，在咏史诗中别具特色。

【注 释】

　　① 棹歌：渔歌。棹，摇船工具。

姑苏台

唐·胡曾

吴王恃霸弃雄才 ①，贪向姑苏醉醁醅 ②。
不觉钱塘江上月 ③，一宵西送越兵来。

【题 解】

　　姑苏台为春秋时期吴王夫差所筑，故址在今江苏吴县西南姑苏山上。这首诗吟咏勾践灭吴的历史事件，体制短小而构思精巧。诗人通过描写越兵趁月色朦胧之夜悄悄渡过钱塘江偷袭姑苏台，而耽于逸乐的吴王夫差却毫无察觉这一具体场景，以小见大地反映了吴王沉迷酒色、穷兵黩武、亲佞弃贤、不辨忠奸的昏君形象，给后人以深刻的历史教训。

① 吴王：指吴王夫差。雄才：指伍子胥。伍子胥，春秋末期吴国大夫，名员，字子胥，本楚国人，因被楚王迫害，从楚国逃到吴国，成为吴王阖闾的重臣。吴国倚重伍子胥等人之谋，西破强楚，北败徐、鲁、齐，称霸诸侯。后伍子胥曾多次劝谏吴王夫差杀勾践、灭越国，夫差却听信伯嚭谗言，怀疑伍子胥谋反，令其自杀。伍子胥自杀前对门客说："必树吾墓上以梓，令可以为器；而抉吾眼县吴东门之上，以观越寇之入灭吴也。"伍子胥死后九年，吴国果然为越所灭。

② 醁醑：美酒。

③ 钱塘：钱塘江，浙江省内最大的河流。

铜　柱

唐·胡曾

一柱高标险塞垣^①，南蛮不敢犯中原^②。
功成自合分茅土^③，何事翻衔薏苡冤^④？

【题解】

这是一首以东汉名将马援的事迹为题材的咏史诗。马援是东汉光武帝刘秀的开国之臣，东汉政权稳定后，他又西破先零、南征交趾，为巩固边防立下汗马功劳。在这首诗里，诗人对马援的功绩予以高度评价，并为其死后蒙受不白之冤深感不平。诗中虽然没有直接提及光武帝刘秀，但我们从结尾的反问句里分明可以体会出诗人对光武帝偏听偏信的批评和不满。

【注 释】

① 一柱高标险塞垣：古代以树立铜柱为划分疆域的标志，《后汉书·马援传》李贤注引《广州记》曰："援到交阯，立铜柱，为汉之极界也。"

② 南蛮：古代对南方少数民族的蔑称。

③ 分茅土：古代帝王分封某方诸侯时，即以白茅包取某方之土授予诸侯，名曰分茅裂土。

④ 翻衔薏苡冤：指马援因运输薏苡被诬告蒙冤。事见《后汉书·马援传》："初，援在交阯，常饵薏苡实，用能轻身省欲，以胜瘴气。南方薏苡实大，援欲以为种，军还，载之一车。时人以为南土珍怪，权贵皆望之。援时方有宠，故莫以闻。及卒后，有上书谮之者，以为前所载还，皆明珠文犀。马武与於陵侯侯昱等皆以章言其状，帝益怒。援妻孥惶惧，不敢以丧还旧茔，裁买城西数亩地槁葬而已。宾客故人莫敢吊会。严与援妻子草索相连，诣阙请罪。帝乃出松书以示之，方知所坐，上书诉冤，前后六上，辞甚哀切，然后得葬。"

楚江怀古 三首选一

唐·马戴

其 一

露气寒光集，微阳下楚丘。
猿啼洞庭树，人在木兰舟。
广泽生明月，苍山夹乱流。
云中君不见^①，竟夕自悲秋。

【题 解】

　　这首诗作于唐宣宗大中初年，当时马戴任山西太原幕府掌书记，因直言敢谏被贬为龙阳（今湖南汉寿）尉。诗人从北方来到南方，徘徊于洞庭湖畔、湘江之滨，触景生情，遂作《楚江怀古》三首，这是其中的第一首。此诗追慕前贤屈原，又感怀个人际遇，表达细腻，风格淡远，深得唐人五律之妙，故俞陛云《诗境浅说》评论此诗曰："以清微婉约出之，如仙人乘莲叶轻舟，凌波而下也。"

【注 释】

　　① 云中君：楚人所祭祀之云神，见屈原《九歌》。

华清宫 三首

唐·崔橹

其 一

草遮回磴绝鸣鸾①，云树深深碧殿寒。
明月自来还自去，更无人倚玉阑干。

【题 解】

　　崔橹的《华清宫》三首，皆描写天宝之乱后华清宫的荒凉景色，缅怀盛唐繁华，哀悼晚唐衰败，文笔凄恻，情绪感伤。这首诗是《华清宫》的第一首，诗人以銮铃绝响、宫殿幽冷的实写勾勒出眼前华清宫的寂寞、凋敝，又以明月自来、无人凭栏的虚写联想到当年唐玄宗与杨贵妃骊山

盟誓的情形，正可谓情在词外，状溢目前。

【注 释】

① 回磴：盘旋的登山石径。鸣銮：即鸣鸾，装在轭首或车衡上的铜铃，
车行时摇动作响。

其 二

障掩金鸡蓄祸机^①，翠华西拂蜀云飞。
珠帘一闭朝元阁^②，不见人归见燕归。

【题 解】

此诗前两句叙述唐玄宗被佞臣蒙蔽，终于遭受"安史之乱"、避难
西蜀的历史事实，后两句描写人事变迁之后骊山朝元阁荒废落寞的景象，
通过"不见人归见燕归"的细致观察，将怀古伤今之情表现得深挚感人。
唐朝皇帝素以老子后人自命，故建朝元阁供奉老子。传说唐玄宗曾梦见
老子——太上老君降临朝元阁，于是又将此阁更名为降圣阁。然而遗憾
的是，李唐国运最终没能得到太上老君的庇佑，面对江河日下的残局，
诗人只有将满心惆怅付诸文字，以期来者。

【注 释】

① 金鸡：比喻太阳，此处喻指皇帝。
② 朝元阁：在陕西临潼县骊山。唐朝皇帝崇奉道教，故建此阁供奉玄
元皇帝太上老君。

其　三

门横金锁悄无人，落日秋声渭水滨①。
红叶下山寒寂寂，湿云如梦雨如尘。

【题解】

　　此诗起句点明空山宫殿，门户闭锁，寂静无人。以下三句皆就此生发，描写离宫荒凉寥落的景色。由于宫中悄然无人，故诗人经过时，所见惟有落日，所闻惟有秋声。而山头红叶，也由于气候变冷，纷纷飘落山下，带来无限寒意。"红"与"落日"配色，"叶"与"秋声"和声，更兼浮云含雨，如梦境一般迷离——这梦境仿佛就是曾经的盛唐之梦，梦里繁华，梦醒成空！

【注释】

　　①渭水滨：华清宫在渭水之滨，故云。

马嵬坡

唐·郑畋

玄宗回马杨妃死，云雨难忘日月新。
终是圣明天子事，景阳宫井又何人①。

这首诗以马嵬之变为写作对象，前两句叙述杨贵妃死后，唐玄宗回马长安，尽管山河依旧，却难忘贵妃之情。"云雨难忘"与"日月新"对举，表达了玄宗悲喜交加的复杂心理。后两句以南朝陈后主偕宠妃躲在景阳宫井中终为隋兵所虏的故事，对比唐玄宗马嵬坡赐死杨贵妃的举动，表面彰显玄宗临危决断、堪称圣明，实际却明褒暗贬，嘲笑玄宗临危之举不过略胜陈后主而已，其荒淫昏庸本质上与陈后主并无大异。

【注 释】

① 指南朝陈后主听说隋兵已经攻进金陵，就同宠妃张丽华、孙贵嫔躲在景阳宫井中，结果还是被隋兵俘虏。景阳宫井，故址在今江苏省南京市玄武湖边。

筹笔驿

唐·罗隐

抛掷南阳为主忧 ①，北征东讨尽良筹。
时来天地皆同力，运去英雄不自由。
千里山河轻孺子 ②，两朝冠剑恨谯周。
唯余岩下多情水，犹解年年傍驿流。

【题 解】

这首诗与李商隐的《筹笔驿》题旨相同，亦将写景与抒情、叙事与议论相结合，歌颂蜀汉丞相诸葛亮的杰出才能，并惋惜他有才无命的悲壮结局。诗人评价蜀汉兴亡，既强调时运的作用——"时来天地皆同力，运去英雄不自由"，又强调人力的作用——"千里山河轻孺子，两朝冠剑恨谯周"。可谓洞察透彻，分析全面，表现出卓越的历史眼光。

【注释】

① 抛掷南阳：指诸葛亮放弃隐居南阳的生活，出山辅佐刘备。
② 孺子：指后主刘禅。

谒文宣王庙

唐·罗隐

晚来乘兴谒先师^①，松柏凄凄人不知。
九仞萧墙堆瓦砾^②，三间茅殿走狐狸。
雨淋状似悲麟泣^③，露滴还同叹凤悲^④。
倘使小儒名稍立，岂教吾道受栖迟^⑤。

【题解】

文宣王是唐玄宗开元二十七年（739）追谥孔子的封号，文宣王庙即孔庙。此诗前两联描写庙宇的残破、荒凉，颈联凭吊孔子塑像，遥想孔子当年奔波落拓之相，并联系自身遭际，道出怀才不遇的千古愤懑。尾联转入议论，反映如诗人一般的"小儒"在世间备受压抑、无法施展抱负的社会现实，揭示了儒道不兴的根本原因，讽刺矛头直指统治者的人才制度。

【注 释】

① 先师：指孔子。

② 萧墙：门屏，这里指孔庙的墙壁。《论语·季氏》："吾恐季孙之忧，不在颛臾，而在萧墙之内也。"何晏集解引郑玄曰："萧之言肃也；墙谓屏也。君臣相见之礼，至屏而加肃焉，是以谓之萧墙。"《论语·子张》："夫子之墙数仞。"

③ 悲麟：语出《孔丛子》："叔孙氏之车子鉏商樵于野而获麟焉。众莫之识，以为不祥，弃之五父之衢。冉有告曰：麇身而肉角，岂天之妖乎？夫子往观焉，泣曰：麟也。麟出而死，吾道穷矣。"

④ 叹凤：语出《论语·子罕》："子曰：凤鸟不至，河不出图，吾已矣夫！"

⑤ 栖迟：漂泊失意。

炀帝陵

唐·罗隐

入郭登桥出郭船，红楼日日柳年年①。
君王忍把平陈业②，只博雷塘数亩田？

【题 解】

据《隋书·炀帝纪》载，隋炀帝初葬吴公台下，唐朝平定江南后改葬雷塘，在今扬州市邗江区。这首诗前两句以高度的艺术概括描述隋炀帝生前耽于逸乐、纸醉金迷的奢侈生活，后两句感叹其身死国灭的悲剧下场，以反问为议论，嘲讽隋炀帝当年曾经成就统一天下的功业，竟因荒淫误国全部断送，唯余雷塘几亩墓田埋葬其尸骨，今昔对照，实在令人唏嘘不已。

【注 释】

① 红楼：指迷楼。
② 平陈业：指隋炀帝杨广于开皇八年（588）任行军元帅，率兵伐陈，次年灭陈。

西 施

唐·罗隐

家国兴亡自有时，吴人何苦怨西施。
西施若解倾吴国，越国亡来又是谁？

【题 解】

历来吟咏西施的作品多将吴亡之事归咎于女色，罗隐此诗却别开生面，打破红颜祸水的传统观念，富于创新性和思想性。诗中开门见山，指出国家兴亡自有时运，与女色并无直接关系，继而巧妙运用一个逻辑推论，以越国灭亡未因女色的史实佐证西施的无辜，在强烈的反问语气中蕴含着辛辣的嘲讽——嘲讽统治者不思自省反而对他人求全责备的可笑面目。

铜雀台

唐·罗隐

强歌强舞竟难胜，花落花开泪满膺^①。
只合当年伴君死，免交憔悴望西陵^②。

【题 解】

这首诗以铜雀故伎为吟咏对象，诗人满怀同情地描写了被幽禁的歌舞伎人年复一年虚度青春的悲惨命运，深刻地揭示了她们内心的绝望情绪：她们宁愿当初为魏王曹操殉葬，也不愿被幽禁于铜雀台——如此痛苦的表白，充分说明了铜雀故伎虽生犹死、生不如死的生活状态。诗人借此所要表达的，正是对统治者为满足个人私欲恣意残害他人暴行的强烈控诉。

【注 释】

① 膺：胸。
② 免交：免去。

馆娃宫怀古 五首选一

唐·皮日休

其 一

绮阁飘香下太湖^①，乱兵侵晓上姑苏^②。
越王大有堪羞处，只把西施赚得吴^③。

【题 解】

　　馆娃宫坐落于江苏苏州的灵岩山上，为春秋时期吴王夫差为宠幸西施而兴建。皮日休《馆娃宫怀古》共五首，这里是第一首。这首诗与此前胡曾的《姑苏台》题旨相仿，而讽刺之意更加含蓄。诗人表面上嘲笑越王勾践依靠美人计取胜的手段不够光明正大，实际上仍将批判的矛头指向吴王夫差，指出吴国之败归根结底是夫差骄纵昏庸所致——若其一心励精图治，又怎会给越王可乘之机？

【注 释】

　　① 太湖：我国第三大淡水湖，在江苏省南部。
　　② 侵：渐近。姑苏：指姑苏台。
　　③ 赚：诓骗。

汴河怀古 二首选一

唐·皮日休

其 二

　　尽道隋亡为此河，至今千里赖通波。
　　若无水殿龙舟事^①，共禹论功不较多^②。

【题 解】

　　皮日休《汴河怀古》共二首，这里是第二首。诗人一改前人对隋炀帝开凿运河只见其弊不见其利的观点，理性、全面地对隋朝运河进行重

新审视，认为后人不应只看到"隋亡为此河"的一面，也应看到运河"千里赖通波"有利于国计民生的一面。诗人曾作《汴河铭》云："隋之疏淇、汴，凿太行，在隋之民不胜其害也，在唐之民不胜其利也。今自九河外，复有淇、汴，北通涿郡之渔商，南运江都之传输，其为利也博哉！"可见诗人辩证看待隋朝运河的态度是一以贯之的，这首诗正可与《汴河铭》对读。

【注 释】

① 水殿龙舟：据《资治通鉴·隋纪》："（大业元年）八月，上（炀帝）行幸江都，御龙舟。龙舟四重，高四十五尺，长二百丈。上重有正殿、内殿、东西朝堂，中而重有百二十房，皆饰以金玉，下重内侍处之。……别有浮景九艘，三重，皆水殿也。"
② 指隋炀帝开凿运河客观上给后世水路交通和农田灌溉带来好处，其功绩可以与大禹治水相比。

题李斯传

唐·韦庄

蜀魄湘魂万古悲①，未悲秦相死秦时。
临刑莫恨仓中鼠②，上蔡东门去自迟③。

【题 解】

李斯是秦代著名政治家，楚国上蔡人，法家学者，辅佐秦始皇统一六国，秦朝建立后被封为丞相。李斯才华横溢却品质卑下，秦始皇死

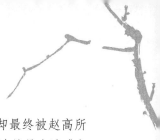

后，他为保全富贵，与赵高合谋伪造遗诏拥立秦二世，却最终被赵高所害。其事迹被司马迁写入《史记·李斯列传》，韦庄这首诗就是由读《李斯列传》所生发的议论。诗人对比杜宇、屈原与李斯在后人心目中的不同地位，揭示了李斯之死不为后人同情的原因，标举清白高洁的人格，题旨鲜明，引人深思。

【注 释】

① 蜀魄：传说中古蜀国国王杜宇的魂魄。周朝末年，杜宇在蜀称帝，号曰望帝，后归隐，让位于其相开明。杜宇死后，其魂魄化为鸟，即杜鹃，又名子规。湘魂：指屈原的魂魄。

② 仓中鼠：事见《史记·李斯列传》："（李斯）年少时，为郡小吏，见吏舍厕中鼠食不絜，近人犬，数惊恐之。斯入仓，观仓中鼠，食积粟，居大庑之下，不见人犬之忧。于是李斯乃叹曰：人之贤不肖譬如鼠矣，在所自处耳！"

③ 上蔡东门：事见《史记·李斯列传》："二世二年七月，具斯五刑，论腰斩咸阳市。斯出狱，与其中子俱执，顾谓其中子曰：吾欲与若复牵黄犬，俱出上蔡东门逐狡兔，岂可得乎？遂父子相哭，而夷三族。"

台　城

唐·韦庄

江雨霏霏江草齐①，六朝如梦鸟空啼。
无情最是台城柳，依旧烟笼十里堤。

【题 解】

台城是六朝时期朝廷台省与皇宫的所在地。这首《台城》咏史不以议论取胜，而以造境、抒情感染读者，在咏史诗中别具一格。在诗人笔下，六朝繁华早已如过眼云烟荡然无存，而作为世事变迁见证者的垂柳却依然故我，似乎对人间悲辛丝毫无动于衷。垂柳的"无情"正象征着历史的无情。在江南细密的雨雾中，飘摇的是朝代更迭的凄凉挽歌，残留的是误国亡国的千古遗恨。

【注 释】

① 霏霏：雨雪密集的样子。

华清宫

唐·司空图

帝业山河固，离宫宴幸频。
岂知驱战马，只是太平人①。

【题 解】

唐玄宗晚年沉迷声色，朝政昏乱。安禄山叛军来袭时，被仓促征召入伍的都是过惯了太平生活的百姓，未经训练，在强大的叛军面前一触即溃、伤亡无数。司空图这首诗就是根据这一历史事实写成的，诗人不落前人窠臼，从普通百姓的角度重新审视唐玄宗荒淫误国的罪行，以对在"安史之乱"中白白送死的百姓的深切同情反衬出对唐玄宗统治的强烈批判。

① 太平人：指"安史之乱"前，生活太平的唐朝百姓。

焚书坑

唐·章碣

竹帛烟销帝业虚^①，关河空锁祖龙居^②。
坑灰未冷山东乱^③，刘项原来不读书^④。

【题 解】

秦始皇三十四年（前213），丞相李斯奏议为推行专制统治，在全国范围内搜集焚毁列国史记、百家之书，造成中国历史上一场巨大的文化浩劫。焚书坑据传是当年焚书之地，旧址在今陕西临潼东南的骊山上。章碣此诗即就焚书坑发端，描述秦末乱世的动荡局面，以精辟的事理分析，将秦始皇如周厉王弭谤一般的愚蠢可笑揭露得入木三分。

【注 释】

① 竹帛：竹简和白绢，古代书写材料，借指书籍、史册。
② 祖龙居：指秦始皇所居秦都咸阳。
③ 山东：战国、秦汉时期，通称崤山或华山以东为山东，与当时所谓的关东含义相同。
④ 刘项：指刘邦、项羽。

夷 齐

唐·周昙

让国由衷义亦乖^①，不知天命匹夫才^②。
将除暴虐诚能阻，何异崎岖助纣来^③！

【题解】

夷齐，即商末孤竹君二子伯夷、叔齐。两人互让嗣位，最终双双弃国去周，素有贤德之名。周武王伐纣时，伯夷、叔齐曾叩马而谏，认为武王以下犯上，有违臣道。后武王灭商，伯夷、叔齐逃到首阳山，不食周粟而饿死。夷齐的事迹曾被孔子、孟子、《史记》等反复称道，此诗却标新立异，指出夷齐所谓义举皆有乖常理、违背正义，不应受到后人推崇。

【注释】

①让国：指伯夷、叔齐互让国君之位，事见《史记·伯夷列传》。
②天命：上天的旨意。匹夫：平民男子，借指庸人。
③崎岖：曲折、间接。

西施滩

唐·崔道融

宰嚭亡吴国^①，西施陷恶名。
浣纱春水急，似有不平声。

【题 解】

　　西施滩在浙江省诸暨市东南的苎萝山，下临浣江，江中有浣纱石，传说为西施浣纱之处。崔道融此诗与之前罗隐的《西施》立意相仿，皆驳斥吴国亡于女祸的传统观念。而崔诗的特色在于它不仅就史实而发议论，更能将个人见解与历史遗迹结合起来抒发情感，使得情理交融，营造出独特的艺术效果。

【注 释】

　　① 宰嚭：即伯嚭，因任吴国太宰，故称宰嚭。

过隆中

唐·崔道融

　　玄德苍黄起卧龙①，鼎分天下一言中②。
　　可怜蜀国关张后，不见商量徐庶功③。

【题 解】

　　古隆中位于湖北襄阳城西十三公里处，相传东汉末年诸葛亮曾在此隐居。历来以诸葛亮生平事迹为题材的咏史诗，皆以推崇赞扬为主，这首诗却与众不同，在认可诸葛亮杰出才能的同时，亦指出了他在用人方面的失误。在蜀汉大将关羽、张飞等相继谢世之后，国中缺乏人才，诸葛亮却未能如当年徐庶那样举荐出新的贤能，这实在是蜀汉政权最终走向衰亡的根源之一。

① 玄德：即刘备，刘备字玄德。苍黄：比喻变化不定、反复无常，这
　里指东汉末年波谲云诡的天下形势。卧龙：指诸葛亮。
② 指诸葛亮在隆中与刘备会面时，就高瞻远瞩地论述了未来鼎足三分
　的天下大势。事见《三国志·蜀书·诸葛亮传》。
③ 徐庶：字元直，颍川人，三国谋士。先归刘备，后因老母为曹操所执，
　被迫投奔曹操，临行前向刘备推荐诸葛亮以自代。

荥阳怀古

北宋·王禹偁

纪信生降为沛公①，草荒孤垒想英风。
汉家青史缘何事，却道萧何第一功②。

【题 解】

荥阳在今河南省荥阳市。公元前 204 年，刘邦被项羽围困于荥阳，
情势危急。汉将纪信伪装刘邦出城降楚，一时骗过项羽，方使刘邦乘机
逃脱。事发后纪信被项羽处死。这首咏史诗便是诗人途经楚汉战争古战
场时，有感于当年纪信舍身救主、壮烈牺牲的事迹而写成的。诗中通过
质疑"萧何第一功"的反诘笔法，表达了对刘邦忘却旧恩的不满之意。

【注 释】

① 事见《史记·项羽本纪》："汉将纪信说汉王曰：事已急矣，请为
　王诳楚为王，王可以间出。于是汉王夜出女子荥阳东门被甲二千人，

楚兵四面击之。纪信乘黄屋车，傅左纛，曰：城中食尽，汉王降。
楚军皆呼万岁。汉王亦与数十骑从城西门出，走成皋。项王见纪信，
问：汉王安在？曰：汉王已出矣。项王烧杀纪信。"

② 事见《史记·萧相国世家》："汉五年，既杀项羽，定天下，论功行封。
群臣争功，岁余功不决。高祖以萧何功最盛，封为酇侯，所食邑多。
功臣皆曰：臣等身被坚执锐，多者百余战，少者数十合，攻城略地，
大小各有差。今萧何未尝有汗马之劳，徒持文墨议论，不战，顾反
居臣等上，何也？高帝曰：诸君知猎乎？曰：知之。知猎狗乎？曰：
知之。高帝曰：夫猎，追杀兽兔者狗也，而发踪指示兽处者人也。
今诸君徒能得走兽耳，功狗也。至如萧何，发踪指示，功人也。且
诸君独以身随我，多者两三人。今萧何举宗数十人皆随我，功不可
忘也。群臣皆莫敢言。"

读汉文纪

北宋·王禹偁

西汉十二帝①，孝文最称贤。
百金惜人力②，露台草芊眠③。
千里却骏骨④，鸾旗影迁延⑤。
上林慎夫人⑥，衣短无花钿。
细柳周将军，不拜容橐鞬⑦。
霸业固以盛，帝道或未全。
贾生多谪宦，邓通终铸钱⑧。
谩道膝前席⑨，不如衣后穿⑩。
使我千古下，鉴之一泫然。
赖有佞幸传⑪，贤哉司马迁。

【题解】

这首诗是诗人读《史记·孝文本纪》后有感而作。西汉初年民生凋敝，汉文帝为巩固统治，采取轻徭薄赋、与民休息的政策，使社会经济得以恢复和发展，开创了历史上值得称道的"文景之治"。司马迁在《史记》中充分肯定了汉文帝的德行和政绩，但也实事求是地指出他不能任人唯贤的缺点。这种不隐恶、不虚美的良史品格深深打动了诗人，因此他写下这首诗，表达了对司马迁秉笔直书的崇敬之情。

【注释】

① 包括高祖刘邦、惠帝刘盈、高后吕雉、文帝刘恒、景帝刘启、武帝刘彻、昭帝刘弗陵、宣帝刘询、元帝刘奭、成帝刘骜、哀帝刘欣、平帝刘衎。

② 事见《史记·孝文本纪》："孝文帝从代来，即位二十三年，宫室苑囿狗马服御无所增益，有不便，辄弛以利民。尝欲作露台，召匠计之，直百金。上曰：百金中民十家之产，吾奉先帝宫室，常恐羞之，何以台为！"

③ 芊眠：草木丛生蔓延的样子。

④ 指文帝勤俭，不肯接受千里骏马。

⑤ 銮旗：黄帝仪仗中的旗。迁延：徘徊不前。

⑥ 上林：上林苑，故址在今西安市西南，秦汉皇帝射猎游乐之所。慎夫人：汉文帝宠妃。据《史记·孝文本纪》："上常衣绨衣，所幸慎夫人，令衣不得曳地，帏帐不得文绣，以示敦朴，为天下先。"

⑦ 事见《史记·绛侯周勃世家》："至营，将军亚夫持兵揖曰：介胄之士不拜，请以军礼见。天子为动，改容式车。"囊鞬：弓箭袋。

⑧ 指文帝宠幸邓通，许其开矿铸钱，以致邓氏钱遍天下。

⑨ 膝前席：指贾谊。

⑩ 衣后穿：指邓通。据《史记·佞幸列传》："孝文帝梦欲上天，不能，有一黄头郎从后推之上天，顾见其衣裻带后穿。觉而之渐台，以梦中阴目求推者郎，即见邓通，其衣后穿，梦中所见也。召问其名姓，

姓邓氏，名通，文帝说焉，尊幸之日异。"

⑪佞幸传：指《史记·佞幸列传》。

汉　武

北宋·刘筠

汉武天台切绛河①，半涵非雾郁嵯峨②。
桑田欲看他年变③，瓠子先成此日歌④。
夏鼎几迁空象物⑤，秦桥未就已沉波⑥。
相如作赋徒能讽⑦，却助飘飘逸气多。

【题解】

　　宋真宗咸平、景德年间，知枢密院事王钦若等怂恿真宗崇信符瑞，至大中祥符元年（1008），遂演绎出"天书"降临的闹剧，朝野内外弥漫着一片荒诞虚妄的气氛。这种情况引起了一些有识之士的不安，刘筠、杨亿等秘阁馆臣在"天书"降临前后，以《汉武》为题进行诗歌唱和，意在通过汉武帝敬祀鬼神的历史教训，借古讽今，批判宋真宗迷信祥瑞的愚昧行径。

【注　释】

　　①天台：指汉武帝一生好为崇楼峻阁，奉祀神巫，如柏梁台、通天台、神明台等。绛河：银河。
　　②嵯峨：山高峻貌。
　　③据《神仙传》记载，仙女麻姑曾三历人间沧海桑田之变而青春永驻。

此处借麻姑故事点明汉武帝追求长生之意。

④ 汉武帝元光三年（前 132），黄河在瓠子口决堤，二十余年多次修
治无效，武帝遂于元封二年，亲临瓠子口督塞，悼功之不成，乃作
歌云："瓠子决兮将奈何，皓皓旰旰兮闾殚为河。……"事见《史记·河
渠书》。

⑤ 夏鼎：夏禹曾作象征九州统一的宝鼎九个，后由夏至秦，国灭鼎移，
以致沉沦。汉武帝元鼎元年（前 116），宝鼎现于汾水，方士称鼎
出与神相通，于是武帝遍封五岳四渎，冀遇诸神。

⑥ 秦桥：指秦始皇曾多次封禅东巡，建跨海石桥以寻求神仙。

⑦ 指司马相如曾作《大人赋》，讽刺仙家虚妄，结果铺张过甚，反而
使汉武帝"飘飘有凌云之气，似游天地之间意"，事见《史记·司
马相如列传》。

汉 武

北宋·杨亿

蓬莱银阙浪漫漫，弱水回风欲到难①。
光照竹宫劳夜拜②，露溥金掌费朝餐③。
力通青海求龙种④，死讳文成食马肝⑤。
待诏先生齿编贝⑥，那教索米向长安⑦？

【题解】

这首诗与上一首刘筠的《汉武》属于同题之作。刘筠、杨亿等秘
阁馆臣所创作的唱和诗歌在文学史上被称为"西昆体"，其特点是工
于辞藻、引经据典，有时给人以堆砌之感。杨亿此诗几乎句句用典，

通过史书中记载的汉武帝笃信神仙、不重人才的故事，讽喻宋真宗君臣大兴祥瑞的政治现实，但因用典过多，亦未免使得本诗题旨隐晦，不易为读者理解。

【注释】

① 弱水：古代凡水道由于水浅或当地人民不习惯造船而不通舟楫，人们往往认为是水弱不能载舟，故称"弱水"。回风：旋风。

② 竹宫：汉武帝时以竹建造的宫室，又称甘泉祠宫。《三辅黄图》："竹宫，甘泉祠宫也。以竹为宫，天子居中。"

③ 露溥金掌：指汉武帝为追求长生不死，命人在建章宫前建一铜人，手掌托盘，承接露水，和玉屑搅拌饮用。事见《史记·封禅书》。溥，露水众多的样子。费：充当。

④ 龙种：指良马。汉武帝曾得神马于敦煌渥洼水侧，得千里马于大宛，皆非青海之地。据《北史·吐谷浑传》，青海良牝马所生之驹，号为龙种。此诗盖由天马而连及青海龙种。

⑤ 讳：掩饰。文成：汉代将军名号。齐人少翁以方书见武帝被封文成将军，后因伪造帛书被诛，武帝托言其食马肝而死。事见《史记·封禅书》。

⑥ 待诏先生：指待诏公车东方朔。齿编贝：据《汉书·东方朔传》："臣朔年二十二，长九尺三寸，目若悬珠，齿若编贝，勇若孟贲，捷若庆忌，廉若鲍叔，信若尾生。"

⑦ 索米：讨米。事见《汉书·东方朔传》。长安：汉朝都城，今陕西西安。

南　朝

北宋·杨亿

五鼓端门漏滴稀①，夜签声断翠华飞②。
繁星晓埭闻鸡度③，细雨春场射雉归④。
步试金莲波溅袜⑤，歌翻玉树涕沾衣⑥。
龙盘王气终三百，犹得澄澜对敞扉。

【题解】

这首诗在写法上效仿唐朝诗人李商隐的同题之作，诗中列举南朝帝王荒淫误国、相继败亡的历史事实，在铺陈中蕴含讽刺之意。诗人精于用典，组材巧妙，锻炼工致，前六句分合有度，后两句以景结情，在音节铿锵、辞采华丽的诗句里，寄托着以史为鉴的忧国之心。

【注释】

① 五鼓：五更报时的鼓声。端门：宫殿正门。
② 夜签：陈文帝出身布衣，为了自强不息，他让宫中报晓的鸡人将告时的更签用力投于石阶，使自己惊醒。事见《南史·陈本纪》。
③ 齐武帝常带宫女去琅琊狩猎游乐，早起出发，经过玄武湖北堤，晨鸡始鸣。事见《南史·齐本纪》。
④ 据《南史·齐本纪》，南齐帝王喜爱射雉，齐东昏侯时，置射雉场二百九十六处。
⑤ 波溅袜：此句化用曹植《洛神赋》中"凌波微步，罗袜生尘"之语。
⑥ 陈后主作《玉树后庭花》有"玉树后庭花，花开不复久"之语，情调伤感，据说后宫美人唱此歌时往往流泪。

和王介甫明妃曲 二首

北宋·欧阳修

其 一

胡人以鞍马为家，射猎为俗。

泉甘草美无常处，鸟惊兽骇争驰逐。

谁将汉女嫁胡儿，风沙无情面如玉。

身行不遇中国人^①，马上自作思归曲。

推手为琵却手琶，胡人共听亦咨嗟。

玉颜流落死天涯，琵琶却传来汉家。

汉宫争按新声谱，遗恨已深声更苦。

纤纤女手生洞房^②，学得琵琶不下堂。

不识黄云出塞路，岂知此声能断肠？

【题 解】

《和王介甫明妃曲》二首是欧阳修和王安石同题诗歌而作，欧阳修曾以这两首诗为平生最得意之作。这首诗是其中的第一首，诗中先写胡汉生活之异，次写明妃流落之苦，最后以汉宫女乐对明妃思乡之曲的不理解结尾，讽刺了朝廷将自身享乐建立在他人痛苦之上的浅薄行径，表达了对明妃遭遇的深切同情。诗人在叙述历史故事的同时，又暗中借汉言宋，流露出对北宋君臣面对辽夏交侵却不思进取的强烈不满。

【注 释】

① 中国：中原。

② 洞房：宫禁中幽深的内室。

其 二

汉宫有佳人，天子初未识。

一朝随汉使，远嫁单于国。

绝色天下无，一失难再得。

虽能杀画工，于事竟何益？

耳目所及尚如此，万里安能制夷狄？

汉计诚已拙，女色难自夸。

明妃去时泪，洒向枝上花。

狂风日暮起，漂泊落谁家？

红颜胜人多薄命，莫怨春风当自嗟。

【题 解】

这首诗是欧阳修《和王介甫明妃曲》的第二首。全诗叙议结合，讽刺汉元帝于眼前妍媸尚不能辨别，又如何能判断万里之外匈奴的情况，制定出平定夷狄之策？见解警策，借古讽今，切入膏肓。诗歌结尾处言"红颜胜人多薄命，莫怨春风当自嗟"，则回归儒家诗教温柔敦厚、怨而不怒之旨，与王安石同题诗言"人生失意无南北"、"汉恩自浅胡自深"等激烈、直白的批评形成不同的风格对比。

唐崇徽公主手痕

北宋·欧阳修

故乡飞鸟尚啁啾①，何况悲笳出塞愁。

青冢埋魂知不返^②，翠崖遗迹为谁留？

玉颜自古为身累，肉食何人与国谋^③？

行路至今空叹息，岩花野草自春秋。

【题解】

　　崇徽公主本姓仆固氏，是唐朝著名将领仆固怀恩的女儿。唐代宗大历年间，唐朝与回鹘和亲，遂封仆固氏之女为公主，以嫁回鹘可汗。传说崇徽公主出嫁途经陕西灵石时，曾将手痕印在石壁之上，至今灵石尚有"手痕碑"。欧阳修此诗即根据这一历史事件写成，诗中题旨与前面两首《和王介甫明妃曲》近似。诗人以散文化的笔法经营律诗，文从字顺、自然流畅，同时又对仗妥帖、议论深刻，故被南宋朱熹誉为"以诗言之，第一等诗；以议论言之，第一等议论也"。

【注释】

　　① 啁啾：形容鸟叫声。

　　② 青冢：王昭君墓，此处借指崇徽公主的坟墓。

　　③ 肉食：喻指高官厚禄。语出《左传·庄公十年》："肉食者鄙，未能远谋。"

过项羽庙

北宋·陈洎

八千子弟已投戈^①，夜帐犹闻怨楚歌^②。

学敌万人成底事^③，不思一个范增多^④。

【题 解】

这首诗总结楚汉战争时项羽败亡的历史教训，强调了善于用人的重要作用。诗中首先描绘了项羽被汉军围困于垓下、部队瓦解、四面楚歌的凄凉绝境，以鲜明的文学形象引出对项羽失败原因的深入思考："学敌万人成底事，不思一个范增多。"事实证明，徒有万夫不当之勇并不能所向无敌，只有重视人才方能赢得天下。

【注 释】

① 投戈：丢掉武器，即投降。
② 事见《史记·项羽本纪》："项王军壁垓下，兵少食尽，汉军及诸侯兵围之数重。夜闻汉军四面皆楚歌，项王乃大惊曰：汉皆已得楚乎？是何楚人之多也！"
③ 学敌万人：据《史记·项羽本纪》："项籍少时，学书不成，去学剑，又不成。项梁怒之。籍曰：书足以记名姓而已。剑一人敌，不足学，学万人敌。于是项梁乃教籍兵法，籍大喜，略知其意，又不肯竟学。"
④ 范增：项羽最重要的谋士，被尊为亚父，曾辅佐项羽称霸诸侯。然而项羽刚愎自用，又中刘邦反间之计，终于疏远范增、不用其谋。范增愤而离去，病死彭城。

题歌风台

北宋·张方平

落魄刘郎作帝归^①，樽前感慨《大风》诗^②。

淮阴反接英彭族③，更欲多求猛士为？

【题解】

　　歌风台在今江苏沛县，是为纪念汉高祖回归故乡时创作《大风歌》而建。诗人临台怀古，还原刘邦创作《大风歌》前后的历史背景，对刘邦既渴求猛士又诛杀猛士的矛盾心理进行了一番探求，议论深刻，独具只眼。事实上刘邦所面临的矛盾是"攘外"与"安内"的矛盾，西汉朝廷固然需要猛士镇守边境，以御强敌，但又不得不为巩固刘氏一家天下而剪除异姓诸王，这种矛盾的出现乃是中国传统宗法政治的必然结果。

【注释】

① 刘郎：指汉高祖刘邦。
② 《大风》诗：即《大风歌》。据《史记·高祖本纪》："十二年（前196），十月，高祖已击布军会甀，布走，令别将追之。高祖还归，过沛，留。置酒沛宫，悉召故人父老子弟纵酒，发沛中儿得百二十人，教之歌。酒酣，高祖击筑，自为歌诗曰：大风起兮云飞扬，威加海内兮归故乡，安得猛士兮守四方！令儿皆和习之。"
③ 淮阴：指淮阴侯韩信。英彭：指淮南王英布与梁王彭越。韩信、英布、彭越三人皆是西汉开国功臣，后来却因功高为朝廷所忌，先后被诛杀。族：族灭。

宰 嚭

北宋·王安石

谋臣本自系安危，贱妾何能作祸基。

但愿君王诛宰嚭，不愁宫里有西施。

【题 解】

　　王安石这首《宰嚭》与唐代罗隐的《西施》题旨相同，皆反驳西施亡吴的传统观念，而写法不同。罗诗以越亡不因西施的对比反衬西施亡吴的荒唐，此诗则从正面立论，观点鲜明，针锋相对。诗人直接点明吴国之所以灭亡，不是因为宫里有西施，而是因为朝中有宰嚭，可见选拔、重用贤臣才是一国强大的根本。

赐 也

北宋·王安石

赐也能言未识真^①，误将心许汉阴人^②。
桔槔俯仰妨何事^③，抱瓮区区老此身。

【题 解】

　　"赐也"是孔子称呼弟子子贡的口吻，子贡姓端木，名赐，故孔子呼之"赐也"，王安石此诗亦用此称呼，含有教训子贡的意味。据南宋叶梦得《石林诗话》记载，王安石此诗是针对当时反对政治改革的保守派而作，诗中批判了汉阴丈人因循守旧的行为，责备子贡不该赞同这种做法，同时借古讽今地将矛头指向抱残守缺的北宋群僚，坚定地宣传了自己变法图强、除旧布新的政治主张。

【注释】

① 能言：善于辞令。

② 事见《庄子·天地》："子贡南游于楚，反于晋，过汉阴，见一丈人将为圃畦，凿隧而如井，抱瓮而出灌，然用力甚多而见功寡。子贡曰：有械而出灌，一日浸百畦，用力甚寡而见功多，夫子不欲乎？为圃者仰而视之曰：奈何？曰：凿木为机，后重前轻，挈水若抽，数如溢汤，其名为槔。为圃者忿然作色而笑曰：吾闻之吾师，有机械者必有机事，有机事者必有机心。机心存于胸中，则纯白不备，则神生不定；神生不定者，道之所不载也。吾非不知，羞而不为也。"

③ 桔槔：一种用杠杆原理制成的汲水设备。

贾　生

北宋·王安石

一时谋议略施行，谁道君王薄贾生？
爵位自高言尽废，古来何啻万公卿①！

【题解】

王安石一生力主政治革新，其诗歌创作亦表现出求新求变的特点，尤其咏史诗，往往议论独到、出人意表。历来吟咏贾谊故事的诗歌，多以同情贾谊不受汉文帝重用为题旨，王安石此诗却做翻案文章，指出实际上汉文帝对贾谊的谋议大多数是采纳和施行的，因此贾谊比起古来无数虽为高官却未能施展抱负的人们，实在是幸运得多。这一卓越的历史见解正表现了王安石作为一代政治家不同凡响的眼界和胸怀。

【注 释】

① 何啻：何止。

乌江亭

北宋·王安石

百战疲劳壮士哀，中原一败势难回。
江东子弟今虽在，肯与君王卷土来？

【题 解】

这首诗亦是翻案文章，翻案对象是唐代杜牧的《题乌江亭》。杜诗云"江东子弟多才俊，卷土重来未可知"，此诗则云"江东子弟今虽在，肯与君王卷土来"。前者是从诗人的浪漫想象出发，鼓吹一种百折不挠的人生态度；后者则从政治家的冷静分析入手，以楚汉战争发展的客观形势为依据，对项羽不可能卷土重来的结局进行理性判断，显示了政治家的果敢和睿智。

【名 句】

江东子弟今虽在，肯与君王卷土来？

孟 子

北宋·王安石

沉魄浮魂不可招^①，遗篇一读想风标^②。

不妨举世嫌迂阔，故有斯人慰寂寥。

【题解】

　　孟子名轲，字子舆，邹邑（今山东邹县东南）人，战国时期著名思想家，儒家代表人物，其言行、思想集结为《孟子》一书，共七篇。孟子当年有感于乱世暴政，周游列国，传播仁学，却被热衷于争夺兼并的统治者视为不切实际的迂阔之论。千载之下，王安石在宋朝推行政治改革，亦常常遭遇保守派诋毁，举步维艰。于是他便从《孟子》书中引前贤孟子为异代知音，激励自己继续与世俗斗争下去。

【注释】

①沉魄浮魂：语出李商隐《奠相国令狐公文》："圣有夫子，廉有伯夷，浮魂沉魄，公其与之。"

②遗篇：指《孟子》一书。风标：风度、品格。

金陵怀古 四首

北宋·王安石

其 一

霸祖孤身取二江^①，子孙多以百城降。

豪华尽出成功后，逸乐安知与祸双？

东府旧基留佛刹②，《后庭》余唱落船窗。

《黍离》《麦秀》从来事③，且置兴亡近酒缸。

【题解】

王安石早年曾随父亲王益宦游金陵，王益去世后，全家遂在金陵定居。王安石晚年罢相，又在金陵城外钟山山麓卜筑隐居。因此他一生创作过许多吟咏金陵的诗篇，《金陵怀古》七律四首就是他以金陵王朝更迭、历史兴衰为题材写成的一组咏史诗。这首诗是其中的第一首，奠定了组诗的基调。此诗在怀古伤今的感慨之余，更表现出对逸乐亡国必然结局的清醒审视，因此比其他金陵吊古之作增加了一抹达观的明朗色彩。

【注释】

① 霸祖：指建都金陵的历朝开国之君。二江：指宋代的江南东路和江南西路，即建都金陵的历代王朝所统治的主要地区。

② 东府：即东府城，故址在今南京市通济门附近，临秦淮河。为东晋、南朝宰相兼扬州刺史的府第所在地，因在扬州旧城以东得名。每建康有事，必置兵镇守。梁绍泰末焚毁，陈天嘉中迁至齐安寺，陈亡后废。

③ 《麦秀》：据《史记·宋微子世家》："箕子朝周，过故殷虚，感宫室毁坏，生禾黍，箕子伤之，欲哭则不可，欲泣为其近妇人，乃作《麦秀之诗》以歌咏之。其诗曰：麦秀渐渐兮，禾黍油油。彼狡童兮，不与我好兮！"

【名句】

豪华尽出成功后，逸乐安知与祸双？

其 二

天兵南下此桥江^①，敌国当时指顾降^②。

山水雄豪空复在，君王神武自难双。

留连落日频回首，想象余墟独倚窗。

却怪夏阳才一苇^③，汉家何事费罍缸^④。

【题 解】

　　这首诗意脉承上一首而来，从六朝、五代的兴衰往事转而联想到宋太祖消灭南唐、统一中原的显赫功业。诗人日暮倚窗，眺望金陵山水，脑海中不禁演绎出当年宋军的辉煌战绩。在他看来，宋太祖挥师南下、渡过长江的气势远胜于韩信东渡黄河击败魏豹的历史故事，这体现出诗人强烈的家国自豪感，同时也暗含着他对北宋王朝延续太祖文韬武略、励精图治的殷切期望。

【注 释】

① 天兵：指宋军。桥江：指北宋开宝年间，宋军从采石矶架浮桥渡过长江。此战是继晋灭吴之战和隋灭陈之战后，中国战争史上第三次大规模的江河作战，宋军在长江下游成功架通浮桥，是中国古代战争史上的一个创举。

② 敌国：指南唐。指顾：顾盼之间，形容极快。

③ 夏阳：今陕西韩城。汉二年（前205），韩信从此地东渡黄河击败魏王魏豹。事见《史记·淮阴侯列传》："魏王盛兵蒲坂，塞临晋，信乃益为疑兵，陈船欲度临晋，而伏兵从夏阳以木罂缻渡军，袭安邑。魏王豹惊，引兵迎信，信遂虏豹，定魏为河东郡。"一苇：一根芦苇，有时亦借指小舟，形容渡河之容易。

④ 罂：古代大腹小口的酒器。

其 三

地势东回万里江，云间天阙古来双^①。

兵缠四海英雄得，圣出中原次第降。

山水寂寥埋王气，风烟萧飒满僧窗。

废陵坏冢空冠剑，谁复沾缨酹一缸^②！

【题 解】

　　这首诗进一步从宋太祖荡平群雄、裁定江南的千秋功业，想到金陵纵然地势险固，却自此不会再轻易形成割据之势。六朝、五代君主的陵墓里或许还残留着一些随葬冠剑，然而谁还会为他们洒泪祭奠呢？诗人言外之意，仍是对北宋基业的热情歌颂，同时也提醒宋王朝以史为鉴，切勿重蹈六朝、五代亡国覆辙。

【注 释】

　　① 天阙：即天阙山。传说东晋大兴年间，晋元帝打算在建康都城立双阙，丞相王导认为国家草创，财力薄弱，不宜大兴土木。于是，他指着正对宣阳门的牛首山的两峰，对晋元帝说："此天阙也。"元帝因此打消了建阙的念头。唐天宝年间，改牛首山名为"天阙山"。

　　② 酹：把酒洒在地上表示祭奠或起誓。

其 四

忆昨天兵下蜀江^①，将军谈笑士争降。

黄旗已尽年三百^②，紫气空收剑一双^③。

破堞自生新草木，废宫谁识旧轩窗！

不须搔首寻遗事，且倒花前白玉缸。

这首诗是《金陵怀古》七律四首中的最后一首,诗中再次回顾往事,指出历史上那些割据江南的小朝廷自取灭亡,并不值得后人同情,与其搔首惆怅,不如开怀畅饮。这一题旨恰好与组诗中的第一首形成前后呼应,使整个组诗气韵回环、余音不绝。

【注 释】

① 蜀江:蜀地江河。宋军南下先灭后蜀,继灭南汉,再进军南唐,故云自蜀江而来。

② 黄旗:喻指帝王仪仗。

③ 指金陵若还有紫气浮现,不过是埋藏地下的龙泉、太阿等宝剑的剑气。

明妃曲 二首

北宋·王安石

其 一

明妃初出汉宫时,泪湿春风鬓脚垂。
低徊顾影无颜色,尚得君王不自持。
归来却怪丹青手,入眼平生未曾有。
意态由来画不成,当时枉杀毛延寿①。
一去心知更不归,可怜着尽汉宫衣。
寄声欲问塞南事,只有年年鸿雁飞。
家人万里传消息,好在毡城莫相忆②。

君不见咫尺长门闭阿娇，人生失意无南北。

【题解】

王安石《明妃曲》作于北宋嘉祐四年（1059），当时梅尧臣、欧阳修、司马光、刘敞等诗人皆有和作。这首诗是其中的第一首。北宋时辽夏交侵、岁币百万，故诗人们多借汉言宋，对北宋朝廷予以批判。王安石此诗却与旁人不同，他将全诗重点放在对明妃思乡爱国感情的刻画上，有意把这种深厚纯洁的感情与错综复杂的个人恩怨区分开来，显示出作为政治改革家的豁达胸襟。

【注 释】

① 毛延寿：其名见于《西京杂记》："画工杜陵毛延寿为人形，丑好老少，必得其真。"
② 毡城：古代匈奴等游牧民族所居毡帐集中地，多借指其王庭所在之处。

其 二

明妃初嫁与胡儿，毡车百辆皆胡姬。
含情欲语独无处，传与琵琶心自知。
黄金杆拨春风手①，弹看飞鸿劝胡酒。
汉宫侍女暗垂泪，沙上行人却回首。
汉恩自浅胡恩深，人生乐在相知心。
可怜青冢已芜没，尚有哀弦留至今。

【题解】

这首诗与上一首相比，更加注重描写明妃的心理活动。明妃离汉入

胡，语言不通，只好借琵琶哀弦传达自己无尽的家国之思。那么明妃为何哀伤？诗人解释道："汉恩自浅胡恩深，人生乐在相知心。"这一联诗句曾被后人误解为"无父无君"之论，而实际上诗人想要说明的是，明妃在乎的不是汉恩与胡恩的深浅，而是亲人与友人的知心。可怜的是，明妃无论在汉地还是在胡地都没有知音去理解和安慰她，这才是人生最大的痛苦，也是诗人王安石感同身受的最大痛苦。

【注释】

① 杆拨：古时弹琵琶用以代替手指的拨弦之具。

张　良

北宋·王安石

留侯美好如妇人①，五世相韩韩入秦②。
　倾家为主合壮士，博浪沙中击秦帝。
　脱身下邳世不知，举国大索何能为。
　素书一卷天与之，谷城黄石非吾师。
　固陵解鞍聊出口③，捕取项羽如婴儿。
　从来四皓招不得，为我立弃商山芝。
　洛阳贾谊才能薄，扰扰空令绛灌疑④。

【题解】

这首诗取材史书，阐发史论，是宋人以文为诗的典型代表。诗人以"留侯美好如妇人"开头，用欲扬先抑的笔法引申出张良智勇双全、天

降大任、运筹帷幄、决胜千里的壮阔人生，令人读之神往不已。最后又以"洛阳贾谊才能薄"结尾，更反衬出张良明哲保身的成功处世。全诗精炼地概括了张良的平生事迹，由功成到身退，顺次写来，神完气足。

【注释】

① 美好如妇人：据《史记·留侯世家》司马迁赞张良曰："余以为其人计魁梧奇伟，至见其图，状貌如妇人好女。"

② 五世相韩：据《史记·留侯世家》："留侯张良者，其先韩人也。大父开地，相韩昭侯、宣惠王、襄哀王。父平，相釐王、悼惠王。"韩入秦：指韩被秦吞并。

③ 固陵：古地名，在今河南太康南。张良在此地为刘邦谋划歼灭项羽的决战。事见《史记·项羽本纪》。

④ 绛灌：指绛侯周勃和颍阴侯灌婴。

桂枝香　金陵怀古

北宋·王安石

登临送目，正故国晚秋，天气初肃①。千里澄江似练②，翠峰如簇。征帆去棹残阳里，背西风，酒旗斜矗。彩舟云淡，星河鹭起，画图难足。

念往昔，繁华竞逐，叹门外楼头③，悲恨相续。千古凭高对此，谩嗟荣辱。六朝旧事随流水，但寒烟衰草凝绿。至今商女④，时时犹唱，《后庭》遗曲。

【题解】

　　这首词大约作于王安石第二次罢相寓居金陵之时。同样是金陵怀古，这首词与之前的《金陵怀古》七律四首相比，情调和意趣上却存在不少差异。一方面是由于"诗庄词媚"，诗与词两种文体各具表现风格；另一方面也由于王安石创作这首词时方遭丧子之痛，又为天子所厌，唯借自然风光与历史兴亡排遣自己的失意无聊，故在词中流露出哀婉感伤的情绪。

【注释】

① 肃：肃爽。《诗经·七月》："九月肃霜。"毛传："肃，缩也。霜降而收缩万物。"
② 练：白色绸带。
③ 门外楼头：此句化用杜牧《台城曲》"门外韩擒虎，楼头张丽华"之语。
④ 商女：以卖唱为生的歌女。此句化用杜牧《泊秦淮》"商女不知亡国恨，隔江犹唱《后庭花》"之语。

浪淘沙令

北宋·王安石

　　伊吕两衰翁，历遍穷通。一为钓叟一耕佣①。若使当时身不遇，老了英雄。

　　汤武偶相逢②，风虎云龙。兴亡只在谈笑中。直至如今千载后，谁与争功！

【题 解】

　　这首词大致作于王安石推行变法取得暂时成功的时期。词中借伊尹、吕望两位古代贤臣得遇明主的历史故事，暗喻王安石本人获得宋神宗知遇，在政治上施展抱负的现实境遇。字里行间流露出春风得意、踌躇满志的心情。伊吕二人的功业尚且是靠偶然机会而建立的，王安石辅佐宋神宗却全凭自己的才学和努力，因此在词的结尾处，王安石发出"谁与争功"的感慨，这其中除了赞颂古人，也体现了他认为自己即将超越伊吕的高度自信。

【注 释】

　　① 耕佣：伊尹本是伊水旁的弃婴，后居莘（今河南开封）农耕。商汤娶莘氏之女，伊尹作为奴隶陪嫁，最终被商汤赏识。
　　② 汤武：指伊尹辅佐的商汤王和吕望辅佐的周武王。

屈原塔

北宋·苏轼

楚人悲屈原，千载意未歇。
精魂飘何处，父老空哽咽。
至今沧江上，投饭救饥渴①。
遗风成竞渡②，哀叫楚山裂。
屈原古壮士，就死意甚烈。
世俗安得知，眷眷不忍决。
南宾旧属楚，山上有遗塔。
应是奉佛人，恐子就沦灭。
此事虽无凭，此意固已切。

古人谁不死，何必较考折③。

名声实无穷，富贵亦暂热。

大夫知此理，所以持死节。

【题解】

此诗作于北宋嘉祐四年（1059），本年冬，苏轼侍父入京，途经忠州南宾县（今四川丰都），看到这个与屈原毫无关系的地方竟建有一座屈原塔，惊异之余便写下了这首五言古诗。诗分三段：前八句写端午节投粽子、赛龙舟习俗与屈原的关系，次八句推测屈原塔的来历，末八句赞美屈原不苟求富贵而追求理想的节操。诗中表达了对屈原持志高洁的无限景仰之情，同时也宣示了诗人自己对未来志节和人生道路的高尚选择。

【注释】

①投饭：据吴均《续齐谐记》，屈原五月五日投汩罗江，楚人为纪念之，
每逢此日即以竹简盛米祭奠。

②竞渡：据《荆楚岁时记》，楚地风俗，五月五日赛龙舟，以纪念屈原。

③考：长寿。折：夭折。

荆州 十首选四

北宋·苏轼

其 一

游人出三峡，楚地尽平川。

北客随南贾，吴樯间蜀船^①。

江侵平野断，风卷白沙旋。

欲问兴亡意，重城自古坚。

【题解】

《荆州》十首亦作于北宋嘉祐四年（1059），苏轼与父亲苏洵、弟弟苏辙进京途中。十首组诗有起有结，疏密得法，与杜甫《秦州杂诗》一脉相承。这首诗是组诗的第一首，诗人描绘三峡山川的奇丽和水陆繁忙的盛况，体现出荆州自古以来独特的战略地位，并由此引发思古之幽情，为以下几首诗的咏史内容拉开了序幕。

【注释】

① 樯：帆船上挂风帆的桅杆，引申为帆船或帆。

其　二

南方旧战国，惨淡意犹存。

慷慨因刘表^①，凄凉为屈原。

废城犹带井，古姓聚成村。

亦解观形胜，升平不敢论。

【题解】

这首诗是《荆州》组诗的第二首，内容紧接第一首尾联而生发，描述荆州历史悠久，虽屡经兴废，仍旧井尚存、古族聚居。在对古今兴亡的感慨中，诗人对楚怀王、刘表等人不能利用荆州地理优势争雄中原表示遗憾和不满，并在最后一联中透露出自负之意，点明自己亦有经邦济

世之才，只不过如今天下太平，用不着罢了。

【注 释】

① 刘表：字景升，东汉末年名士，汉室宗亲，汉末群雄之一。割据荆州，
爱民养士，从容自保。然为人多疑，好坐谈，且无四方之志。刘表死后，
妻族蔡氏弄权，废长立幼，奉刘表次子刘琮为荆州之主。曹操南征，
刘琮举州投降，荆州遂没。

其　四

朱槛城东角，高王此望沙^①。
江山非一国，烽火畏三巴^②。
战骨沦秋草，危楼倚断霞。
百年豪杰尽，扰扰见鱼虾。

【题 解】

这首诗是十首组诗中的第四首。诗人从望沙楼的景色入手，描写五
代时荆南高氏的盛衰，兼及五代群雄。荆南高氏对后梁、后唐、南汉、闽、
蜀皆曾称臣，畏葸无能，殊无节操，故诗人以"江山非一国，烽火畏三
巴"嘲讽之。在诗人看来，五代诸国纷纭扰攘，正如望沙楼头所见鱼虾，
这一妙趣横生的对比表达了诗人傲视古人的高度自信。诗中自然景物与
历史典故互相关联，情景交融，引人遐想。

【注 释】

① 据《荆州府志》记载："后梁乾化二年（912），（南平王）高季
兴大筑重城，复建雄楚楼，望沙楼为扞蔽，执畚锸者十数万人。"

② 三巴：东汉末益州牧刘璋分巴郡为永宁、固陵、巴三郡，后又改为巴、巴东、巴西三郡，称为三巴。相当于今四川嘉陵江和綦江流域以东大部分地区。

其 十

柳门京国道①，驱马及春阳。

野火烧枯草，东风动绿芒。

北行运许邓②，南去极衡湘③。

楚境横天下，怀王信弱王④。

【题解】

作为《荆州》十首的最后一首，此诗以荆州城门——柳门的视角出发，再次强调了荆州地理位置的优越性。在诗的结尾处，诗人总结道："楚境横天下，怀王信弱王。"意在说明荆州纵然占据地理优势，然而若经营不善，落在楚怀王这类昏君的手中，终究不能发挥其关键作用。天时不如地利，地利不如人和，后代统治者当引以为戒。

【注 释】

① 柳门：荆州拱极门，古称柳门，位于江陵城西北。此门古为北上中原的通衢，为宦者迁官易职，为士者赴京寻官，咸出此门，时车盖冠冕，各以诗赋为赠，折柳话别，故又谓柳门。

② 许邓：西周时许国、邓国故地。许国管辖范围包括今河南许昌县及临颍县北、鄢陵县西南这一广大地域，可谓"中原之中"。邓国在今河南邓州与湖北襄阳一带。

③ 衡湘：衡山与湘水。

④ 信：确实。

郿　坞

北宋·苏轼

衣中甲厚行何惧^①，坞里金多退足凭^②。
毕竟英雄谁得似，脐脂自照不须灯。

【题解】

北宋嘉祐七年（1062），苏轼在凤翔府签判任上处理狱囚，途经郿坞，乃作此诗。郿坞是东汉末年军阀董卓所建城堡，故址在今陕西眉县东北。董卓是东汉末年少帝、献帝时权臣，官至太师，封郿侯。其为人残忍嗜杀，倒行逆施，招致天下群雄联合讨伐，最终死于吕布之手。据说董卓死后被暴尸东市，大快人心，守尸吏把点燃的捻子插入董卓肚脐中点起天灯，因为董卓肥胖脂厚，光明达曙，如是积日。苏轼此诗根据这段史实写成，其中表达了对董卓多行不义必自毙的辛辣嘲讽。

【注 释】

① 衣中甲厚：董卓怕人行刺，常在衣服里穿裹厚甲。
② 据《后汉书·董卓传》记载："坞中广聚珍宝，积谷为三十年储。自云：事成，雄据天下；不成，守此足以毕老。"

骊山 三首

北宋·苏轼

其　一

功成惟欲善持盈^①，可叹前王恃太平。
辛苦骊山山下土，阿房才废又华清^②。

【题解】

《骊山》绝句三首是宋英宗治平元年（1064），诗人由凤翔府签判离任后，路过长安骊山时所作。这首诗是其中的第一首。诗中指出历史上许多帝王不能居安思危，自恃国家富强便骄奢淫逸、大兴土木，以至于骊山山下土都不得安宁。这一拟人化的写法深刻而新颖，既衬托出历代土木工程之频繁，又暗示了天下百姓对帝王滥用民力的强烈反感。

【注释】

① 持盈：守住成业。
② 阿房：阿房宫，秦朝宫殿，据史书记载始建于公元前212年，遗址在今陕西省西安市西郊阿房村一带。

其　二

几变雕墙几变灰^①，举烽指鹿事悠哉^②。
上皇不念前车戒，却怨骊山是祸胎。

【题 解】

这首诗以骊山"几变雕墙几变灰"的历史事实为见证，说明国家灭亡是由于君主昏庸无道。西周、秦、唐皆靠近骊山建都，周、秦已先后败于骊山，而唐玄宗不以周幽王和秦二世的惨痛教训为借鉴，一味骄奢淫逸，最终酿成"安史之乱"，却把骊山作为祸胎替他受过，实在是很不公平。

【注 释】

① 雕墙：彩画装饰的墙壁，指代华丽的宫殿。

② 举烽：周幽王烽火戏诸侯的故事。详见《史记·周本纪》。指鹿：赵高指鹿为马的故事。详见《史记·秦始皇本纪》。

其 三

海中方士觅三山①，万古明知去不还。

咫尺秦陵是商鉴②，朝元何必苦跻攀③。

【题 解】

这首诗点明骊山下的秦始皇陵近在咫尺，唐玄宗却不能以秦亡为鉴、励精图治，反倒效法秦始皇求仙问道、耽于逸乐，如此执迷不悟，怎能不招致祸端？言外之意，诗人也在提醒宋朝统治者不要忘记唐亡的历史教训，勿以对一己私欲的满足葬送山河社稷。

【注 释】

① 三山：指蓬莱、瀛洲、方丈三座仙山。

② 商鉴：即殷鉴，《诗经·大雅·荡》："殷鉴不远，在夏后之世。"
　原意是殷人灭夏，殷的子孙当以夏亡为鉴，后世泛指可以作为借鉴
　的往事。
③ 朝元：即朝元阁，在骊山上。跻攀：登攀。

虢国夫人夜游图

北宋·苏轼

佳人自鞚玉花骢①，翩如惊燕踏飞龙。
金鞭争道宝钗落②，何人先入明光宫③。
宫中羯鼓催花柳，玉奴弦索花奴手④。
坐中八姨真贵人⑤，走马来看不动尘。
明眸皓齿谁复见，只有丹青余泪痕。
人间俯仰成今古，吴公台下雷塘路。
当时亦笑张丽华，不知门外韩擒虎⑥。

【题 解】

　　《虢国夫人夜游图》是唐代名画，一说张萱所绘，一说周昉所绘，
先后为南唐宫廷、晏殊府第、宋徽宗画苑收藏。这首诗是苏轼于元祐元
年（1086）在京城做翰林学士时见此名画，有感而作。此诗以写虢国夫
人为主，以杨贵妃和秦国夫人为陪衬，表现杨家煊赫一时的气焰。最后
六句抒发观画感慨，借陈、隋、唐三朝相继重蹈覆辙的历史教训，警告
后世统治者戒骄戒奢，以保长治久安。

【注释】

① 鞚：带嚼子的马笼头，引申为驾驭。玉花骢：唐玄宗名马。

② 据《旧唐书·杨贵妃传》："十载正月望夜，杨家五宅夜游，与广平公主骑从争西市门，杨氏奴挥鞭及公主衣，公主堕马，驸马程昌裔扶公主，因及数挝。"

③ 明光宫：西汉宫殿名，此处借指唐代宫殿。

④ 玉奴：杨贵妃的小名。花奴：汝阳王李琎的小名。李琎擅长演奏羯鼓，杨贵妃工弦素。

⑤ 八姨：即秦国夫人。据《旧唐书·杨贵妃传》，杨贵妃"有姊三人，皆有才貌。长曰大姨，封韩国夫人；三姨封虢国夫人；八姨封秦国夫人。并承恩泽，出入宫掖，势倾天下"。

⑥ 韩擒虎：隋将。开皇八年（588）冬至九年（589）春隋军攻陈时，领军为先锋，从右翼进攻陈都建康。最终率五百精骑入朱雀门，占领建康城，俘虏后主陈叔宝。

荔枝叹

北宋·苏轼

十里一置飞尘灰①，五里一堠兵火催②。
颠坑仆谷相枕藉③，知是荔枝龙眼来④。
飞车跨山鹘横海⑤，风枝露叶如新采。
宫中美人一破颜⑥，惊尘贱血流千载。
永元荔枝来交州⑦，天宝岁贡取之涪⑧。
至今欲食林甫肉⑨，无人举觞酹伯游⑩。
我愿天公怜赤子⑪，莫生尤物为疮痏⑫。
雨顺风调百谷登，民不饥寒为上瑞。

君不见，武夷溪边粟粒芽 ⑬，前丁后蔡相宠加 ⑭。

争新买宠各出意，今年斗品充官茶 ⑮。

吾君所乏岂此物，致养口体何陋耶？

洛阳相君忠孝家 ⑯，可怜亦进姚黄花 ⑰。

【题 解】

这首诗作于绍圣二年（1095）苏轼贬官惠州时期。其时诗人虽谪居岭南，仍心系百姓。诗中由汉唐贡荔之祸写到当朝大臣"争新买宠各出意"的现世丑态，毫不留情地点名抨击热衷进贡茶叶、花卉的朝廷重臣，表达了对民众遭受祸害的深切同情。此时的诗人不是谏官，而是谪官。如此处境下能为此诗，更可见诗人忧国忧民的忠肝义胆和正直敢言的磊落品行。

【注 释】

① 置：驿站。

② 堠：古代记里程的土堆。

③ 颠坑仆谷：形容乘快马运输荔枝者跌落土坑、山谷之状。枕藉：形容尸体纵横相枕于坑谷之中。

④ 龙眼：桂圆。

⑤ 飞车：飞驰的驿车。鹘：鹰隼一类的鸟。

⑥ 破颜：欢笑。

⑦ 永元：东汉和帝年号。交州：今两广南部一带。

⑧ 涪：涪州，今重庆涪陵。

⑨ 林甫：李林甫，唐玄宗时权臣，口蜜腹剑，以进贡荔枝讨好唐玄宗和杨贵妃。

⑩ 伯游：唐羌，字伯游，东汉临武长，谏言和帝罢贡荔枝。

⑪ 赤子：指百姓。

⑫ 尤物：珍稀物品。疮痍：疮伤，此处喻指灾难。

⑬ 武夷：武夷山，在福建省，我国著名茶叶产地。粟粒芽：上等武夷茶，叶小而嫩，形似粟粒。

⑭ 前丁：指丁谓，字谓之，宋真宗宰相，晋国公。后蔡：指蔡襄，字君谟，宋仁宗进士，官至端明殿学士。

⑮ 斗品：宋代有赛茶风俗，参赛选中的名品被称为斗品。官茶：进贡之茶。

⑯ 钱惟演是吴越王钱俶之子，宋初任洛阳留守，故称"洛阳相君"。钱俶当年不战而投降宋朝，死后被宋太宗誉为"以忠孝而保社稷"，故称钱家为"忠孝家"。

⑰ 姚黄花：牡丹名品，据说为姚姓人家首先培育，开黄色大花，故称。

满江红　寄鄂州朱使君寿昌

北宋·苏轼

江汉西来①，高楼下，蒲萄深碧。犹自带岷峨云浪②，锦江春色③。君是南山遗爱守④，我为剑外思归客⑤。对此间风物岂无情，殷勤说。

《江表传》⑥，君休读。狂处士⑦，真堪惜。空洲对鹦鹉，苇花萧瑟。不独笑书生争底事，曹公黄祖俱飘忽。愿使君还赋谪仙诗⑧，追黄鹤。

【题解】

这首词大约作于北宋元丰四年（1081）苏轼谪居黄州期间，是写给友人鄂州（今湖北武昌）知州朱寿昌的。词中借《江表传》、鹦鹉洲、

黄鹤楼等内涵丰富、饶有意趣的"此间风物"，抒写自己怀才不遇的人生感慨，既寓情于景、关照友我双方，又开怀倾诉、谈古论今，表达了一种苍凉悲慨、郁结不平的激荡心情。

【注 释】

① 江汉：长江和汉水。

② 岷峨：岷山与峨眉山。

③ 锦江：在四川成都南，一称濯锦江，相传其水濯锦，特别鲜丽，故称。

④ 南山：终南山，在陕西，朱寿昌曾任陕州通判，故称。遗爱：指有惠爱之政引起人们怀念。

⑤ 剑外：四川剑门山以南。苏轼的家乡是四川眉山，故自称"剑外来客"。

⑥ 《江表传》：晋虞溥著，其中记述三国时江左吴国时事及人物言行，已佚，《三国志》裴松之注中多引之。

⑦ 狂处士：指祢衡。

⑧ 谪仙：指李白。据《唐才子传》，崔颢曾作《黄鹤楼》诗，李白登黄鹤楼曰："眼前有景道不得，崔颢题诗在上头。"无作而去。后李白作《登金陵凤凰台》，就有意追赶崔诗。

念奴娇　赤壁怀古

北宋·苏轼

大江东去，浪淘尽，千古风流人物。故垒西边，人道是，三国周郎赤壁①。乱石穿空，惊涛拍岸，卷起千堆雪。江山如画，一时多少豪杰。

遥想公瑾当年，小乔初嫁了②，雄姿英发。羽扇纶巾③，谈笑间，

樯橹灰飞烟灭④。故国神游，多情应笑我，早生华发⑤。人生如梦，一樽还酹江月。

【题 解】

　　此处的赤壁指黄州赤壁，一名"赤鼻矶"，在今湖北黄冈西。而历史上的三国赤壁古战场，学术界认为在今湖北赤壁市蒲圻县西北。这首词作于宋神宗元丰五年（1082）七月，当时苏轼因"乌台诗案"被贬黄州已两年有余。词分上下两阕，上阕咏赤壁，下阕怀周瑜，并吊古伤怀，以自身感慨作结。苏轼从周瑜的年轻有为，联想到自己的壮志难酬，不禁满心沉郁。但对于学贯儒、释、道三家的苏轼来说，化解痛苦、参透荣辱才是智者的终极追求。因此，在词的结尾处，苏轼以无限的时间与无限的宇宙为参照系，冲破压抑，走向达观，开创了宋词中豪放一派的广阔天地。

【注 释】

①周郎：三国时东吴名将周瑜，字公瑾，少年得志，二十四岁为中郎将，吴中皆呼为"周郎"。他曾率领孙权、刘备联军于建安十三年（208）在长江赤壁（今湖北省赤壁市西北）一带大破曹操，奠定了三国鼎立的天下格局。

②小乔：据《三国志·吴书·周瑜传》载，周瑜从孙策攻皖，"得桥公两女，皆国色也。策自纳大桥，瑜纳小桥"。乔，本作"桥"。其时距赤壁之战已经十年，此处言"初嫁"，是言其少年得意，倜傥风流。

③纶巾：古时头巾，幅巾的一种，以丝带编成，一般为青色。

④樯橹：这里代指曹操的水军战船。

⑤华发：白发。

书摩崖碑后

北宋·黄庭坚

春风吹船著浯溪，扶藜上读《中兴碑》①。
平生半世看墨本②，摩挲石刻鬓成丝。
明皇不作苞桑计③，颠倒四海由禄儿④。
九庙不守乘舆西⑤，万官已作鸟择栖。
抚军监国太子事，何乃趣取大物为⑥？
事有至难天幸耳，上皇蹋踏还京师⑦。
内间张后色可否⑧？外间李父颐指挥⑨。
南内凄凉几苟活，高将军去事尤危⑩。
臣结舂陵二三策⑪，臣甫杜鹃再拜诗⑫。
安知忠臣痛至骨，世上但赏琼琚词⑬。
同来野僧六七辈⑭，亦有文士相追随。
断崖苍藓对立久，冻雨为洗前朝悲。

【题 解】

　　摩崖碑即唐代元结所撰《大唐中兴颂》碑文，颜真卿手书，歌颂唐肃宗中兴之功，刻于湖南祁阳县境内浯溪临江石崖上。黄庭坚这首诗作于北宋崇宁三年（1104），前一年，诗人以"幸灾谤国"的罪名从鄂州贬往宜州（今广西宜山），本年春天，他途经祁县，泛舟浯溪，亲见《中兴颂》石刻，遂写下这首名作。此诗章法严谨、层次分明、波澜开阔、气势雄峻，在叙议结合中表达了对唐玄宗的同情与惋惜。

【注 释】

　　①藜：藜杖。

② 墨本：指拓本。

③ 苞桑计：指根本大计。《易·否·上九》："其亡其亡，系于苞桑。"意为把东西系在桑树根上就牢固了。

④ 禄儿：指安禄山。

⑤ 九庙：帝王祖庙，喻指王朝基业。

⑥ 趣：与"促"同，急忙。大物：指天下。《庄子·天下》："天下，大物也。"

⑦ 踟蹰：惶恐不安的样子。

⑧ 指唐玄宗自蜀还京、成为太上皇之后，太监李辅国与张后串通一气，离间玄宗与肃宗的关系。玄宗内要看张后的脸色行事，外又受制于李辅国。

⑨ 李父：指李辅国。颐指挥：以下巴的动向来指挥他人，形容趾高气扬。

⑩ 高将军：指曾任右监门将军的高力士。忠于玄宗的高力士被李辅国、张后等流放到巫州。

⑪ 指元结诗作《舂陵行》。

⑫ 指杜甫诗作《杜鹃》。《舂陵行》与《杜鹃》皆表现当时政治的腐败，转达对玄宗被幽禁的慨叹，黄庭坚认为这两首诗代表了忠臣节士的观点。

⑬ 琼琚：比喻华美。

⑭ 当时与黄庭坚同游浯溪者有陶豫、李格、僧伯新、道遵、蒋大年、僧守志、志观、德清等，故云"同来野僧六七辈，亦有文士相追随"。

读谢安传

北宋·黄庭坚

倾败秦师琰与玄①，矫情不顾驿书传②。
持危又幸桓温死③，太傅功名亦偶然④。

【题 解】

　　谢安，字安石，东晋政治家，孝武帝时位至宰相。其时前秦强盛，太元八年(383)苻坚率秦军南下,谢安使其弟谢石、其侄谢玄等奋力抵抗，终于获得淝水之战的胜利。在前代诗文中，谢安一向被认为是"运筹帷幄，决胜千里"的典范，黄庭坚此诗却通过独立思考，指出谢安的成功存在偶然因素，这反映了诗人对历史的透彻理解和远见卓识。

【注 释】

　①琰与玄：谢安之子谢琰与谢安之侄谢玄。

　②事见《晋书·谢安传》："玄等既破坚，有驿书至，安方对客围棋，看书既竟，便摄放床上，了无喜色，棋如故。客问之，徐答云：小儿辈遂已破贼。既罢，还内，过户限，心喜甚，不觉屐齿之折，其矫情镇物如此。"

　③持危：扶持危难局面。桓温：东晋杰出军事家，因领兵灭亡成汉而声名大盛，又曾三次领导北伐，掌握朝政并曾操纵废立，更有意夺取帝位，但终因第三次北伐失败而令声望受损，又受制于朝中王谢势力而未能如愿。

　④太傅：即谢安，谢安死后被追封为太傅。

徐孺子祠堂

北宋·黄庭坚

乔木幽人三亩宅^①，生刍一束向谁论^②？
　藤萝得意干云日，箫鼓何心进酒樽。
白屋可能无孺子^③，黄堂不是欠陈蕃^④。

古人冷淡今人笑，湖水年年到旧痕。

【题 解】

徐孺子名稚，字孺子，东汉豫章南昌（今江西南昌）人，贫而有节，世称"南州高士"，其祠堂即其故居，在今南昌市。这首诗是黄庭坚游览徐孺子故居时有感而发的咏史之作，诗中借陈蕃礼遇徐稚的典故，表达了对古来知音的崇敬和向往。诗人指出，当今世上并非没有像徐稚那样的贤士，只是官府中缺少像陈蕃一样礼贤下士的官员。然而贤者自贤，并不会因为世俗的冷遇而改变初衷，正如春水年年，流淌不息。

【注 释】

① 乔木：树身高大的树木。幽人：隐士，指徐稚。

② 生刍：新割之草，用作凭吊礼物。

③ 白屋：指贫寒书生的居室。

④ 黄堂：古时太守衙中正堂，此处喻指太守。陈蕃：字仲举，汝南平舆（今河南平舆北）人。东汉末大臣，汉桓帝时为太尉，汉灵帝时为太傅。后因与大将军窦武同谋剪除阉宦，事败而死。据《后汉书·徐稚传》，陈蕃赏识徐稚，欲聘其任功曹，徐稚坚辞不就。但出于对陈蕃的敬重，徐稚答应经常造访太守府。于是陈蕃专门为他置一床榻，平时收起。徐稚来访时，就把床榻放下来，两个人惺惺相惜，秉烛夜谈；徐稚走后，再把床榻重新悬于梁上。

夷门行赠秦夷仲

北宋·晁冲之

君不见夷门客有侯嬴风，杀人白昼红尘中①。
京兆知名不敢捕②，倚天长剑著崆峒③。
同时结交三数公④，联翩走马几马骢⑤。
仰天一笑万事空，入门宾客不复通。
起家簪笏明光宫⑥。
呜呼，男儿名重泰山身如叶，手犯龙鳞心莫慑⑦。
一生好色马相如⑧，慷慨直辞犹谏猎⑨。

【题　解】

　　这首诗与唐代王维的《夷门歌》用典一致，描述并盛赞了战国侠客侯嬴仗义扶危的慷慨之举，同时批评了那些一旦取得功名富贵便唯唯诺诺、明哲保身的文人士大夫。在诗歌结尾处，诗人以"一生好色马相如，慷慨直辞犹谏猎"的例证说明古时文人犹能为兴亡社稷着想，言外之意表达了对宋代士风不振现状的不满。全诗主旨在于激励友人秦夷仲以夷门侠义之风共勉，在抑扬顿挫之间表现出愤世嫉俗的强烈情感。

【注　释】

①红尘：指繁华热闹的街市。
②京兆：京兆尹，主管京城地方行政。
③崆峒：崆峒山，在今甘肃平凉市西。
④三数：表示为数不多。
⑤马骢：事见《后汉书·桓典传》："（桓典）辟司徒袁隗府，举高第，拜侍御史。是时宦官秉权，典执政无所回避。常乘骢马，京师畏惮，

为之语曰：行行且止，避骢马御史。"骢，青黑色骏马。

⑥ 簪笏：古代用笏来记事，插（簪）笔以备书写。臣僚奏事的时候，就拿着笏和笔。起家簪笏：指由平民被选拔做官。明光宫：据《雍录》记载，汉代明光宫有三，一在甘泉，一在北宫，一为尚书奏事之地。此处指尚书奏事的宫殿。

⑦ 龙鳞：语出《韩非子·说难》："（龙）喉下有逆鳞径尺，若人有婴之者，则必杀人，人主亦有逆鳞，说者能无婴人主之逆鳞则几矣。"

⑧ 马相如：即司马相如。《西京杂记》："相如有消渴疾，及悦文君之色，遂以发锢疾。乃作《美人赋》以自刺而终不改。"

⑨ 谏猎：《汉书·司马相如传》云："是时天子方好自击熊豕，驰逐野兽，相如因上疏谏。"《昭明文选》载有司马相如《谏猎书》。

怀金陵 三首选一

北宋·张耒

其 二

璧月琼枝不复论①，秦淮半已掠荒榛。
青溪天水相澄映②，便是临春阁上魂。

【题解】

张耒《怀金陵》诗共有三首，这是其中的第二首。诗人将陈后主与张丽华荒淫误国的历史故事融化于对金陵风光的唯美描绘中，古今相映，情景交融。在咏史诗的写作上，诗人摆脱了宋人咏史"出己意，发议论，而斧凿铮铮"（《围炉诗话》）的通病，含意深婉，用典简净，具有"自然奇逸"的艺术特色。

【注释】

① 璧月琼枝：语出《南史·张贵妃传》："后主每引宾客，对贵妃等游宴，则使诸贵人及女学士与狎客共赋新诗，互相赠答，采其尤艳丽者，以为曲调，被以新声。……其略云：璧月夜夜满，琼树朝朝新。大抵所归，皆美张贵妃、孔贵嫔之容色。"

② 青溪：指张丽华葬身之处。隋军攻克台城之后，陈后主与张丽华一同逃入井中，隋军把他们从井中捞出，斩张丽华于青溪中桥（一说斩于青溪栅）。

题华清宫

北宋·杜常

行尽江南数十程，晓风残月入华清。
朝元阁上西风急，都向长杨作雨声①。

【题解】

这首诗约作于宋神宗元丰三年（1080）诗人宦游陕西之时。诗人以高度概括的笔法勾勒出由汉至唐千百年间的历史变迁，取境深远，蕴藉丰富。汉、唐并称盛世，而如今汉殿唐宫皆成笼罩于残月西风之下的荒凉陈迹，这幅衰飒凄迷的风景不禁引发读者无限感喟。

【注释】

① 长杨：汉代长杨宫，在今陕西省周至县东南。因宫中种白杨树数亩，故名。

谒狄梁公庙

北宋·惠洪

九江浪粘天①，气势必东下。

万山勒回之，到此竟倾泻。

如公廷诤时②，一快那顾藉！

君看洗日光③，正色甚闲暇。

使唐不敢周④，谁复如公者？

古祠苍烟根，碧草上屋瓦。

我来春雨余，瞻叹香火罢。

一读老范碑⑤，顿尘看奔马。

斯文如贯珠，字字光照夜。

整帆更迟留，风正不忍挂。

【题 解】

　　这首诗是诗人拜谒唐代名臣狄仁杰祠庙后所作。狄仁杰曾为彭泽令，诗中又提到九江，故其庙当在彭泽。狄仁杰在唐睿宗时受封梁国公，故称"狄梁公"。诗人首先由眼前奔涌的长江联想到狄仁杰直言敢谏的英雄气概，盛赞其品格、功绩；继而描绘祠庙的荒凉景象，表达了对当今世俗不重圣贤、致使圣贤身后寂寞的无奈与感伤。

【注 释】

① 九江：长江流经九江境内，与鄱阳湖和赣、鄂、皖三省毗连的河流汇集，百川归海，水势浩淼，江面壮阔。"九江"之得名，一谓"众水汇集之处"，"九"是虚指；二谓"以为湖汉九水（赣江水、鄱水、余水、修水、淦水、盱水、蜀水、南水、彭水）入彭蠡泽也"，

即九条江河汇集之处，"九"是实指。

② 廷净：指大臣在朝廷上直言敢谏。

③ 洗日光：指君主接受净谏，如洗日重光。

④ 不敢周：指狄仁杰使武则天建立的周政权最终败亡，使唐王朝得以
　　复兴。

⑤ 老范碑：指庙中所立由范仲淹撰写的狄公碑文。

西河　金陵怀古

北宋·周邦彦

佳丽地，南朝盛事谁记。山围故国绕清江，髻鬟对起①。怒涛寂寞打孤城，风樯遥度天际。

断崖树，犹倒倚，莫愁艇子曾系②。空余旧迹郁苍苍，雾沉半垒。夜深月过女墙来，伤心东望淮水③。

酒旗戏鼓甚处市？想依稀、王谢邻里，燕子不知何世，入寻常、巷陌人家④，相对如说兴亡，斜阳里。

【题解】

这首词分为三阕，分别从三个角度发掘金陵丰富的历史文化内涵。上阕写山水风光，中阕写历史遗迹，下阕怀古抒情，发兴亡之幽思。三阕层层推进，用笔平易爽畅而又苍凉悲壮。词中化用唐代诗人刘禹锡咏金陵之《石头城》与《乌衣巷》，以诗入词，浑然天成。故张炎《词源》评价周邦彦说："清真最长处，在善融化诗句，如自己出。"

【注 释】

① 髻鬟：以女子髻鬟比喻长江边相对屹立之山。

② 艇子：小船。

③ 此句化用刘禹锡《石头城》："淮水东边旧时月，夜深还过女墙来。"

④ 入寻常、巷陌人家：此句化用刘禹锡《乌衣巷》："旧时王谢堂前燕，飞入寻常百姓家。"

八声甘州　寿阳楼八公山作

南宋·叶梦得

故都迷岸草①，望长淮②，依然绕孤城。想乌衣年少，芝兰秀发③，戈戟云横。坐看骄兵南渡④，沸浪骇奔鲸。转盼东流水，一顾功成。

千载八公山下，尚断崖草木，遥拥峥嵘。漫云涛吞吐，无处问豪英。信劳生，空成今古，笑我来，何事怆遗情？东山老⑤，可堪岁晚，独听桓筝⑥。

【题 解】

这首词是叶梦得在东晋以少胜多、击溃前秦的著名战场——淝水八公山（今安徽凤台县东南）凭吊古代英雄所作。东晋当年的情形，北有异族劲敌，正与叶梦得所处的南宋初年相仿。因此叶梦得创作这首词，意在用历史上这一以弱胜强的战例鼓舞南宋士气，使之奋勇反抗金人侵略，恢复大宋河山。同时，词中也表达了一种为臣不易的人生感慨，词人叹息自己虽心怀报国之志，但未得皇帝知遇，只好寄希望于渺茫，读来不禁令人怆然。

【注 释】

① 故都：指北宋都城汴梁。

② 长淮：指淮河。

③ 芝兰秀发：形容谢安领导的东晋将士意气风发。

④ 骄兵：指苻坚率领的前秦军队。

⑤ 东山老：指谢安。他在未出仕前曾隐居浙江上虞的东山，故云。

⑥ 桓筝：指桓伊之筝。桓伊善音乐，为江南第一。他在反击苻坚之战中曾立战功。一日孝武帝召伊饮宴，谢安侍坐。伊抚筝而歌曹操《怒诗》，声节慷慨，俯仰可观，其中有"推心辅王室，二叔反流言"之句，当时谢安因小人离间，正为孝武帝所猜忌，一闻此曲深为感动，泪下沾衣，孝武帝甚有愧色。事见《晋书·桓伊传》。

喜迁莺　晋师胜淝上

南宋·李纲

长江千里，限南北。雪浪云涛无际。天险难逾，人谋克壮①，索虏岂能吞噬②！阿坚百万南牧③，倏忽长驱吾地。破强敌，在谢公处画④，从容颐指。

奇伟，淝水上，八千戈甲，结阵当蛇豕⑤。鞭弭周旋⑥，旌旗麾动，坐却北军风靡。夜闻数声鸣鹤⑦，尽道王师将至。延晋祚，庇烝民⑧，周雅何曾专美⑨！

【题 解】

这首词亦以东晋、前秦淝水之战为吟咏对象，词人以生动的描写和精辟的议论，热情地歌颂了英勇却敌的谢玄与运筹帷幄的谢安。词中叙

述战争层层推进，有条不紊，既明写东晋方面的地利、人和，又暗写前秦由长驱直入到仓皇溃败的过程，显示出词人高超的艺术表现技巧。此词结构严谨，语言遒劲，风格沉雄，是咏史词中的佳作。

【注释】

① 克壮：强盛。

② 索虏：北方各族编发为辫，故被南方汉人蔑称为索虏。

③ 阿坚：即秦王苻坚。南牧：南下牧马，意谓南侵。

④ 处画：处理筹划。

⑤ 蛇豕：长蛇大猪，比喻贪暴残害者。《左传·定公四年》："吴为封豕长蛇，以荐食上国。"杜预注曰："言吴贪害如蛇豕。"

⑥ 鞭弭：指驾车前进。周旋：交战。

⑦ 此句形容前秦军队闻风丧胆，语出《晋书·谢玄传》："闻风声鹤唳，皆以为王师已至。"

⑧ 烝民：众多百姓。

⑨ 周雅：指《诗经·大雅·常武》中赞美南仲皇父辅佐周宣王平定淮夷、使周室中兴的功劳。

念奴娇 宪宗平淮西

南宋·李纲

晚唐姑息，有多少方镇，飞扬跋扈。淮蔡雄藩连四郡^①，千里公然旅拒^②。同恶相资，潜伤宰辅^③，谁敢分明语。嬛婳群议^④，共云旄节应付^⑤。

于穆天子英明^⑥，不疑不贰处^⑦，登庸裴度^⑧。往督全师威令使，

擒贼功名归愬^⑨。半夜衔枚^⑩，满城深雪，忽已亡悬瓠^⑪。明堂坐治^⑫，中兴高映千古。

【题 解】

这首词是根据唐宪宗李纯平定淮西藩镇割据的历史事实创作而成的。唐代自"安史之乱"后，各地节度使势力逐渐强大，拥兵自重，割据一方，淮西节度使吴元济就是这种割据势力之一。元和十二年（817），唐宪宗重用裴度为相、李愬为将，出兵平定淮西，擒获吴元济，打击了藩镇的气焰，提高了朝廷的威信。李纲在这首词中对唐宪宗平定淮西一事予以高度评价，同时从侧面含蓄地批评了南宋朝廷偏安畏葸的政治态度，借古喻今，用意深远。

【注 释】

① 淮蔡：指淮南西道及其治所蔡州（今河南汝南）。雄藩：指吴元济控制的淮西藩镇。四郡：指李师道、田季安、王承宗、刘济四个藩镇。

② 旅拒：依仗军队抗拒朝廷。

③ 潜伤宰辅：元和十年（815），朝廷准备出师讨伐吴元济时，李师道为支援吴元济，派人暗杀了主持平藩事务的宰相武元衡。

④ 婥妸：依违阿曲，人云亦云。

⑤ 旄节：以牦牛毛为装饰的朝廷任命官员的凭证。

⑥ 于穆：表示赞美的感叹词。

⑦ 不疑不贰：意谓充分信任。

⑧ 登庸：举用，提拔。裴度：字中立，唐宪宗时宰相。

⑨ 愬：李愬，字元直，唐宪宗时大将。

⑩ 衔枚：古代作战中偷袭敌人时，常令士兵口内衔枚，以保持肃静。枚：状如筷子。

⑪ 悬瓠：指蔡州城，城北有汝水，弯曲如悬瓠，故称。

⑫ 明堂：天子所居。

夏日绝句

南宋·李清照

生当作人杰，死亦为鬼雄。
至今思项羽，不肯过江东。

【题 解】

宋钦宗靖康元年（1126），金兵攻陷北宋汴京。第二年，宋徽宗、钦宗被虏，北宋灭亡。南宋建炎元年（1127），青州兵变。李清照与丈夫赵明诚数十年来收藏的金石古玩字画在战乱中付之一炬，仅有少数存留下来。于是背负着亡国之恨、丧宝之痛的女诗人写下了这首绝句，借项羽当年垓下战败不肯回到江东的历史故事，表达了对南宋朝廷东渡自保、只求苟安的强烈愤慨。

【名 句】

生当作人杰，死亦为鬼雄。

陆 贾

南宋·朱淑真

汉方扰扰袭秦风，勇士相高马上功。
惟有君侯守奇节①，能将《新语》悟宸衷②。

据《史记·郦生陆贾列传》记载："陆生时时前说称诗书。高帝骂之曰：乃公居马上而得之，安事诗书！陆生曰：居马上得之，宁可以马上治之乎？且汤武逆取而以顺守之，文武并用，长久之术也。昔者吴王夫差、智伯极武而亡；秦任刑法不变，卒灭赵氏。乡使秦已并天下，行仁义，法先圣，陛下安得而有之？高帝不怿而有惭色，乃谓陆生曰：试为我著秦所以失天下，吾所以得之者何，及古成败之国。陆生乃粗述存亡之徵，凡著十二篇。每奏一篇，高帝未尝不称善，左右呼万岁，号其书曰《新语》。"这首诗即根据这段历史记载写成，诗中表达了对陆贾的赞美之情。

【注 释】

①君侯：尊称陆贾。
②宸：指帝王。北极星所在为宸，喻指帝王之居，又引申为帝王。

董　生

南宋·朱淑真

秦火经来道失真^①，下帷发愤每劳神^②。
谁知异日为无得^③，只听平津一老臣^④。

【题 解】

董生即西汉大儒董仲舒，《春秋》公羊学大师，他曾建议汉武帝"罢

黜百家，独尊儒术"，开创了中国古代社会以儒学为正统的先河。这首诗肯定了董仲舒对汉代学术文化的积极贡献，并对他不曾得到汉武帝重用的遭遇表示同情。字里行间，将讽刺的矛头指向皇帝，批判其专听阿谀之词、不能任人唯贤的昏庸行径。

【注释】

① 秦火：指秦始皇焚书之事。

② 下帷：将室内悬挂的帷幕放下，指教学。

③ 无得：指没有得到应得的禄位。

④ 平津一老臣：指平津侯公孙弘。其人狡猾善辩，偏能取悦皇帝。据《史记·平津侯主父列传》："弘为人意忌，外宽内深。诸尝与弘有却者，虽详与善，阴报其祸。杀主父偃，徙董仲舒于胶西，皆弘之力也。"

巴丘书事

南宋·陈与义

三分书里识巴丘①，临老避胡初一游。
晚木声酣洞庭野，晴天影抱岳阳楼②。
四年风露侵游子③，十月江湖吐乱洲④。
未必上流须鲁肃⑤，腐儒空白九分头。

【题解】

这首诗作于南宋建炎二年（1128），诗人因金兵侵扰避难巴丘（今湖南岳阳）之时。诗中以《三国志》起首，奠定咏史的基调，却又接言

现实之事,章法扑朔,似有隐衷。直至结尾处方才重新点明借古讽今之意:
"未必上流须鲁肃,腐儒空白九分头。"此诗写作之前,宋高宗不战而逃,
抗金名将宗泽连呼"渡河",忧愤而死。诗人由此想到三国时周瑜病故
巴丘,举鲁肃以自代,而今朝廷在宗泽死后却不思起用人才,空使腐儒
白头,实在是昏聩到不可救药的地步。重重难言之隐、忧国之情跃然纸上。

【注释】

① 三分书:指《三国志》。

② 岳阳楼:位于湖南岳阳西门城头,紧靠洞庭湖畔,始建于三国东吴
   时期。

③ 指诗人自宣和七年(1125)因避胡辗转奔波,至今已历四载。

④ 指秋季洞庭水落,湖中出现许多沙洲。

⑤ 鲁肃:三国时期东吴著名战略家,周瑜死后继任都督,统领军马。

读《楚世家》

南宋·张嵲

丧归荆楚痛遗民①,修好行人继入秦②。
不待金仙来震旦③,君王已解等冤亲④。

【题解】

这首诗是根据《史记·楚世家》所记载的战国后期楚国历史所作。
诗中概括了楚怀王客死于秦的惨痛史实,对楚怀王的继任者楚顷襄王违
背楚国人民意愿,不思为怀王报仇却与秦王讲和的行为予以激烈批判。

诗人身处南宋初年，创作这首诗显然是就当时南宋朝廷对待金人的软弱态度而发议论，借楚王旧事讽刺南宋皇帝，忠愤之情，溢于言表。

【注 释】

① 句谓楚怀王客死于秦后，秦归其丧于楚，楚人举国哀痛，誓言"楚
　 虽三户，亡秦必楚"。
② 句谓楚顷襄王多次派遣使者与秦国通好。行人：外交使臣。
③ 金仙：指如来佛。震旦：中国的梵语音译。
④ 等冤亲：《五灯会元》："佛家慈悲，冤亲相等。"

哀郢 二首选一

南宋·陆游

其 一

远接商周祚最长，北盟齐晋势争强。
章华歌舞终萧瑟，云梦风烟旧莽苍。
草合故宫惟雁起，盗穿荒冢有狐藏。
《离骚》未尽灵均恨①，志士千秋泪满裳。

【题 解】

《哀郢》二首是陆游于宋孝宗乾道六年（1170）出任夔州通判，
西行入蜀途经楚国故都郢时所作。这是其中的第一首。此诗不仅是诗人
对屈原的凭吊，更是其对南宋受辱于金国现状的悲愤与感伤。当时的南

宋，主和派把持朝政，包括诗人在内的呼吁抗金救国的仁人志士不断受到排挤和打压，因此陆游在这首诗里引屈原为异代知音，表达了报国无门、壮志难酬的沉痛感情。

【注 释】

① 《离骚》：屈原楚辞的代表作品。屈原自述身世、品行与理想，抒发自己遭谗被害的苦闷与矛盾，斥责楚王昏庸、群小猖獗、朝政日非的现实，表现了不与邪恶势力同流合污的斗争精神和至死不渝的爱国热情。

屈平庙

南宋·陆游

委命仇雠事可知①，章华荆棘国人悲②。

恨公无寿如金石，不见秦婴系颈时③。

【题 解】

屈平庙即屈原祠，在归州东南归乡坨（今湖北秭归），建于唐元和十五年（820）。这首诗是陆游于宋孝宗淳熙五年（1178）奉召东归途经归州时所作。在诗人看来，南宋朝廷正如当年楚怀王一样"委命仇雠"，将国家命运寄托在屈辱求和上，专门打击像屈原那样忠君爱国的贤臣。于是他借古讽今，以对屈原含冤而死的同情表达了南宋有识之士不甘受辱、矢志复仇的决心。

【注 释】

① 仇雠：仇敌，指秦国。

② 章华：楚国离宫章华台，在今湖北潜江西南，古华容县城内。

③ 秦婴系颈时：指秦王子婴降汉之事。详见《史记·高祖本纪》："汉元年（前206）十月，沛公遂先诸侯至霸上。秦王子婴素车白马，系颈以组，封皇帝玺符节，降轵道旁。"

读　史

南宋·陆游

萧相守关成汉业^①，穆之一死宋班师^②。
赫连拓跋非难取^③，天意从来未可知。

【题 解】

　　这首诗作于陆游去世前一年即宋宁宗嘉定二年（1209），此时诗人已经八十五岁高龄，仍念念不忘实现光复中原的统一大业。诗中叙述了汉高祖刘邦因萧何守关而成就霸业与宋武帝刘裕因刘穆之去世而丧失中原两件历史事实，在互相对比中强调了古来"良相"支持仁主征战的重要性，由此表达了对南宋朝廷一味妥协，不能为前线将士做好有力后盾的强烈不满。

【注 释】

① 萧相：指萧何。

② 穆之：刘穆之，字道和，东晋末年政治人物，官至尚书左仆射。深
　受刘裕倚重，屡次在刘裕领兵在外时留守建康，并且总掌朝廷内外
　事务。南朝宋建立后追封为南康郡公，谥号文宣。
③ 赫连：赫连勃勃，匈奴铁弗部人，十六国时期夏国建立者。拓跋：
　北魏明元帝拓跋嗣。

己丑二月七日雨中读《汉元帝纪》效乐天体

南宋·周必大

昭君颜如花，万里度鸡漉①。
古今罪画手，妍丑乱群目。
谁知汉天子，衮服自列屋②。
有如公主亲，尚许穹庐辱③。
况乃嫔嫱笑，未得当獯鬻④。
奈何弄文士，太息争度曲。
生传琵琶声，死对青冢哭。
向令老后宫，安得载简牍。
一时抱微恨，千古留剩馥⑤。
因嗟当时事，贤佞手反复。
守道萧傅死⑥，效忠京房戮⑦。
史臣一张纸，此外谁复录。
有琴何人操，有冢何人肃。
重色不重德，聊以砭世俗。

【题解】

　　这首诗作于宋孝宗乾道五年（1169），是诗人读《汉书·元帝纪》后有感而发。诗中主要叙述昭君故事，兼及萧望之、京房，这三人都是因受到诬陷而遭迫害的悲剧人物，但在诗人看来，昭君生前死后的际遇皆远胜于萧望之和京房，相比之下，其实萧望之、京房更值得后人同情。于是诗人将三者放在一起加以议论，意在批判汉元帝一朝"重色不重德"的昏庸时俗，同时也讽喻宋朝统治者务必以史为鉴。此诗语言质朴，篇终显志，带有白居易诗歌的特点，故称"效乐天体"。

【注释】

　①鸡漉：即鸡鹿塞，在今内蒙古磴口西北，是古代通往匈奴的交通要道。
　②袨服：指代妃嫔。
　③穹庐：指匈奴毡帐。
　④獯鬻：古代游牧民族，此处指匈奴。
　⑤剩馥：指众多美名。
　⑥萧傅：指太傅萧望之。在元帝朝初得荣宠，后因宦官弘恭、石显陷害被迫自杀。
　⑦京房：西汉《易》学者，曾向元帝进言任贤远佞，被石显等诬为谋反而弃市。

读严子陵传

南宋·杨万里

客星何补汉中兴①，空有清风冷似冰②。
早遭阿瞒移汉鼎③，人间何处有严陵④！

【题解】

　　这首诗是诗人读《后汉书·严光传》后所作。严光，字子陵，两汉之际会稽余姚（今属浙江）人，少与光武帝刘秀同学，刘秀称帝后请他为官，严光坚辞不受，归隐于富春山。历来以严光事迹为题的诗作多歌颂其清高的风节，此诗却另辟蹊径，指出严子陵徒有高风，却不能辅佐东汉帝业，如果曹操早生百年，颠覆汉朝，那么清高如严子陵者又到何处隐居？诗人之所以用这样的角度重新评价严光，意在借题发挥，讽刺南宋国难当头之时，一些士大夫仍自命清高、纵情山林的社会现实。

【注释】

　　① 客星：非常之星。据《后汉书·严光传》：光武帝与严光共卧，严光在梦中将一只脚放在光武帝腹上，"明日，太史奏客星犯御坐甚急。帝笑曰：朕故人严子陵共卧耳。"

　　② 清风：清高的风节。

　　③ 阿瞒：曹操小字阿瞒。

　　④ 严陵：严陵钓台，在今浙江桐庐南，为严光隐居垂钓处。

念奴娇　登建康赏心亭，呈史留守致道

南宋·辛弃疾

　　我来吊古，上危楼，赢得闲愁千斛。虎踞龙蟠何处是？只有兴亡满目。柳外斜阳，水边归鸟，陇上吹乔木。片帆西去，一声谁喷霜竹？

　　却忆安石风流①，东山岁晚，泪落哀筝曲。儿辈功名都付与，长日惟消棋局。宝镜难寻②，碧云将暮，谁劝杯中绿？江头风怒，

朝来波浪翻屋。

【题解】

  这首词大约作于宋孝宗乾道四年（1168）辛弃疾任建康通判时。当时词人正遭遇朝中主和派的排挤和打击，他所期待的抗金复国事业毫无进展。于是，当他登上建康赏心亭时，便不由触景生情，感慨万千，遂写下此词，呈送建康行宫留守史致道，以表达对主和派的强烈不满以及对国家前途的深切忧虑。词中借用东晋名相谢安的遭遇自比，在苍凉沉郁的笔调里寄寓了词人恨无知音的苦闷心情。

【注释】

  ① 安石：即谢安，字安石。
  ② 宝镜：据李濬《松窗杂录》："渔人于秦淮得古铜镜，照之尽见脏腑。"这里指词人恨不能得此宝镜，以明心迹。

八声甘州

南宋·辛弃疾

  夜读《李广传》，不能寐。因念晁楚老、杨民瞻约同居山间，戏用李广事，赋以寄之

  故将军①，饮罢夜归来，长亭解雕鞍。恨灞陵醉尉，匆匆未识，桃李无言②。射虎山横一骑③，裂石响惊弦。落托封侯事，岁晚田间。
  谁向桑麻杜曲④，要短衣匹马，移住南山。看风流慷慨，谈笑

过残年。汉开边，功名万里，甚当时，健者也曾闲。纱窗外，斜风细雨，一阵轻寒。

【题 解】

　　这首词作于南宋淳熙年间辛弃疾被奸臣谗害罢居上饶带湖之时。此词根据《史记·李将军列传》所述李广生平事迹写成，寄给邀约词人同乡居住的友人。词中辛弃疾以汉将李广自比，将李广为灞陵尉所辱又不得封侯的历史典故与自身遭遇南宋朝廷猜疑、排挤的经历结合起来，表达了对统治者不辨忠奸、摧残人才的怨愤。

【注 释】

① 故将军：指李广。事见《史记·李将军列传》："顷之，家居数岁。广家与故颍阴侯孙屏野居蓝田南山中射猎。尝夜从一骑出，从人田间饮。还至霸陵亭，霸陵尉醉，呵止广。广骑曰：故李将军。尉曰：今将军尚不得夜行，何乃故也！"

② 语出《史记·李将军列传》："余睹李将军悛悛如鄙人，口不能道辞。及死之日，天下知与不知，皆为尽哀。彼其忠实心诚信于士大夫也！谚曰：桃李不言，下自成蹊。此言虽小，可以谕大也。"

③ 事见《史记·李将军列传》："广出猎，见草中石，以为虎而射之，中石没镞，视之石也。因复更射之，终不能复入石矣。"

④ 桑麻杜曲：此句化用杜甫《曲江三章》其三："自断此生休问天，杜曲幸有桑麻田，故将移住南山边。短衣匹马随李广，看射猛虎终残年。"

永遇乐　京口北固亭怀古

南宋·辛弃疾

千古江山，英雄无觅孙仲谋处①。舞榭歌台，风流总被雨打风吹去。斜阳草树，寻常巷陌，人道寄奴曾住②。想当年，金戈铁马，气吞万里如虎。

元嘉草草③，封狼居胥④，赢得仓皇北顾。四十三年⑤，望中犹记，烽火扬州路⑥。可堪回首，佛狸祠下⑦，一片神鸦社鼓。凭谁问，廉颇老矣，尚能饭否？

【题解】

这首词作于宋宁宗开禧元年（1205），当时辛弃疾六十六岁，受命担任镇江知府，戍守江防要地京口（今江苏镇江）。辛弃疾到任后，一方面积极布置军事；另一方面，他又清楚地意识到政治斗争的险恶以及自身处境的孤危，深感壮志难酬，于是登京口北固亭，怀古伤今，写下了这篇千古传诵的咏史杰作。词中上阕借景抒情，表达了对历史英雄孙权、刘裕的神往；下阕则借用刘义隆的失败教训讽刺当朝用事者韩侂胄草率北伐，令人忧虑，继而感叹自己老之将至，终为朝廷所弃。全词豪气干云，壮怀激烈，体现了词人的爱国情操。

【注 释】

① 孙仲谋：三国时期吴主孙权，字仲谋，曾建都京口。

② 寄奴：南朝宋武帝刘裕，字德舆，小名寄奴，祖籍彭城，后迁居到京口。

③ 元嘉：刘裕之子宋文帝刘义隆的年号。草草：草率。刘义隆好大喜功，仓促北伐，反而让北魏主拓跋焘抓住机会，挥军南下，兵抵长江北岸。

④ 封狼居胥：汉武帝元狩四年（前119），霍去病远征匈奴，歼敌七万余，

封狼居胥山而还。此处喻指刘义隆欲效法霍去病建功立业却适得其反，并影射南宋隆兴北伐。

⑤ 四十三年：辛弃疾自宋高宗绍兴三十二年（1162）南归，到创作此词时正好是四十三年。

⑥ 烽火扬州路：指当年南归时，扬州路上，到处是金兵南侵的战火烽烟。

⑦ 佛狸祠：北魏太武帝拓跋焘小名佛狸。公元450年，他曾反击刘宋，两个月时间里，兵锋南下，从黄河北岸一路穿插到长江北岸。在长江北岸瓜步山建立行宫，即后来的佛狸祠。

【名句】

想当年，金戈铁马，气吞万里如虎。

南乡子　登京口北固亭有怀

南宋·辛弃疾

何处望神州？满眼风光北固楼。千古兴亡多少事？悠悠。不尽长江滚滚流。

年少万兜鍪①，坐断东南战未休②。天下英雄谁敌手③？曹刘。生子当如孙仲谋④。

【题解】

这首词与上一首《永遇乐》创作背景相仿，词人伫立于长江之滨的北固楼上，翘首遥望江北被金兵占领的区域，不禁感叹中原已非我有。对现世的伤怀激发了词人对往事的追想，他想到历史上活跃于京口地区

的英雄人物——孙权，十九岁继父兄之业统治江东，西征黄祖，北拒曹操，二十七岁破曹军于赤壁，年少有为，令人神往。词中歌颂孙权，乃是词人盼望当今南宋朝廷里也能够出现像孙权一样的人物，为国雪耻，一扫颓废苟安之风气！

【注 释】

① 兜鍪：原指古代作战时兵士所带的头盔，这里代指士兵。

② 坐断：坐镇、割据。

③ 语出《三国志·蜀书·先主传》：曹操曾对刘备说："今天下英雄，惟使君（刘备）与操耳。"

④ 语出《三国志·吴书·吴主传》注引《吴历》：曹操与孙权对垒，见吴军军容整肃，孙权仪表堂堂，乃喟然叹曰："生子当如孙仲谋，刘景升（刘表）儿子若豚犬耳！"

【名 句】

千古兴亡多少事？悠悠。不尽长江滚滚流。

念奴娇　登多景楼

南宋·陈亮

危楼还望，叹此意，今古几人曾会？鬼设神施，浑认作，天限南疆北界。一水横陈，连岗三面，做出争雄势。六朝何事，只成门户私计？

因笑王谢诸人①，登高怀远，也学英雄涕！凭却长江，管不到，

河洛腥膻无际^②。正好长驱，不须反顾，寻取中流誓^③。小儿破贼^④，势成宁问强对^⑤！

【题解】

多景楼在今江苏镇江市北固山上甘露寺内，北面长江。宋孝宗淳熙十五年（1188），词人前往京口考察形势，登多景楼而作此词。词中借东晋统治者偏安江左的历史教训，批评南宋统治者好逸苟安、不思进取，同时抨击文人士大夫空谈误国，表达了词人欲以东晋祖逖为榜样，中流击楫、义无反顾的报国决心。全词议论精辟，笔力挺拔，英雄气概不让辛弃疾词，故刘熙载曾在《艺概》中评论说："陈同甫与稼轩为友，其人才相若，词亦相似。"

【注释】

① 王谢诸人：事见《晋书·王导传》："过江人士，每至暇日，相要出新亭饮宴。周颚中坐而叹曰：风景不殊，举目有江河之异。皆相视流涕。惟导愀然变色曰：当共戮力王室，克复神州，何至作楚囚相对泣邪！众收泪而谢之。"

② 腥膻：指北方民族带到中原来的牛羊腥臊之气。

③ 中流誓：事见《晋书·祖逖传》："逖以社稷倾覆，常怀振复之志。时帝方拓定江南，未遑北伐，逖进说，帝乃以逖为奋威将军，给千人廪，布三千匹，不给铠仗，使自招募。仍将本流徙部曲百余家渡江。中流击楫而誓曰：祖逖不能清中原而复济者，有如大江！辞色壮烈，众皆慨叹。"

④ 小儿破贼：即东晋谢安领导子侄以少胜多、大败前秦之事。

⑤ 强对：强敌。

戏马台

据鞍指挥八千兵，昔日中原几战争。
追鹿已无秦社稷，逝骓方叹楚歌声①。
英雄事往人何在？寂寞台空草自生。
回首云山青矗矗，黄流依旧绕彭城。

【题 解】

戏马台在今江苏徐州城南，相传当年项羽在此因山筑台，以观戏马，故名"戏马台"。这首诗由戏马台古迹发端，勾勒出项羽生平的主要事迹，并予以积极评价，颠覆了传统文人"成王败寇"的偏见，表现出诗人独立思考的真知灼见。全诗对仗工稳，高调和谐，立意高深，情韵兼胜，不愧为宋代咏史诗中的杰出之作。

【注 释】

① 逝骓：事见《史记·项羽本纪》："项王军壁垓下，兵少食尽，汉军及诸侯兵围之数重。夜闻汉军四面皆楚歌，项王乃大惊曰：汉皆已得楚乎？是何楚人之多也！项王则夜起，饮帐中。有美人名虞，常幸从；骏马名骓，常骑之。于是项王乃悲歌慷慨，自为诗曰：力拔山兮气盖世，时不利兮骓不逝。骓不逝兮可奈何，虞兮虞兮奈若何！歌数阕，美人和之。项王泣数行下，左右皆泣，莫能仰视。"

登彭城楼

南宋·吕定

项王台上白云秋，亚父坟前草木稠^①。
山色不随人事改，水声长近戍城流。
空余月夜龙神庙^②，无复春风燕子楼^③。
楚汉兴亡俱土壤，不须怀古重夷犹。

【题 解】

  彭城，即今江苏徐州，秦汉时为彭城县，西楚霸王项羽曾建都于此。诗人登上彭城楼，触景生情，不禁联想到项羽、范增当年的英雄事迹。然而对于历史成败，诗人并未做过多评价，而是将目光转向永恒的自然，用不变的山水衡量变迁的人事，表达了一种超越功名、成败的旷达境界，蕴藉之致，余味无穷。

【注 释】

  ① 亚父：即范增。
  ② 龙神庙：据《徐州志》记载，徐州北门外有古祠金龙庙。
  ③ 燕子楼：唐贞元年间武宁节度使张愔宅邸中的一幢楼台。张愔有爱姬名盼盼，张愔死后，她念旧爱而不嫁，独居此楼十余年。其事常为后世文人所吟咏。

石头城

南宋·刘翰

离离芳草满吴宫，绿到台城旧苑东。
一夜空江烟水冷，石头明月雁声中。

【题 解】

刘翰的这首《石头城》，既不同于许浑直抒胸臆的《金陵怀古》，也不同于刘禹锡情景交融的同题之作，诗中所囊括的古迹更加丰富，而意境却更为凄冷。诗人用几个典型画面贯穿了金陵城古今的兴衰变化，用"满"、"绿"、"空"、"冷"这些恰到好处的辞藻点缀了六朝衰亡以后的寂寞与冷清，唱叹有情、余音不尽。

姑苏怀古

南宋·姜夔

夜暗归云绕柁牙①，江涵星影鹭眠沙。
行人怅望苏台柳，曾与吴王扫落花。

【题 解】

这首诗以春秋末期吴国极盛而衰的历史事件为吟咏对象，但诗人创作的重点并非议论史事，而是描绘风景与营造意境。诗人伫立舟中，只见江水澄澈倒映群星璀璨，沙洲静谧栖息悠然白鹭，远近相形，动静结

合，诗情画意，溢于言表。这种清冷、幽婉的审美意境正体现了姜夔作品的基本风格。

【注 释】

① 柁牙：即舵板。

登谢屐亭赠谢行之

南宋·叶绍翁

君家灵运有山癖，平生费却几两屐。
从人唤渠作山贼^①，内史风流定谁识^②。
西窗小憩足力疲^③，梦赋池塘春草诗。
只今屐朽诗不朽，五字句法谁人追。
天台览遍兴未已^④，天竺山前听流水。
秦人称帝鲁连耻，宁向苍苔留屐齿。
乙庵是渠几世孙^⑤，登山认得屐齿痕。
摩挲苔石坐良久，便欲老此岩之根。
吾侬劝渠且归去，请君更学遥遥祖^⑥。
遥遥之祖定阿谁，曾出东山作霖雨。
乙庵未省却问侬，莫是当年折屐翁^⑦？

【题 解】

谢屐亭在今浙江天竺山，是为纪念晋宋诗人谢灵运而建。谢灵运出

身东晋士族，是古代山水诗写作的奠基人，他平生好营园林，游山水，制作了一种"上山则去前齿，下山去其后齿"的木屐，后人称之为"谢公屐"。这首诗通过对谢灵运事迹的描写，发表对"仕"与"隐"两种价值观念的看法，传达出诗人身在江湖、心存魏阙，既流连山林又不甘寂寞的矛盾心理。

【注释】

① 事见《宋书·谢灵运传》："（谢灵运）尝自始宁南山伐木开径，直至临海，从者数百人。临海太守王琇惊骇，谓为山贼，徐知是灵运乃安。"渠：方言，他。

② 内史：指谢灵运，其曾为临川内史。

③ 西窗小憩：事见钟嵘《诗品》引《谢氏家录》："康乐（谢灵运袭爵康乐公）每对惠连（谢惠连，灵运之从弟），辄得佳语。后在永嘉西堂，思诗竟日不就，寤寐间忽见惠连，即成：池塘生春草。故尝云：此语有神助，非我语也。"

④ 天台：天台山，位于浙江东部。诗人以天台、天竺概括永嘉、会稽两郡佳山胜水。

⑤ 乙庵：诗人友人谢行之的别号。

⑥ 遥遥祖：指东晋谢安。

⑦ 折屐翁：即谢安。《晋书·谢安传》："玄等既破坚，有驿书至，安方对客围棋，……既罢，还内，过户限，心喜甚，不觉屐齿之折。"

越王勾践墓

南宋·柴望

秦望山头自夕阳①，伤心谁复赋凄凉？

今人不见亡吴事，故墓犹传霸越乡。

雨打乱花迷复道，鸟翻黄叶下宫墙。

登临莫向高台望，烟树中原正渺茫。

【题 解】

越王勾践墓，在今浙江绍兴，诗人途经凭吊之，遂成此怀古伤今之作。诗中以当年越王勾践卧薪尝胆、灭吴雪耻的故事，对比如今南宋朝廷偏安一隅、不思光复中原的现实，表达了对南宋统治者的深切失望以及对国仇家恨不能消泯的极度伤心。

【注 释】

① 秦望山：在今浙江绍兴东南，相传秦始皇曾登山以望南海。

沁园春　题潮阳张许二公庙

南宋·文天祥

为子死孝，为臣死忠，死又何妨。自光岳气分，士无全节；君臣义缺，谁负刚肠。骂贼睢阳，爱君许远，留取声名万古香。后来者，无二公之操，百炼之钢。

人生翕歘云亡①。好烈烈轰轰做一场。使当时卖国，甘心降虏，受人唾骂，安得流芳。古庙幽沉，仪容俨雅，枯木寒鸦几夕阳。邮亭下②，有奸雄过此，仔细思量。

【题 解】

　　唐代"双忠"张巡、许远在"安史之乱"中孤军扼守睢阳城（今河南商丘），坚持数月之久，最终粮尽援绝，以身殉国。后人为纪念他们，在江淮以南地区建有许多"双忠庙"。这首词便是文天祥在广东潮阳凭吊张巡、许远双忠庙有感而发之作，词中热情地歌颂了张、许二公忠君爱国的节操，并表达了词人自己愿效前贤为国捐躯的抱负和决心。

【注 释】

　　① 翕歘：瞬间，倏忽。
　　② 邮亭：驿馆，递送文书者投止之处。

鸿门宴

南宋·谢翱

天云属地汗流宇①，杯影龙蛇分汉楚。
楚人起舞本为楚②，中有楚人为汉舞③。
鹧鸪淬光雌不语④，楚国孤臣泣俘虏⑤。
他年疽背怒发此⑥，芒砀云归作风雨⑦。
君看楚舞如楚何，楚舞未终闻楚歌。

【题 解】

　　谢翱这首诗写于南宋灭亡之后，诗人以鸿门宴为咏史题材，却既不赞颂张良之智，亦不惋惜项羽之仁，而是将咏史的核心放在项伯身上，

揭示了楚营内奸项伯对项羽最终失败造成的恶劣影响，立意新颖，发人深省。诗人批判项伯，实际上是借古喻今，讽刺南宋朝廷的投降派们，正是由于他们苟且偷安、自私自利，南宋王朝才最终沦亡于异族之手，这一惨痛的教训令诗人刻骨铭心，于是创作此诗，以寄悲愤。

【注 释】

① 属：连接。

② 指鸿门宴上项庄舞剑。事见《史记·项羽本纪》："范增起，出召项庄，谓曰：君王为人不忍，若入前为寿，寿毕，请以剑舞，因击沛公于坐，杀之。不者，若属皆且为所虏。庄则入为寿。寿毕，曰：君王与沛公饮，军中无以为乐，请以剑舞。项王曰：诺。项庄拔剑起舞，项伯亦拔剑起舞，常以身翼蔽沛公，庄不得击。"

③ 指项伯为保护刘邦，与项庄对舞。

④ 鹢鹈：野鸭，其膏涂抹刀剑可防生锈。淬光：形容刀剑闪亮、锋利。雌：形容项羽优柔寡断。《史记·项羽本纪》："范增数目项王，举所佩玉玦以示之者三，项王默然不应。"

⑤ 事见《史记·项羽本纪》：刘邦从鸿门宴上逃走后，派张良回项羽军中告辞并赠白璧、玉斗与项羽、范增，"项王曰：沛公安在？良曰：闻大王有意督过之，脱身独去，已至军矣。项王则受璧，置之坐上。亚父受玉斗，置之地，拔剑撞而破之，曰：唉！竖子不足与谋。夺项王天下者，必沛公也。吾属今为之虏矣。"

⑥ 指后来项羽不听范增计谋，又怀疑其私通敌军，"范增大怒，曰：天下事大定矣，君王自为之。愿赐骸骨归卒伍。项王许之。行未至彭城，疽发背而死。"（《史记·项羽本纪》）

⑦ 芒砀云归：喻指刘邦逃脱。据《史记·高祖本纪》："秦始皇帝常曰东南有天子气，于是因东游以厌之。高祖即自疑，亡匿，隐于芒砀山泽岩石之间。吕后与人俱求，常得之。高祖怪问之。吕后曰：季所居上常有云气，故从往常得季。"

楚汉战处

金·元好问

虎掷龙拿不两存^①，当年曾此赌乾坤^②。
一时豪杰皆行阵^③，万古河山自壁门^④。
原野犹应厌膏血^⑤，风云长遣动心魂。
成名竖子知谁谓^⑥？拟唤狂生与细论。

【题解】

　　诗题中的"楚汉战处"指荥阳、成皋一带，在今河南省荥阳市。楚汉荥阳、成皋之战中，刘邦以十万兵力歼灭了项羽四十万大军，为汉家帝业的成就奠定了基础。这首诗既描绘了当年楚汉激战的盛况，高度评价了历史英雄的杰出才干，又借古讽今，表达了诗人面对蒙古强敌来袭的现状，渴望金朝也出现英雄人物力挽狂澜的急切心情。

【注释】

　　① 虎掷龙拿：龙虎相争，比喻激烈的搏斗。
　　② 赌乾坤：喻指决一雌雄。
　　③ 行阵：战斗队列。
　　④ 壁门：营门。
　　⑤ 厌：吸饱。
　　⑥ 成名竖子：语出《晋书·阮籍传》："（阮籍）尝登广武，观楚汉战处，叹曰：时无英雄，使竖子成名！"

过沁园有感

元·耶律楚材

昔年曾赏沁园春，今日重来迹已陈。
水外无心修竹古，雪中含恨瘦梅新。
垣颓月榭经兵火，草没诗碑覆劫尘。
羞对覃怀昔时月①，多情依旧照行人。

【题解】

沁园，在今河南沁阳东北，沁水北岸，曾为金代官僚宴会之所，金亡时为兵火焚毁。耶律楚材作为金朝旧臣，仕元后重来沁园，沧海桑田之变，不禁引发其故国之思。故国灭亡，故园荒废，诗人面对此景，未免对自己在元朝为官感到一丝羞愧。全诗情景交融，真挚感人。

【注释】

①覃怀：地名，在沁阳附近。

博浪沙

元·陈孚

一击车中胆气豪，祖龙社稷已惊摇。
如何十二金人外，犹有民间铁未销？

这首诗以张良在博浪沙椎击秦始皇的历史故事为吟咏对象，与唐代章碣《焚书坑》一诗题旨相仿，亦表达了对秦始皇实施暴政、自掘坟墓的辛辣嘲讽。诗人所生活的元朝与秦朝的残暴统治具有相似性，尤其对文化和文人予以严酷打击，因此他写作这首诗，实际上含有借古讽今的深意。

金陵怀古

元·黄庚

六宫禾黍千年恨，一片江山万古情。
明月不关兴废事，夜深还照石头城。

【题 解】

黄庚这首诗由唐代刘禹锡《石头城》而生发，同时别有措辞，以"明月不关兴废事，夜深还照石头城"一句昭示了人事的倏忽与自然的永恒，充满哲学思考的意味。全诗意境开阔、题旨深远，令人回味无穷。

【名句】

明月不关兴废事，夜深还照石头城。

书　事

元·刘因

卧榻而今又属谁^①？江南回首见旌旗。
路人遥指降王道^②，好似周家七岁儿^③。

【题 解】

后周显德六年（959），周世宗柴荣病逝，次年正月，宋太祖赵匡胤发动陈桥兵变，从符太后和后周恭帝柴宗训手中夺取了政权。三百年后，南宋德祐二年（1276），谢太后和南宋恭帝赵㬎又在临安东北的皋亭山向元朝奉表投降。同样的寡妇孤儿，同样的冲龄帝王，刘因在这首诗里将两件惊人相似的历史事实联系起来，讽刺了赵匡胤篡夺后周江山之不义，指出南宋灭亡是咎由自取，并不值得后人同情。

【注 释】

① 卧榻：据岳珂《桯史》，宋太祖赵匡胤准备出兵消灭南唐，南唐派吏部尚书徐铉出使宋朝，请求暂缓出兵，赵匡胤回答说："江南亦何罪，但天下一家，卧榻之侧，岂容他人安睡耶？"
② 降王：指南宋恭帝赵㬎。
③ 周家七岁儿：指后周恭帝柴宗训。

题岳鄂王墓

元·赵孟頫

鄂王坟上草离离，秋日荒凉石兽危。
南渡君臣轻社稷，中原父老望旌旗。
英雄已死嗟何及，天下中分遂不支①。
莫向西湖歌此曲，水光山色不胜悲。

【题 解】

岳鄂王即南宋抗金名将岳飞，字鹏举，因坚持抗金，反对议和，于宋高宗绍兴十一年（1141）以"莫须有"的罪名被杀害。宋宁宗时追封为鄂王，故称岳鄂王，其墓在今浙江省杭州市西北栖霞岭岳王庙。诗人赵孟頫本是赵宋皇室子孙，宋亡后入元朝为官，当他来到岳飞墓前，不由悲恨交集、百感杂陈。诗中既批判了南宋君臣的苟且偷安，又对岳飞的冤死表达了无限的惋惜和遗憾。

【注 释】

①天下中分：指北宋灭亡后，南宋仅有半壁江山，与金、元南北对峙。

水龙吟　醉辛稼轩墓

元·张埜

岭头一片青山，可能埋得凌云气？遐方异域①，当年滴尽，英雄清泪。星斗撑肠，云烟盈纸，纵横游戏。漫人间留得，阳春白雪②，千载下，无人继。

不见戟门华第③，见萧萧竹枯松悴。问谁料理，带湖烟景④，瓢泉风味⑤。万里中原，不堪回首，人生如寄。且临风高唱，逍遥旧曲，为先生酹。

【题 解】

辛稼轩即南宋著名词人辛弃疾，号稼轩，其墓在江西铅山南二里许分水岭下。辛弃疾作为奋勇抗金的民族英雄和才情非凡的著名词人，在后世备受推崇。这首词从两方面着眼，表达了对前辈的讴歌和敬仰，同时也寄托了词人自己的现实感慨。全词慷慨悲凉、气势雄浑，正得稼轩词之神韵。

【注 释】

① 遐方异域：指辛弃疾本为山东济南人，因抗金南渡归宋，最终死于江西铅山，未得返回故乡。

② 阳春白雪：指格调高雅的作品，语出宋玉《对楚王问》：客有歌于郢中者，"其为阳春白雪，国中属而和者不过数十人"。

③ 戟门：指门前列戟。

④ 带湖：在江西上饶城郊，辛弃疾隐居之地。

⑤ 瓢泉：在江西铅山东二十五里，亦辛弃疾隐居之地。

秦淮晚眺

元·张翥

赤栏桥下莫潮空^①，远火疏舂暗霭中^②。

新月半天分落照，断云千里附归风。

严城鼓角秋声早^③，故国山川王气终。

莫讶时来一长望，越吟荆赋思无穷^④。

【题 解】

此诗一名《武定桥晚望》。秦淮即秦淮河，在今南京。这首诗大致作于诗人尚未出仕，漫游淮扬期间，诗中借吟咏金陵故事，表达了游子思乡之情与怀才不遇之悲。全诗结构严谨，对仗工稳，古今结合，情景交融，营造了一种苍凉寥廓的诗歌境界。

【注 释】

① 赤栏桥：当指秦淮河上的武定桥。

② 疏舂：稀疏的舂米声。

③ 严城：戒备森严的城池。

④ 越吟：语出《史记·张仪列传》，战国时越人庄舃仕于楚，虽富贵而不忘故国，病中吟越歌以寄托思乡之情。荆赋：指汉末王粲《登楼赋》，亦抒发思乡之情，并寓有怀才不遇之感。

鸿门会

元·杨维桢

天迷关，地迷户，东龙白日西龙雨^①。
撞钟饮酒愁海翻，碧火吹巢双狻猊^②。
照天万古无二乌^③，残星破月开天馀。
座中有客天子气^④，左股七十二子连明珠^⑤。
军声十万振屋瓦，拔剑当人面如赭^⑥。
将军下马力排山^⑦，气卷黄河酒中泻。
剑光上天寒彗残，明朝画地分河山。
将军呼龙将客走，石破青天撞玉斗^⑧。

【题 解】

鸿门会即鸿门宴。杨维桢这首诗以鸿门宴这一著名历史事件为吟咏对象，通过大胆的想象，以奇崛的意象、诡怪的比喻和诗歌的语言再现了当年鸿门宴上的重要情节，给人以生新奇险的感受。此诗乃是杨维桢模拟李贺诗风的得意之作，故吴复《元诗选》评论云："先生酒酣时，常自歌是诗。此诗本用贺体，而气则过之。"

【注 释】

① 此句化用《周易》"龙战于野"之意，比喻刘邦、项羽两军对峙。
② 碧火吹巢：词语化用李贺《神弦曲》"笑声碧火巢中起"一句。吹巢，烧鸟巢。双狻猊：喻指欲害刘邦的范增、项庄。
③ 二乌：即二日。《淮南子·精神训》曰："日中有踆乌。"故以乌代日。
④ 客：即刘邦。
⑤ 事见《史记·高祖本纪》："高祖为人，隆准而龙颜，美须髯，左

股有七十二黑子。"

⑥ 此句指樊哙。赭：赤红。

⑦ 将军：指项羽。

⑧ 撞玉斗：指范增挥剑击碎刘邦送来的玉斗。

过李陵台

元·萨都剌

降人天骄愧将才①，山头空筑望乡台②。

苏郎有节毛皆落③，汉主无恩使不来。

青草战场雕影没，黄沙鼓角雁声哀。

哪堪携手河梁别④，泪洒西风骨已灰。

【题 解】

李陵，西汉将领，李广之孙，善骑射，武帝时任骑都尉。在西汉与匈奴的战争中，李陵英勇杀敌，而最终矢尽援绝，投降匈奴。李陵台即李陵墓，在今内蒙古正蓝旗东闪河北岸。这首诗是萨都剌由元大都去往元上都，途经李陵台时有感而作。诗人将李陵的被迫投降与苏武的威武不屈放在一起叙述，在鲜明的对比中，表达了褒贬爱憎之情。

【注 释】

① 天骄：指匈奴，匈奴自称"天之骄子"。

② 望乡台：古代军人久戍不归或旅人流落他乡，由于怀念故土，常累土为台以眺望家乡，后人称之为望乡台。这里指李陵台。

③ 苏郎：即苏武。

④ 携手河梁别：指苏武被释放返回汉朝时，李陵到河梁送别。河梁，
  即桥。

越台怀古

元·萨都剌

越王故国四围山，云气犹屯虎豹关①。
铜兽暗随秋露泣，海鸦多背夕阳还。
一时人物风尘外，千古英雄草莽间。
日暮鹧鸪啼更急，荒苔野竹雨斑斑。

【题 解】

汉高祖刘邦曾封无诸为闽越王，建都今福建福州北，在今福州东南
九仙山上建有无诸台，即越台。这首诗大约作于萨都剌任闽海廉访知事
期间，诗中以当年闽越王叱咤风云的英雄事迹与如今越台日暮烟雨的荒
凉之状进行对比，表达了世事沧桑、历史无情的深沉感慨。

【注 释】

① 虎豹关：指闽越都城之关。

满江红　金陵怀古

元·萨都剌

　　六代豪华，春去也，更无消息。空怅望，山川形胜，已非畴昔①。王谢堂前双燕子，乌衣巷口曾相识。听夜深，寂寞打孤城，春潮急。

　　思往事，愁如织。怀故国，空陈迹。但荒烟衰草，乱鸦斜日。《玉树》歌残秋露冷，胭脂井坏寒螀泣②。到如今，只有蒋山青③，秦淮碧！

【题解】

　　这首词与宋代王安石的《桂枝香》可谓金陵题材咏史词中两篇最著名的作品。词中化用刘禹锡《乌衣巷》和《石头城》两首诗中的景物描写，表现了六朝繁华消逝之后，金陵数百年来荒凉衰败的形迹。此词结构严谨、情景交融，词中运用许多巧妙生动的对仗句，使全篇读来如行云流水，气韵十足。

【注释】

　　① 畴昔：往昔。
　　② 胭脂井：即景阳井。以帛拭井上石栏，石脉呈胭脂色，故又名胭脂井。隋军攻占金陵时，陈后主携其贵妃曾躲在井中。螀：一种昆虫，似蝉而小，青赤色。
　　③ 蒋山：即钟山，孙权祖名钟，为避讳改名蒋山。

百字令　登石头城

元·萨都剌

石头城上，望天低吴楚，眼空无物。指点六朝形胜地，唯有青山如壁。蔽日旌旗，连云樯橹，白骨纷如雪。一江南北，消磨多少豪杰。

寂寞避暑离宫，东风辇路，芳草年年发。落日无人松径里，鬼火高低明灭。歌舞尊前，繁华镜里，暗换青青发。伤心千古，秦淮一片明月。

【题 解】

这首词乃是和苏轼《念奴娇·赤壁怀古》原韵之作，其慷慨雄浑的艺术风格亦与苏轼词相似。此词上阕从宏观着眼，笔下景象雄壮、境界开阔；下阕则从微观体察，笔调凄凉、感慨万端。词中借历史沧桑之变，感慨人生年华转瞬即逝，唯有宇宙明月亘古长存，结尾含蓄，余音绕梁。

木兰花慢　彭城怀古

元·萨都剌

古徐州形胜，消磨尽，几英雄。想铁甲重瞳[①]，乌骓汗血[②]，玉帐连空[③]。楚歌八千兵散，料梦魂，应不到江东。空有黄河如带，乱山回合云龙[④]。

汉家陵阙起秋风[⑤]，禾黍满关中。更戏马台荒，画眉人远，燕子楼空。人生百年如寄，且开怀，一饮尽千钟。回首荒城斜日，倚

栏目送飞鸿。

【题解】

　　彭城自古为兵家必争之地，词人到此游览，不禁追想当年楚汉战争的历史场景。词中并未对刘邦、项羽的胜负进行过多评议，而是从眼前所见彭城景物下笔，感慨楚、汉双方无论成败，皆成陈迹，更何况人生百年，不过历史一瞬，何必执著，何必拘泥，不如畅饮美酒，目送飞鸿，忘怀成败兴衰。

【注释】

　　① 重瞳：指项羽。据《史记·项羽本纪》："舜目盖重瞳子，又闻项羽亦重瞳子，羽岂其苗裔邪？"
　　② 乌骓：项羽所乘战马。
　　③ 玉帐：主帅所居之营帐，此处泛指军营。
　　④ 云龙：云龙山，在今江苏徐州南。
　　⑤ 此句化用李白《忆秦娥》："西风残照，汉家陵阙。"

【名句】

　　人生百年如寄，且开怀，一饮尽千钟。

拒马河

元·傅若金

落日苍茫里，秋风慷慨多。
燕云余古色，易水尚寒波。
岸绝船通马，沙交路入河。
行人悲旧事，含愤说荆轲。

【题 解】

拒马河在今河北省易县以西，其南流与易水相合。诗人经过拒马河，不禁联想到战国末期大名鼎鼎的刺客荆轲曾渡过易水，驰入秦廷。荆轲刺秦虽然失败，但其反抗暴政、扶危济困的侠义精神千百年来始终为人们所敬仰。如今易水之上仿佛还回荡着当年荆轲的慷慨悲歌，令人伤感不已。全诗写景苍凉，抒情质朴，情景交融，呈现出沉郁悲壮的审美风格。

长门怨

明·刘基

白露下玉除①，风清月如练。
坐看池上萤，飞入昭阳殿②。

【题 解】

"长门怨"是乐府相和歌辞名，《乐府诗集》解题云："《长门怨》

者，为陈皇后作也。"其内容是描写汉武帝皇后陈阿娇被冷落后的凄凉情景。刘基这首诗明写陈皇后之幽怨寂寞，暗中则寄托了自己于元末仕途失意的抑郁苦闷，正如汪端《明三十家诗选初集》引姚福云："刘公在元末，幽忧悲愤一寓于诗出。"

【注 释】

① 除：台阶。
② 昭阳殿：这里指汉武帝新宠卫子夫住处。

吊岳王墓

明·高启

大树无枝向北风①，十年遗恨泣英雄②。
班师诏已来三殿③，射虏书犹说两宫④。
每忆上方谁请剑⑤，空嗟高庙自藏弓⑥。
栖霞岭上今回首，不见诸陵白露中⑦。

【题 解】

岳王墓即岳飞墓。诗人以凭吊岳飞墓发端，引申出一篇批判宋高宗赵构的史论，可谓立意精警，独具慧眼。岳飞之死，表面上是奸臣秦桧所害，实际上却是宋高宗暗中授意。诗中化用《史记·越王勾践世家》中文种被迫自杀的典故，含蓄地揭示了自古功臣不为君主所容的政治规则，对文种、岳飞这样冤死的功臣和忠臣表达了深切的哀悼。

【注 释】

① 指岳飞墓前树枝皆朝南方。《一统志》云："今其墓上木枝皆南向，识者谓其忠义所感云。"

② 事见《宋史·岳飞传》："方指日渡河，而桧欲画淮以北弃之，风台臣请班师。飞奏：金人锐气沮丧，尽弃辎重，疾走渡河，豪杰向风，士卒用命，时不再来，机难轻失。桧知飞志锐不可回，乃先请张俊、杨沂中等归，而后言飞孤军不可久留，乞令班师。一日奉十二金字牌，飞愤惋泣下，东向再拜曰：十年之力，废于一旦！"

③ 三殿：唐麟德殿有三面，故称。此处指南宋朝廷。

④ 射房书：射向金国一方的文书。两宫：指被金人俘虏的宋徽宗、宋钦宗父子。

⑤ 上方：皇帝的上方宝剑。

⑥ 高庙：指宋高宗，此处称其庙号。藏弓：语出《史记·越王勾践世家》："勾践已平吴，……当是时，越兵横行于江、淮东，诸侯毕贺，号称霸王。范蠡遂去，自齐遗大夫种书曰：蜚鸟尽，良弓藏；狡兔死，走狗烹。越王为人长颈鸟喙，可与共患难，不可与共乐。子何不去？种见书，称病不朝。人或谗种且作乱，越王乃赐种剑曰：子教寡人伐吴七术，寡人用其三而败吴，其四在子，子为我从先王试之。种遂自杀。"

⑦ 诸陵：指在今杭州郊外的南宋皇帝陵墓，包括高宗永思、孝宗永阜、光宗永崇、宁宗永茂、理宗永穆、度宗永绍六陵。

登金陵雨花台望大江

明·高启

大江来从万山中，山势尽与江流东。

钟山如龙独西上，欲破巨浪乘长风。

江山相雄不相让，形胜争夸天下壮。

秦皇空此瘗黄金^①，佳气葱葱至今王^②。

我怀郁塞何由开，酒酣走上城南台。

坐觉苍茫万古意，远自荒烟落日之中来。

石头城下涛声怒，武骑千群谁敢渡？

黄旗入洛竟何祥^③，铁锁横江未为固^④。

前三国，后六朝，草生宫阙何萧萧！

英雄乘时务割据，几度战血流寒潮。

我生幸逢圣人起南国，祸乱初平事休息。

从今四海永为家，不用长江限南北。

【题 解】

此诗作于明洪武二年（1369），当时诗人应征参加《元史》的修撰，正踌躇满志，欲一展宏图。当他登上金陵雨花台，眺望荒烟落日笼罩下的长江，历史上古都金陵几度兴废的往事如在眼前。由古及今，诗人庆幸躬逢盛世，歌颂"圣人"朱元璋平定天下，与民休息，从此可以四海一家，不因长江分割南北再起干戈。歌颂之余，也表达了诗人对新朝政治的热情期待。全诗笔力雄健，音韵铿锵，舒卷自如，气势纵横。

【注 释】

① 据《丹阳记》："秦始皇埋金玉杂宝以压天子气，故名金陵。"瘗：埋藏。

② 葱葱：茂盛的样子。

③ 黄旗入洛：三国时吴主孙皓听术士说自己有天子气象，于是率家人宫女西上洛阳以顺天命。途中遇大雪，士兵怨怒，才不得不返回。此处意谓"黄旗入洛"其实是吴被晋灭的先兆，故云"竟何祥"。

④ 铁锁横江：指孙皓为阻止晋军进攻，曾在长江上设置铁锥铁锁，均
　被晋军所破。

秦皇庙

明·林弼

蚕食雄风逐逝波，荒祠寂寂寄岩阿^①。
三神山下仙舟远，万里城边战骨多^②。
东鲁尚存周礼乐^③，西秦空壮汉山河。
早知二世无多祚，崖石书功不用磨^④。

【题解】

　　这首诗大约作于诗人任登州知府期间，登州故治即今山东蓬莱，史
载秦始皇曾东巡至此，据说方士徐市亦在此登舟入海，求取长生仙药。
诗中叙述了秦始皇入海寻仙、横征暴敛、焚书坑儒三件过失，揭示出一
代霸主雄风渐逝、盛极而衰的必然过程。其结句"早知二世无多祚，崖
石书功不用磨"与李商隐《隋宫》"地下若逢陈后主，岂宜重问《后庭
花》"一联颇有异曲同工之妙。

【注释】

① 荒祠：即秦始皇庙。
② 万里城：即万里长城。秦始皇于公元前214年将战国时秦、赵、燕
　三国北边长城予以修缮，连贯为一，以御匈奴。
③ 指周代礼乐文化并未因秦始皇焚书坑儒而灭绝，汉代鲁之曲阜孔子

宅中又发现先人所藏古文经典。

④ 崖石书功：指秦始皇东巡时曾封泰山、禅梁父，并于所到之邹峄山、
　成山、芝罘、琅琊台等处刻石纪功。

题张良归山图

明·王恭

抽却朝簪别汉家^①，赤松相侯在烟霞^②。
而今悟得全身计，不似从前博浪沙。

【题 解】

此诗是一首题画咏史诗，诗人根据一幅《张良归山图》的画面内容
展开联想，描述了张良在辅佐刘邦夺取天下后明哲保身、辞官归隐的历
史故事，从侧面揭示出古来帝王只可共患难不可同安乐的自私本质，表
达了对世间君臣关系的一种无奈感慨。

【注 释】

① 抽却朝簪：指辞官。
② 赤松：赤松子，古代神话中的仙人。

苏李泣别图

明·于谦

啮雪吞毡瀚海头^①，节旄落尽恨悠悠。
孤臣不为一身惜，降将应怀万古羞。
绝塞旅魂惊永夜，秦关归兴动高秋^②。
表忠麟阁图形像^③，未数当年博陆侯^④。

【题 解】

当年苏武被匈奴释放归汉时，李陵曾与其洒泪告别，后人根据这一典故绘成图画，即为《苏李泣别图》。此诗亦是一首题画咏史诗，诗中回顾了苏武在匈奴生活的凄苦，歌颂了他保持名节、宁死不屈的高尚品行，在苏、李人格的鲜明对比中，表达了诗人自己的爱憎立场。

【注 释】

① 啮：咬、嚼。
② 秦关：此处指代汉朝。
③ 麟阁：汉宣帝为表彰功臣，命人在麒麟阁内绘苏武、霍光等十一人画像。
④ 未数：超过。博陆侯：指西汉名臣霍光，曾辅佐汉昭帝，迎立汉宣帝。

满江红

明·文徵明

　　拂拭残碑，敕飞字^①，依稀堪读。慨当初，倚飞何重，后来何酷！果是功成身合死，可怜事去言难赎。最无辜堪恨更堪怜，风波狱^②！

　　岂不念，封疆蹙^③；岂不惜，徽钦辱。但徽钦既返，此身何属！千载休谈南渡错，当时自怕中原复。笑区区一桧亦何能^④，逢其欲^⑤。

【题 解】

　　这首词由出土石碑上宋高宗赵构手书"精忠岳飞"四字发端，回顾了当年岳飞尽忠报国、平定南宋内忧外患、深为朝廷倚重的事实，揭露了宋高宗翻云覆雨、不念前情、凶残杀害岳飞的卑劣行径。为何高宗一定要杀害岳飞？词人分析道："但徽钦既返，此身何属！"原来是他害怕徽宗、钦宗一旦归来，自己就做不成皇帝了！此番议论尖锐地讽刺了宋高宗不顾社稷但求皇位的极端自私心理，一针见血，痛快淋漓。

【注 释】

　　① 敕：皇帝诏命。飞：即岳飞。
　　② 风波狱：指岳飞以"莫须有"之罪，被冤杀于大理寺监狱的风波亭。
　　③ 蹙：收缩。
　　④ 桧：指秦桧。
　　⑤ 逢其欲：迎合宋高宗的个人欲望。

题子胥庙

明·唐寅

白马曾骑踏海潮，由来吴地说前朝①。
眼前多少不平事，愿与将军借宝刀②。

【题 解】

子胥庙即伍员庙，在苏州胥口胥山上。传说伍子胥死后化为潮神，常乘素车白马于潮头之上，发不平之鸣，故后人建庙以供奉之。诗人题子胥庙，意在借古讽今，伍子胥为吴国建功立业，却蒙冤而死，其人其事虽已成陈迹，然而现实中的不平之事却从未断绝，于是诗人发出"眼前多少不平事，愿与将军借宝刀"的感慨，表达了对正义的追求。

【注 释】

①吴地：苏州。
②将军：指伍子胥。

题韩信庙

明·骆用卿

逐鹿中原汉力微，登坛频蹙楚军威①。
足当蹑后犹分土②，心已猜时尚解衣③。
毕竟封侯符蒯彻④，几曾握手到陈豨⑤。

英魂漫洒荒山泪，秋草长陵久落晖⑥。

【题解】

韩信庙，在今山西省灵石县南韩侯岭上。这首诗虽题为韩信庙，但并不只写韩信，而是将韩信与刘邦对比描写，表现出对韩信的赞赏和同情以及对刘邦的揭露和讽刺。诗人认为史书中所记载的韩信谋反之事并非事实，而是刘邦鸟尽弓藏、兔死狗烹、欲杀功臣的借口。这一精辟的议论体现了诗人独到的眼光和卓越的史识。

【注释】

① 登坛：事见《史记·淮阴侯列传》："于是王欲召信拜之。何曰：王素慢无礼，今拜大将如呼小儿耳，此乃信所以去也。王必欲拜之，择良日，斋戒，设坛场，具礼，乃可耳。王许之。诸将皆喜，人人各自以为得大将。至拜大将，乃韩信也，一军皆惊。"蹙：压制。

② 事见《史记·淮阴侯列传》：韩信击败项羽派往援救齐王田广的军队后，派使者带信给刘邦，说为安定局面，他拟自称"假齐王"。当时刘邦正被项羽围困于荥阳，见了来信，大怒。张良暗中为他出主意，刘邦才改口说："大丈夫定诸侯，就是真王，为什么要称假王！"就派张良封韩信为齐王，并叫他出兵击楚军。

③ 解衣：据《史记·淮阴侯列传》，项羽曾派人游说韩信反汉，韩信曰："汉王遇我甚厚，载我以其车，衣我以其衣，食我以其食。吾闻之，乘人之车者载人之患，衣人之衣者怀人之忧，食人之食者死人之事，吾岂可以乡利倍义乎！"

④ 蒯彻：范阳人。《史记》、《汉书》为避汉武帝刘彻讳，改蒯彻为蒯通。他曾替韩信看相，说："相君之面，不过封侯，又危不安。相君之背，贵乃不可言。"他劝韩信背叛刘邦自立，与刘邦、项羽三分天下，又劝韩信提防刘邦杀戮功臣。韩信不听。

⑤ 事见《史记·淮阴侯列传》：韩信被降职为淮阴侯后，心中怨恨。
　　一日巨鹿太守陈豨向韩信辞行。韩信搀着陈豨的手，避开左右，密
　　谋天下大事。
⑥ 长陵：汉高祖刘邦陵墓，在今陕西省咸阳市东北。

大梁行

明·何景明

朝登古城口，夕藉古城草①。
日落独见长河流，尘起遥观大梁道。
大梁自古号名区，富贵繁华代不殊。
高楼歌舞三千户，夹道烟花十二衢。
合沓轮驺交紫陌②，鸣钟暮入王侯宅。
红妆不让掌中人③，珠履皆为门下客④。
片言立赐万黄金⑤，一笑还酬双白璧。
带甲连营杀气寒，君王推毂将登坛⑥。
弯弓自信成功易，拔剑那知报怨难？
已见分符连楚越⑦，更闻飞檄救邯郸⑧。
一朝运去同衰贱，意气雄豪似惊电。
杨花飞入侯嬴馆，草色凄迷魏王殿。
万骑千乘空云屯，绮构朱甍不复存。
夜雨人归朱亥里，秋风客散信陵门。
川原百代重回首，宋寝隋宫亦何有？
游鹿时衔内苑花，行人尚折繁台柳⑨。
繁台下接古城西，春深桃李自成蹊。
朝来忽见东风起，薄暮飞花满故堤。

【题 解】

历史名城大梁，在今河南开封西北，战国时魏惠王建都于此。这首诗以发生在大梁的历史典故为线索，结合当地的风景名胜，勾勒出这一古城的沧海桑田之变，并抒发了诗人的凭吊幽思之情。诗中以实笔描绘大梁城的光辉历史，又以虚笔展现当今大梁的萧条景象，在今昔对比中体现出一种惆怅悲凉的意味。全诗以写景开篇，又以写景收尾，前后呼应，蕴藉深厚。

【注 释】

① 藉：坐卧其上。

② 合沓：重叠。轮驷：车马。紫陌：帝都郊外的大道。

③ 掌中人：传说汉成帝皇后赵飞燕体态轻盈，可作掌上舞。

④ 语出《史记·春申君列传》："春申君客三千余人，其上客皆蹑珠履以见赵使，赵使大惭。"

⑤ 事见《史记·平原君虞卿列传》："虞卿者，游说之士也。蹑蹻檐簦说赵孝成王。一见，赐黄金百镒，白璧一双；再见，为赵上卿，故号为虞卿。"

⑥ 推毂：原意为推车前进，这里比喻举荐人才。

⑦ 分符：古代帝王封官授爵，分与符节的一半给功臣或在外将领作为信物。

⑧ 飞檄救邯郸：指平原君送信给信陵君求救邯郸之事。

⑨ 繁台：即吹台，在河南开封东南，相传春秋时期晋国乐师师旷曾于此处奏乐，后梁王筑为吹台。

武侯庙

明·杨慎

剑江春水绿沄沄[①]，五丈原头日又曛。

旧业未能归后主，大星先已落前军。

南阳祠宇空秋草，西蜀关山隔暮云。

正统不惭传万古[②]，莫将成败论三分。

【题解】

四川境内有多处纪念蜀汉丞相诸葛亮的祠庙，一在成都百花潭，一在成都城北二里，一在成都城西八里，一在新都北弥牟镇八阵前。诗人杨慎为新都人，故所咏当为新都武侯庙。诗中打破成王败寇的狭隘观念，从道义出发，积极肯定了刘备、诸葛亮所创建的蜀汉基业在三国时代的正统地位，表达了诗人对圣君、贤相、仁政的渴望。

【注释】

① 剑江：即剑溪，在四川剑阁北。沄沄：水流汹涌的样子。

② 正统：指三国中蜀汉具有"正统"的名分。

临江仙

明·杨慎

滚滚长江东逝水，浪花淘尽英雄。是非成败转头空，青山依旧在，

几度夕阳红。

　　白发渔樵江渚上，惯看秋月春风。一壶浊酒喜相逢，古今多少事，都付笑谈中。

【题 解】

　　这首词是杨慎所作长篇弹词《廿一史弹词》中第三段说秦汉的开场词，后被清初毛宗岗置于《三国演义》卷首。全词评说历史兴亡，并不涉及具体的人和事，只是感喟人生短暂，不如看淡成败、随遇而安，在虚拟的景物描写中表现了词人开阔、达观的胸襟。

【名 句】

　　是非成败转头空，青山依旧在，几度夕阳红。

咏史 三首

明·李贽

其 一

荆卿原不识燕丹①，只为田光一死难②。
慷慨悲歌唯击筑，萧萧易水至今寒。

【题 解】

　　李贽《咏史》诗共三首，这首诗是其中的第一首。诗中吟咏荆轲刺

秦王的经典题材，却能自出机杼，以歌颂荆轲的侠义精神为主旨，表达了诗人自身慷慨任气、快意恩仇的独特个性。诗中结尾处"萧萧易水至今寒"一句意味深长，象征着荆轲之侠肝义胆即如易水长流，永不磨灭。

【注 释】

① 燕丹：即燕太子丹。
② 田光：燕国处士，向太子丹举荐荆轲去刺杀秦王，并为保守秘密自刎而死。事见《史记·刺客列传》。

其 二

夷门画策却秦兵，公子夺符出魏城。
上客功成心遂死，千秋万岁有侯嬴。

【题 解】

李贽《咏史》其二、其三皆吟咏信陵君窃符救赵的故事，主要描写对象也都是夷门侠客侯嬴。在第二首中，诗人以正叙的笔法概括了侯嬴为信陵君出谋划策又自刎而死的过程，赞颂其万世流传的侠义品格，借古喻今，激励人心。

其 三

晋鄙合符果自疑，挥锤运臂有屠儿。
情知不是信陵客，刎颈迎风一送之。

【题 解】

在《咏史》第三首中，诗人以倒叙的笔法，先陈述信陵君和朱亥椎

杀晋鄙之事，再回顾侯嬴自刎而死的场景，在前后对比中，反映出侯嬴计策之高妙与谋划之周详，从而更加凸显其以生命酬谢信陵君的悲壮和激烈。

漂母祠

明·徐熥

落落千金报①，悠悠国士心②。
从今惭漂母，不敢过淮阴。

【题 解】

漂母即漂洗衣物的老妇。据《史记·淮阴侯列传》记载，韩信始为布衣时穷困潦倒，"信钓于城下，诸母漂，有一母见信饥，饭信，竟漂数十日。信喜，谓漂母曰：吾必有以重报母。母怒曰：大丈夫不能自食，吾哀王孙而进食，岂望报乎！"后韩信功成名就、拜将封侯，遂赏赐漂母千金，以为报答。后人为纪念漂母，乃于今江苏淮安望云门外建漂母祠。徐熥这首诗即以当年漂母搭救韩信而得千金之报发端，以此对比韩信为刘邦建功立业却被冤杀的故事，说明"国士"之命运远不如"漂母"，表达了诗人对韩信悲剧的无限同情。

【注 释】

①落落：高超不凡，形容漂母扶危济困、不图回报的品格。
②国士：指韩信。语出《史记·淮阴侯列传》："诸将易得耳，至如信者，
　　国士无双。"

临江仙　钱塘怀古

明·魏大中

埋没钱塘歌吹里，当年却是皇都。赵家轻掷与强胡^①。江山如许大，不用一钱沽^②。

只有岳王泉下血，至今泛作西湖。可怜故事眼中无。但供侬醉后，囊句付奚奴^③。

【题解】

钱塘即今浙江杭州，南宋王朝曾建都于此。这首词由钱塘景物的今昔对比入手，描述了当年南宋王朝将大好河山拱手让与金国敌人的荒唐行径，予以赵宋皇帝尖锐的嘲讽。继而哀悼抗金名将岳飞，传达出一种英雄孤单、回天乏术的无奈心情。全词情绪先扬后抑，余韵深沉。

【注释】

①赵家：指赵宋王朝。强胡：指金国。

②沽：买。

③此句化用李贺典故，详见唐李商隐《李长吉小传》：李贺苦吟，"恒从小奚奴，骑距驴，背一古破锦囊，遇有所得，即书投囊中"。

渡易水

明·陈子龙

并刀昨夜匣中鸣^①，燕赵悲歌最不平。

易水潺湲云草碧^②，可怜无处送荆卿！

【题解】

　　诗人陈子龙为人行侠仗义、气概豪迈，故对荆轲事迹心有戚戚、仰慕不已。因此，当他来到燕赵故地，不禁激动万分。然而现实所见却未免令他失望——如今易水之上再也没有荆轲的身影，这使诗人感到知音难求、没有慷慨侠士与自己共赴国难的深切悲哀。

【注 释】

　　① 并刀：古代并州（今山西太原一带）生产的刀，以锋利闻名。
　　② 潺湲：河水缓慢流动的样子。

过淮阴有感

清·吴伟业

　　登高怅望八公山^①，琪树丹崖未可攀^②。
　　莫想阴符遇黄石^③，好将鸿宝驻朱颜^④。
　　浮生所欠只一死，尘世无由识九还^⑤。
　　我本淮王旧鸡犬^⑥，不随仙去落人间。

【题解】

　　清顺治十年（1653），诗人被迫出仕清朝，北上过淮阴时有感而

作此诗。诗人来到淮阴，联想起汉高祖刘邦之孙、淮南厉王刘长之子刘安曾在此为王。其人博学善辞，才思敏捷，曾招募宾客方士数千人，编写成《淮南子》等道家著作。相传刘安死后升天成仙，于是诗人便借用八公山淮南王鸡犬升天的历史典故，表达了自己未能追随明朝皇帝共殉国难而屈身改仕异族的叹恨与自责。全诗用典贴切，意新语工，寄托深远，真挚感人。

【注释】

① 八公山：在今安徽凤台县东南。传说西汉淮南王刘安门客中有八公，炼丹服食，随淮南王登山，白日升天，其山后称八公山。
② 琪树丹崖：玉树红崖，形容仙境景物。
③ 阴符：即《阴符经》，古代兵书。
④ 鸿宝：淮南王门客所作修道之书。
⑤ 九还：古代炼丹之法，九转而成，故称"九还"。
⑥ 淮王旧鸡犬：传说淮南王白日升天成仙，其鸡犬亦随之升天。

伍 员

清·吴伟业

投金濑畔敢安居①？覆楚亡吴数上书②。
手把属镂思往事③，九原归去愧包胥④。

【题解】

这首诗高度概括了伍员一生的个性与才干，却对他为报一己之仇而

助吴灭楚颇有微词。与好友申包胥相比，伍员叛国而申包胥救国，人格境界存在天壤之别，因此，诗人通过伍员自杀前的心理活动，表达了抑伍扬申的思想。诗人吴伟业本是明朝旧臣，却又入清朝为官，他对自己的失节叛国一直深感惭愧，故而在这首诗中，他批评伍员，实际上也曲折地反映了他自己的忏悔之情。

【注 释】

① 投金濑：即溧水，又称濑水，在今江苏溧阳境内。传说伍员从楚国逃往吴国时途经濑水，曾向一女子乞食，女子与之食物后投水自尽。后伍员到女子投水之处，投掷黄金，以示报恩。濑水因此被称为投金濑。

② 覆楚亡吴：即亡吴覆楚，指逃亡到吴国，并在吴国帮助下倾覆楚国。

③ 属镂：吴王夫差赐令伍员自杀之剑名。

④ 九原：即九泉、黄泉。包胥：即申包胥，春秋末期楚国贵族，伍员好友，伍员亡吴之时，曾对申包胥说："我必覆楚。"申包胥则回答说："勉之，子能覆之，我必能兴之。"楚国被吴攻破后，申包胥到秦国痛哭求救。秦哀公感其忠义，出师救楚。楚昭王复国后赏赐功臣，申包胥逃而不受。事见《左传》、《史记》等。

西河 金陵怀古次美成韵

清·彭孙贻

龙虎地，繁华六代犹记。红衣落尽①，只洲前，一双鹭起。秦淮日夜向东流，澄江如练无际。

白门外，枯杙倚②。楼船朽檝难系③。石头城坏，有燕子衔泥故垒。倡家犹唱后庭花，清商子夜流水④。

卖花声过春满市。闹红楼，烟月千里。春色岂关人世。野棠无主，流莺成对。衔入临春故宫里⑤。

【题解】

这首词是依照宋代周邦彦《西河·金陵怀古》原韵所作的三阕慢词。上阕总述金陵繁华已成往事的萧条凄凉，中阕重点描写军事要冲石头城被清军攻陷的惨淡情状，下阕则由流莺飞入故宫里的眼前春色引起明朝灭亡、江山易主的无限伤感。全词借景抒情，含蓄、委婉地表达了词人心中的家国之恨。

【注释】

① 红衣：指荷花。
② 杙：木桩。
③ 橛：木桩。
④ 清商：指乐府清商曲。子夜：指乐府吴声歌曲中的《子夜歌》。
⑤ 临春故宫：南朝陈后主所建临春阁，此处喻指明朝宫殿。

桂枝香 和王介甫

清·余怀

江山依旧，怪卷地西风，忽然吹透。只有上阳白发①，江南红豆②，繁华往事空流水，最飘零，酒狂诗瘦③。六朝花鸟，五湖烟月，几人消受？

问千古英雄谁又？况霸业销沉，故园倾覆，四十余年，收拾舞

衫歌袖。莫愁艇子桓伊笛，正落叶，乌啼时候。草堂人倦，画屏斜倚，盈盈清昼^④。

【题 解】

这首词是为和北宋王安石《桂枝香·金陵怀古》而作。王安石原词侧重怀古，此词则侧重伤今，意在抒发亡国哀思。尤其下阕以"霸业销沉"、"故园倾覆"、叶落乌啼暗寓明朝灭亡、回天无力，深沉含蓄，别有怀抱。全词情景交融、用典自然，体现出一种别具一格的凄艳词风。

【注 释】

① 上阳：唐代上阳宫，旧址在今河南洛阳西南。白发：指白头宫女。唐代白居易有《上阳白发人》一诗，叙写白头宫女之哀怨。此处以"上阳白发"喻指前朝遗民凄凉之状。

② 江南红豆：化用唐代王维《相思》一诗中"红豆生南国"之意，以红豆为思念故国的象征。

③ 诗瘦：化用李白戏赠杜甫的诗句："借问别来太瘦生，总为从前作诗苦。"事见孟棨《本事诗》。

④ 盈盈清昼：指消磨白天的漫长时光。盈盈：充盈。

题息夫人庙

清·邓汉仪

楚宫慵扫黛眉新，只自无言对暮春。
千古艰难惟一死，伤心岂独息夫人^①！

　　这首诗依照晚唐诗人杜牧《题桃花夫人庙》原韵而作，有意表达了与杜牧不同的见解，对息夫人的遭遇寄予了深切的同情。诗人反对以贞洁的"大义"去苛求女性，这在注重礼教的封建社会是难能可贵的。

【注 释】

　　① 息夫人：春秋时息君夫人息妫，又称桃花夫人。

吴宫词

清·毛先舒

苏台月冷夜乌栖，饮罢吴王醉似泥。
别有深恩酬不得，向君歌舞背君啼。

【题 解】

　　这首诗以西施故事为题材，跳出前人窠臼，从全新的角度深入展现西施的心理活动：一方面，她肩负着迷惑吴王、报效越国的重任；另一方面，她又为吴王对自己的恩宠感到强烈的不安。这种复杂、矛盾的心情，诗人用"向君歌舞背君啼"的动态演绎得淋漓尽致，从而塑造了一个性情丰富的西施形象。

登雨花台

清·魏禧

生平四十老柴荆①，此日麻鞋拜故京。

谁使山河全破碎？可堪翦伐到园陵②！

牛羊践履多新草，冠盖雍容半旧卿③。

歌泣不成天已暮，悲风日夜起江生。

【题 解】

　　这首诗作于清康熙二年（1663），此时距离明朝灭亡已经二十年。诗人登雨花台拜谒旧京，举目四望，但见明朝开国皇帝朱元璋陵墓之上牛羊践踏、新贵跋扈，不禁满腔悲愤。无言的风景承载了诗人挥之不去的故国之思，从"歌泣不成天已暮，悲风日夜起江生"的结句里，读者仿佛能体会出诗人对晚明君臣和清朝侵略者含蓄的谴责。

【注 释】

　　① 老柴荆：喻指在贫困的生活中衰老。

　　② 翦伐：砍伐。园陵：指明太祖朱元璋孝陵，在钟山上。

　　③ 旧卿：指由明入清的旧官僚。

满江红　秋日经信陵君祠

清·陈维崧

席帽聊萧①，偶经过信陵祠下。正满目荒台败叶，东京客舍②。

九月惊风将落帽^③，半廊细雨时飘瓦^④。柏初红^⑤、偏向坏墙边，离披打^⑥。

今古事，堪悲诧。身世恨，从牵惹。倘君而尚在，定怜余也。我讵不如毛薛辈^⑦，君宁甘与原尝亚^⑧？叹侯嬴、老泪苦无多，如铅泻。

【题解】

信陵君祠在今河南开封。这首词上阕写景，下阕抒情，借凭吊以礼贤下士名垂千古的信陵君，表达了词人怀才不遇的苦闷和悲愤。词中通过对信陵君的追念，传达了对现实社会的控诉，这种慷慨自负的抒怀，正是词人在明朝灭亡后家族败落、半生漂泊、寂寞潦倒的真实写照。

【注释】

① 席帽：古代一种帽子，以藤席为骨架，形似毡笠，四边垂下。此处用吴处厚《青箱杂记》典故：宋代李巽屡试不第，乡人嘲笑之："李秀才应举，空去空回，知席帽甚时得离身？"后李巽官至度支郎中，遗乡人诗云："如今席帽已离身。"聊萧：形容士子不第的落寞情态。

② 东京：指河南开封。

③ 落帽：语出《晋书·桓温传》附《孟嘉传》："有风到至，吹嘉帽堕落，嘉不知觉。温使左右勿言，欲观其举止。嘉良久如厕，温令取还之，命孙盛作文嘲嘉，著嘉坐处。嘉还见，即答之，其文甚美，四坐嗟叹。"

④ 飘瓦：语出《庄子·达生》："复仇者不折镆干，虽有忮心者不怨飘瓦，是以天下平均。"喻指外来的祸患或飘忽无定的事物。

⑤ 柏：乌桕树，种子呈红色。

⑥ 离披：分散状。

⑦ 毛薛：指隐居贤士毛公、薛公。事见《史记·魏公子列传》："公子闻赵有处士毛公藏于博徒，薛公藏于卖浆家。公子欲见两人，两人自匿，不肯见公子。公子闻所在，乃间步往，从此两人游，甚欢。"

⑧ 原尝：指战国时与信陵君齐名的平原君与孟尝君，皆以礼贤下士
著称。

卖花声　雨花台

清·朱彝尊

衰柳白门湾①，潮打城还。小长干接大长干②。歌板酒旗零落尽③，
剩有渔竿。

秋草六朝寒，花雨空坛。更无人处一凭阑。燕子斜阳来又去④，
如此江山。

【题 解】

朱彝尊早年曾经参加抗清复明活动，对明朝怀有深厚的感情，这首
词便是其凭吊明朝故都、抒发家国之思的代表作品。词中着力渲染明朝
灭亡后南京的凄凉败落：白门柳衰、江潮寂寞、歌舞消歇、花雨空坛……
这些景物描写中无不寄寓着词人"声可裂竹"（谭献《箧中词》）的悲
愤之情。

【注 释】

① 白门湾：指南京长江口。
② 小长干、大长干：皆南京地名。左思《吴都赋》刘逵注云："江东
谓山冈间为干，建邺（南京）之南有山，其间平地，吏民居之，故
号为干。中有大长干、小长干，皆相属，疑是居称干也。"
③ 歌板：唱歌时打节奏的拍板。

④ 燕子：此句化用刘禹锡《乌衣巷》"旧时王谢堂前燕，飞入寻常百姓家"诗意。

读陈胜传

清·屈大均

闾左称雄日^①，渔阳谪戍人^②。
王侯宁有种^③？竿木足亡秦^④。
大义呼豪杰，先声仗鬼神^⑤。
驱除功第一，汉将可谁伦？

【题 解】

陈胜传，即《史记·陈涉世家》。陈胜是秦末农民起义领袖，字涉，阳城（今河南登封东南）人，早年为人佣耕。秦二世元年（前209），陈胜、吴广等人被征戍渔阳（今北京密云西南），因雨失期当斩，遂在大泽乡（今安徽宿县西南）率戍卒起义，建立张楚政权。陈胜起义最终失败，但其首事之功无人可以代替，正是由于陈胜揭竿而起，才有刘邦、项羽等英雄群起响应，共同推翻暴秦。这首诗肯定了陈胜为灭秦发挥的前驱作用，表达了诗人对民众力量的高度重视。

【注 释】

① 闾左：闾巷之左，为贫民所居。
② 谪戍：派去防守边疆。
③ 语出《史记·陈涉世家》："（陈胜、吴广）召令徒属曰：公等遇雨，

皆已失期，失期当斩。借第令毋斩，而戍死者固十六七。且壮士不死即已，死即举大名耳，王侯将相宁有种乎！徒属皆曰：敬受命。"
④ 语出贾谊《过秦论》："斩木为兵，揭竿为旗，天下云集响应，赢粮而景从，山东豪杰，遂并起而亡秦族矣。"
⑤ 事见《史记·陈涉世家》："（陈胜、吴广）乃行卜。卜者知其指意，曰：足下事皆成，有功。然足下卜之鬼乎！陈胜、吴广喜，念鬼，曰：此教我先威众耳。乃丹书帛曰陈胜王，置人所罾鱼腹中。卒买鱼烹食，得鱼腹中书，固以怪之矣。又间令吴广之次所旁丛祠中，夜篝火，狐鸣呼曰：大楚兴，陈胜王。卒皆夜惊恐。旦日，卒中往往语，皆指目陈胜。"

秣 陵

清·屈大均

牛首开天阙①，龙冈抱帝宫②。
六朝春草里，万井落花中③。
访旧乌衣少④，听歌玉树空。
如何亡国恨，尽在大江东？

【题解】

这首诗是诗人在明朝灭亡后，北上路过南京时有感而作。作为忠于前朝的明代遗民，诗人目睹山河变色、明朝旧都废弃，不禁吊古伤今、感慨万千。在诗作结尾处，诗人发出"如何亡国恨，尽在大江东"的诘问，言外之意乃是批判晚明统治者不能吸取六朝兴亡的深刻教训，致使国破家亡、重蹈历史覆辙。全诗言简意深，蕴含丰富，寓情于景，真切动人。

【注 释】

　　① 牛首：指牛首山。
　　② 龙冈：指钟山。
　　③ 万井：形容市井居民户庭众多。
　　④ 乌衣：借指明末贵族。

鲁连台

清·屈大均

一笑无秦帝^①，飘然向海东。
谁能排大难，不屑计奇功。
古戍三秋雁^②，高台万木风。
从来天下士^③，只在布衣中^④。

【题 解】

　　鲁连台在山东聊城东，高七丈，是后人为纪念战国侠士鲁仲连所建。诗人以鲁仲连的事迹为咏史对象，表达了自己欲效法其人、为反清复明运动贡献力量的决心和勇气。在现实中，诗人积极参与郑成功、张煌言等人的抗清事业，周游各地，联络仁人志士。此诗结尾处"从来天下士，只在布衣中"的感慨正体现了诗人欲结交天下英雄与自己一道协力抗清的渴望。

【注 释】

　　① 无秦帝：使秦王不敢称帝。

② 戍：古代驻军戍守的堡垒。三秋：秋季，也指秋季的第三个月，即阴历九月。

③ 天下士：以天下为己任的志士，语出《史记·鲁仲连邹阳列传》："平原君乃置酒，酒酣，起前，以千金为鲁连寿。鲁连笑曰：所贵于天下之士者，为人排患释难解纷乱而无取也。即有取者，是商贾之事也，而连不忍为也。"

④ 布衣：平民。

【名句】

从来天下士，只在布衣中。

读秦纪

清·陈恭尹

谤声易弭怨难除①，秦法虽严亦甚疏。
夜半桥边呼孺子②，人间犹有未烧书。

【题解】

这首诗是诗人读《史记·秦始皇本纪》后有感而发的作品。诗中借古讽今，用秦始皇焚书之事，批判了清朝统治者大兴文字狱、钳制士人思想的社会现实，并以"夜半桥边呼孺子，人间犹有未烧书"的结句表达了诗人盼望推翻暴政、捍卫文化的志向和勇气。

① 谤声：指人们抨击秦始皇暴政的言论。弭：制止。
② 此句运用黄石公授张良兵书的典故。事见《史记·留侯世家》。

虎丘题壁

清·陈恭尹

虎迹苍茫霸业沉①，古时山色尚阴阴。
半楼月影千家笛，万里天涯一夜砧②。
南国干戈征士泪③，西风刀剪美人心④。
市中亦有吹箫客⑤，乞食吴门秋又深。

【题 解】

虎丘，又名海涌山，在今江苏苏州西北。这首诗作于清顺治十年（1653），当时南明桂王及郑成功正在进行抗清活动，诗人对此积极关注，诗中所言"南国干戈"、"西风刀剪"正是对此事的影射。诗人以隐匿市井的伍子胥自比，寄托了反清复明的志向，含蓄婉转而别有深意。全诗对仗工整、遣词精炼、境界辽阔、抒情感人。

【注 释】

① 虎迹：指白虎之迹。据《吴越春秋》："阖闾冢在阊门外，葬三日而有白虎踞其上，故曰虎丘。"
② 砧：古代捣衣所用砧杵。

③ 南国干戈：指南方战事未停。

④ 指妇女为征夫赶制寒衣。

⑤ 吹箫客：指伍子胥，传说伍子胥由楚奔吴，曾吹箫乞食于吴市，后
为吴臣，破楚，报父兄之仇。

【名句】

南国干戈征士泪，西风刀剪美人心。

崖门谒三忠祠

清·陈恭尹

山木萧萧风又吹，**两崖波浪至今悲**。
一声望帝啼荒殿①，十载愁人来古祠。
海水有门分上下②，江山无地限华夷③。
停舟我亦艰难日，畏向苍苔读旧碑。

【题 解】

这首诗作于清顺治十一年（1654），其时距明亡已经十年，诗人
来到广东新会南海中的崖门山，拜谒为纪念南宋抗元英雄文天祥、陆秀
夫和张世杰所建的三忠祠，不由悼古伤今，悲慨不已。明亡于清，正如
同当年宋亡于元，历史无情，可怜宋末和明末的爱国志士徒抱一腔热情，
却回天乏术、力不从心。诗人在结句中表达了自己在先烈碑前无地自容
的惭愧心情，然而即便如文天祥、陆秀夫一样慷慨殉国，难道就能改变
历史演进的趋势吗？

【注 释】

① 望帝：古蜀帝，相传其死后化为杜鹃，啼声感人。

② 指海港入口处尚有上、下海门之分。

③ 指全部国土皆被清朝占领，泯灭了华（汉族）、夷（少数民族）的界限。

邺 中

清·陈恭尹

山河百战鼎终分，叹息漳南日暮云①。
乱世奸雄空复尔②，一家词赋最怜君③。
铜台未散吹笙伎，石马先传出水文④。
七十二坟秋草遍⑤，更无人吊汉将军⑥。

【题 解】

邺中，即邺城，在今河北临漳，是汉末曹魏封地。这首诗为凭吊曹操墓的咏史之作，诗中选取曹操生前死后的几件大事，对曹操奸诈的个性和卓越的才华分别予以评论，褒贬并存，引人深思。

【注 释】

① 漳南：漳河之南，即邺中。

② 乱世奸雄：指曹操。据《三国志·魏书·武帝纪》注引孙盛《异同杂语》："（曹操）尝问许子将：我何如人？子将不答。固问之，

子将曰：子治世之能臣，乱世之奸雄。"

③ 一家词赋：指曹操与曹丕、曹植父子三人皆擅长辞赋。

④ 事见《魏氏春秋》：魏明帝青龙三年（235），"张掖郡删丹县金山元川溢涌"，浮现石龟石马等物，有字云"大纣曹金但取之"，时人谓之"司马氏革运之征"。

⑤ 七十二坟：据明初陶宗仪《南村辍耕录》："曹操疑冢七十二，在漳河上。"

⑥ 汉将军：指曹操。曹操曾作《让县自明本志令》，自称"欲望封侯作征西将军，然后题墓道言汉故征西将军曹侯之墓，此其志也"。

晚登夔府东城楼望八阵图

清·王士禛

永安宫殿莽榛芜，炎汉存亡六尺孤①。
城上风云犹护蜀②，江间波浪失吞吴③。
鱼龙夜偃三巴路④，蛇鸟秋悬八阵图⑤。
搔首桓公凭吊处⑥，猿声落日满夔巫⑦。

【题 解】

此诗为清康熙十一年（1672）秋，诗人典四川乡试后途经夔州府所作。夔州府治所在今四川奉节。诗人凭吊三国古迹八阵图，并由此生发历史兴亡之感，表达了对蜀汉君臣的敬仰和怀念。此诗笔力苍健，风格沉郁，是诗人入蜀后诗风转变的代表作品。

【注释】

① 炎汉：即汉朝，汉以火德自命，故称炎汉。六尺孤：即蜀汉后主刘禅。
② 此句化用唐李商隐《筹笔驿》"风云犹为护储胥"之语。
③ 此句化用杜甫《秋兴》"江间波浪兼天涌"及《八阵图》"遗恨失吞吴"之语。
④ 偃：伏。
⑤ 蛇鸟：八阵图阵名。
⑥ 桓公：即东晋桓温。《晋书·桓温传》曰："初亮造八阵图于鱼复平沙之上，垒石为八行，行相去二丈。温见之，谓此常山蛇势也。"
⑦ 夔巫：即巫山，巫山在夔州境内，故称夔巫。

蝶矶灵泽夫人祠 二首选一

清·王士禛

其 二

霸气江东久寂寥，永安宫殿莽萧萧。
都将家国无穷恨，分付浔阳上下潮^①。

【题解】

蝶矶，地名，在今安徽芜湖江岸。灵泽夫人，即刘备孙夫人，东吴孙权之妹。这首诗是诗人由广州北上途经芜湖所作，诗中对孙夫人作为政治联姻牺牲品的遭遇表示深切同情。孙权为夺取荆州，假意嫁孙夫人与刘备，后又因吴蜀交恶，将孙夫人接回江东，致使夫妻分离，老死不能相见。故诗人以"都将家国无穷恨，分付浔阳上下潮"形容孙夫人的

心理活动，即如沈德潜《清诗别裁》云："浔阳以上为刘，浔阳以下为孙。夫人之恨，真无穷矣。"

【注 释】

① 浔阳：古郡名，在今江西省九江市。

将游大梁

清·洪昇

匹马嘶荒野，群山拥乱云。
迢迢二千里，去哭信陵君。

【题 解】

这首诗前三句皆描写诗人奔赴大梁途中的情景，匹马荒野、群山乱云、迢迢千里，苍凉的景物中寄寓了诗人孤独、愁闷的心境。诗人为何心情如此？在诗的最后一句里读者可以找到答案。原来诗人是为礼贤下士的战国公子信陵君已不在世间而悲伤——反推其意，则令诗人苦闷的根源正是其怀才不遇的现实处境！

夹马营

清·查慎行

栎马惊嘶嘶不止①，红光夜半熊熊起。

男儿堕地称英雄，检校还朝作天子②。

陈桥草草被冕旒③，版籍不登十六州④。

却将玉斧画大渡⑤，肯遣金戈逾白沟⑥。

隔河便是辽家地，乡社枌榆委边鄙⑦。

当时已少廓清功⑧，莫怪孱孙主和议⑨。

君不见蛇分鹿死辟西京⑩，丰沛归来燕代平⑪。

至今芒砀连云气，不似萧萧夹马营。

【题解】

　　夹马营，地名，在今河南洛阳东北，为宋太祖赵匡胤出生之地。这首咏史诗独具只眼，尖锐地指出赵匡胤毫无收复燕云十六州的雄心壮志，而宁愿将自己的故乡也送与敌国，如此畏葸苟安，难怪后来的宋朝君主、赵匡胤的子孙们不思进取，但求与辽、金议和。诗人将赵匡胤与汉高祖刘邦进行对比，认为同样是开国君主，刘邦的勇气和魄力远胜于赵匡胤，一褒一贬，爱憎分明。

【注释】

　　①传说赵匡胤出生之时，红光满室，栎马惊嘶。

　　②检校：事见《宋史·太祖本纪》："世宗在道，阅四方文书，得韦囊，中有木三尺余，题云：点检作天子，异之。时张德为点检，世宗不豫，还京师，拜太祖检校太傅、殿前都点检，以代永德。恭帝即位，改归德军节度、检校太尉。"

③ 事见《宋史·太祖本纪》："七年春，北汉结契丹入寇，命出师御
之。次陈桥驿，军中知星者苗训引门吏楚昭辅视日下复有一日，黑
光摩荡者久之。夜五鼓，军士集驿门，宣言策点检为天子，或止之，
众不听。迟明，逼寝所，太宗入白，太祖起。诸校露刃列于庭，曰：
诸军无主，愿策太尉为天子。未及对，有以黄衣加太祖身，众皆罗拜，
呼万岁，即掖太祖乘马。"冕旒：古代帝王的礼冠。

④ 版籍：即户口簿。十六州：指燕云十六州，包括幽、蓟、瀛、莫、涿、
檀、顺、云、儒、妫、武、新、蔚、应、寰、朔，即今北京、天津
全境，以及山西、河北北部。后晋高祖石敬瑭将十六州割让给契丹，
宋朝建立后，十六州仍为契丹所占据。

⑤ 事见《滇考》："太祖鉴唐之祸基于南诏，以玉斧画大渡河：此外非
吾所有也。由是云南不隶中国。"大渡：指大渡河，是岷江最大支流。

⑥ 金戈：指军队。白沟：即今河北新城的白沟河。五代晋开运二年（945），
契丹南侵，败于阳城，逾白沟而去。后宋、辽以此为界，故亦称界河。

⑦ 乡社：古代乡里社会组织，又称村社。枌榆：汉高祖刘邦的故乡。边鄙：
赵匡胤为涿郡人，故云。

⑧ 廓清：肃清。

⑨ 孱孙主和议：指宋代许多懦弱的君主主张与辽、金议和。

⑩ 蛇分：指刘邦斩蛇之事。鹿死：指楚汉逐鹿，刘邦获胜。西京：即
西汉都城长安。

⑪ 燕代平：指汉高祖时樊哙平燕王卢绾之乱，周勃平代相陈豨之叛。

秣陵怀古

清·纳兰性德

山色江声共寂寥，十三陵树晚萧萧①。
中原事业如江左，芳草何须怨六朝。

秣陵，即金陵。这首咏史诗和前代许多以金陵怀古为题材的诗作不同，它没有表达对繁华消逝的哀伤，也没有表达对历史兴亡的感慨，而是从正面肯定王朝更迭、清朝政权取代明朝的积极意义。这和诗人身为清朝统治阶级一员的身份是相吻合的。

【注 释】

① 十三陵：明朝从成祖到思宗十三个皇帝的陵墓，在今北京昌平。

于忠肃墓

清·孟亮揆

曾从青史吊孤忠，今见荒丘岳墓东。
冤血九原应化碧①，阴磷千载自沉红②。
有君已定还銮策③，不杀难邀复辟功④。
意欲岂殊三字狱⑤，英雄遗恨总相同。

【题 解】

于忠肃，即于谦，字廷益，钱塘人，明代中期杰出的政治家和民族英雄。明英宗被瓦剌军队俘虏之际，于谦临危受命，辅佐景泰帝保卫北京。后英宗复位，却以谋逆之罪将其杀害。明神宗万历年间，朝廷为于谦平反，追谥忠肃。其墓在杭州西湖岳飞墓东边。这首诗构思精巧，在哀悼于谦的同时，又以岳飞作为陪衬，将于谦精忠报国却惨遭杀害的悲剧与

岳飞类比，从而深刻揭示了统治者为争权夺利而残害忠良的卑鄙行径。

【注释】

① 化碧：语出《庄子·外物篇》："人主莫不欲其臣之忠，而忠未必信，故伍员流于江，苌弘死于蜀，藏其血三年而化为碧玉。" 苌弘，周大夫，忠而被谤，流放于蜀，忧恨而死，蜀人感之，藏其血三年而化为碧。

② 阴磷：磷是一种化学元素，古人迷信，以为鬼火。这里指于谦不灭的英灵。

③ 还銮：指英宗回朝。

④ 复辟：指失位的君主复位。

⑤ 三字狱：指秦桧以"莫须有"三字将岳飞定为死罪。

绍 兴

清·郑燮

丞相纷纷多①，绍兴天子只酣歌②。
金人欲送徽钦返，其奈中原不要何！

【题解】

绍兴是南宋高宗的年号，这首诗以南宋初年的史实为吟咏对象，深刻地揭露了宋高宗害怕徽、钦二帝回朝与他争夺皇位，纵容秦桧通过纷纷诏敕打击、陷害主战派，破坏抗金大业的阴暗心理，一针见血地指出高宗与秦桧狼狈为奸的实质面目，议论警策，发人深省。

① 丞相：指秦桧。
② 绍兴天子：指宋高宗赵构。

三垂冈

清·严遂成

英雄立马起沙陀^①，奈此朱梁跋扈何^②。
只手难扶唐社稷，连城犹拥晋山河。
风云帐下奇儿在^③，鼓角灯前老泪多。
萧瑟三垂冈下路，至今人唱《百年歌》。

【题 解】

三垂冈，在今陕西省屯留县东南，唐末晋王李克用曾在此摆酒设宴，后来他的儿子李存勖又在这里伏击后梁军队，解潞州之围。这首诗高度概括了李克用生平的主要事迹，既写了他崛起沙陀的成功，又写了他与朱梁交战的失利，并且生动地再现了李克用希望奇儿继承其事业的良苦用心，结尾以《百年歌》收束，余味无穷。

【注 释】

① 沙陀：古代西突厥的一个部落，后附属于回鹘。唐宪宗时，酋长朱邪执宜降唐，子赤心因功赐姓李，名国昌。其子镇压黄巢起义有功，封晋王。

② 朱梁：指后梁太祖朱全忠。

③ 事见《新五代史·唐纪》："存勖，克用长子也。初，克用破孟方立于邢州，还军上党，置酒三垂冈，伶人奏《百年歌》，至于衰老之际，声甚悲，坐上皆凄怆。时存勖在侧，方五岁，克用慨然捋须，指而笑曰：吾行老矣，此奇儿也，后二十年，其能代我战于此乎！"

乌江项王庙

清·严遂成

云旗庙貌拜行人，功罪千秋问鬼神。
剑舞鸿门能赦汉，船沉巨鹿竟亡秦①。
范增一去无谋主，韩信原来是逐臣②。
江上楚歌最哀怨，招魂不独为灵均。

【题 解】

这首诗列举了项羽生平几件大事，对其历史功过做出了公允的评价。诗人认为，项羽之功，在于其光明磊落的人品和破釜沉舟的斗志；而项羽之过，则在于其刚愎自用，不能任人唯贤。在诗作结尾处，诗人将项羽与屈原并提，对项羽的悲剧表达了深切的哀悼之情。

【注 释】

① 船沉巨鹿：事见《史记·项羽本纪》："项羽已杀卿子冠军，威震楚国，名闻诸侯。乃遣当阳春、蒲将军将卒二万渡河，救钜鹿。战少利，陈余复请兵。项羽乃悉引兵渡河，皆沉船，破釜甑，烧庐舍，

持三日粮，以示士卒必死，无一还心。"

② 事见《史记·淮阴侯列传》："及项梁渡淮，信杖剑从之，居麾下，未得知名。项梁败，又属项羽，羽以为郎中。数以策干项羽，羽不用。汉王之入蜀，信亡楚归汉，未得知名，为连敖。"

五人墓

清·桑调元

吴下无斯墓①，要离冢亦孤②。
义声嘘侠烈③，悲吊有屠沽④。
阃茸朝廷党⑤，峥嵘里巷夫⑥。
田横岛中士⑦，还敌五人死？

【题解】

五人墓，在江苏省苏州市山塘街，虎丘附近。明熹宗天启七年（1627），太监魏忠贤与苏州巡抚毛一鹭仗势逮捕苏州进士周顺昌，此举激起公愤，义士颜佩韦、杨念如、马杰、沈扬、周文元五人领导市民抗议魏忠贤，却被魏忠贤收捕杀害。次年，明思宗即位，诛杀魏忠贤一党，颜佩韦等五人沉冤昭雪，苏州百姓将五人遗体重新安葬，立碑纪念，题曰：五人之墓。这首诗热情地赞美了五人的侠烈事迹，指出民众力量之强大，表达了诗人坚持正义的决心和勇气。

【注释】

① 吴下：指苏州。

② 要离冢：要离，是春秋末年吴国刺客，曾被公子光派往卫国行刺公
　子庆忌，他刺死庆忌后自杀。其冢在五人墓附近。

③ 嘘：传扬。

④ 屠沽：屠夫和卖酒之人。

⑤ 阘茸：指人品卑劣。

⑥ 峥嵘：指人品高尚。里巷夫：平民。

⑦ 田横，是秦末齐国贵族，在楚汉战争时期自立为王。汉朝建立后，
　他率徒属五百余人逃亡海岛。汉高祖刘邦命其归汉，田横不愿称臣，
　于途中自杀，留在岛中的五百余人闻讯后也全部自杀。

马 嵬

清·袁枚

莫唱当年《长恨歌》，人间亦自有银河。
石壕村里夫妻别①，泪比长生殿上多。

【题 解】

　　这首诗将唐玄宗和杨贵妃的爱情故事与普通百姓的生死离别进行对
比，指出石壕村里被迫分离的老夫妻之间的感情远比唐玄宗和杨贵妃的
爱情真挚深厚得多。唐玄宗在马嵬坡赐死杨贵妃，说明他们的爱情经不
住考验，而石壕村里的老妇人自愿到军中做饭，以求和丈夫生死与共，
这样的爱情才真正值得赞许。

【注 释】

① 指唐代诗人杜甫在《石壕吏》一诗中描写的"安史之乱"中一对老

夫妻因地方官吏胡乱抓丁应付劳役而被活活拆散。石壕村,在今河
南陕县东南。

澶　渊

清·袁枚

路出澶河水最清,当年照影见东征^①。
满朝白面三迁议^②,一角黄旗万岁声^③。
金币无多民已困,燕云不取祸终生^④。
行人立马秋风里,懊恼孱王早罢兵^⑤。

【题 解】

　　澶渊,州名,治所在顿丘,今河南清丰西。宋真宗景德元年(1004),
辽宋双方在澶渊订立合约,由宋朝每年给辽国输送"岁币",史称"澶
渊之盟"。这首诗是诗人路过澶渊时有感而作,诗人积极肯定了坚持抗
辽的宋朝宰相寇准及爱国将士,批判了主张迁都南逃的王钦若等人,嘲
讽了软弱无能的宋真宗,褒贬分明,议论深刻。

【注 释】

　　① 东征:指宋真宗在寇准的极力坚持下出师东征。
　　② 白面:白面书生,指缺乏经验和目光短浅的文士。三迁议:指王钦
　　　　若奏请迁都金陵、陈尧叟奏请迁都成都等建议。
　　③ 黄旗:帝王所用旗帜。
　　④ 燕云:即燕云十六州。

⑤ 孱王：懦弱无能的君主，指宋真宗。

乌江项王庙

清·蒋士铨

喑呜独灭虎狼秦①，绝世英雄自有真②。
俎上肯贻天下笑③，座中唯觉沛公亲④。
等闲割地分强敌⑤，慷慨将头赠故人⑥。
如此杀身犹洒落⑦，怜他功狗与功臣⑧。

【题 解】

　　这首诗作于清乾隆十七年（1752），其时诗人进京赴礼部恩科会试，北上途中，过乌江凭吊项王庙，有感而作此诗。诗中列举项羽一生慷慨磊落的几件大事，充分表现了其人纯真率直的性格。诗作结尾更以项羽的"洒落杀身"与刘邦功臣惶惶不可终日的结局进行对比，将项羽的英雄气概表现得淋漓尽致。

【注 释】

① 喑呜：厉声怒喝。语出《史记·淮阴侯列传》："项王喑呜叱咤，千人皆废。"虎狼秦：语出《史记·苏秦列传》："夫秦，虎狼之国也。"
② 真：纯真。
③ 事见《史记·项羽本纪》："当此时，彭越数反梁地，绝楚粮食，项王患之。为高俎，置太公其上，告汉王曰：今不急下，吾烹太公。

汉王曰：吾与项羽俱北面受命怀王，曰：约为兄弟。吾翁即若翁，必欲烹而翁，则幸分我一杯羹。项王怒，欲杀之。项伯曰：天下事未可知，且为天下者不顾家，虽杀之无益，祗益祸耳。项王从之。"俎：切肉所用砧板。

④ 指鸿门宴上项羽不忍杀害刘邦，反而对他很亲热。

⑤ 指项羽与刘邦约定中分天下，割鸿沟以西为汉、鸿沟以东为楚。

⑥ 事见《史记·项羽本纪》："项王身亦被十余创。顾见汉骑司马吕马童，曰：若非吾故人乎？马童面之，指王翳曰：此项王也。项王乃曰：吾闻汉购我头千金，邑万户，吾为若德。乃自刎而死。"

⑦ 洒落：潇洒磊落。

⑧ 功狗与功臣：语出《史记·萧相国世家》："高帝曰：夫猎，追杀兽兔者狗也，而发踪指示兽处者人也。今诸君徒能得走兽耳，功狗也。至如萧何，发踪指示，功人也。"

梅花岭吊史阁部

清·蒋士铨

号令难安四镇强①，甘同马革自沉湘②。
生无君相兴南国③，死有衣冠葬北邙④。
碧血自封心更赤，梅花人拜土俱香。
九原若逢左忠毅⑤，相向留都哭战场⑥。

【题 解】

梅花岭，在江苏扬州广储门外，岭右有史可法衣冠冢。史阁部即史可法，字宪之，号道邻，河南祥符（今开封）人。明南京兵部尚书东阁

大学士，因抗清被俘，不屈而死。这首诗歌颂了史可法在明朝末年独撑危局、壮烈牺牲的英勇事迹，宣传了爱国志士杀身成仁、舍生取义的崇高气节。

【注释】

① 四镇：南明弘光时期，分江北为淮海、徐泗、凤寿、滁和，分别由黄得功、刘良佐、刘泽清、高杰等四人领兵驻守。

② 马革：语出《汉书·马援传》："男儿要当死于边野，以马革裹尸还葬耳，何能卧床上在儿女子手中邪？"沉湘：指屈原投江的故事。

③ 君相：指南明小朝廷的福王朱由崧与权臣马士英、阮大铖等。南国：指南明。

④ 北邙：北邙山，在河南洛阳东北，东汉时王侯公卿多葬于此，这里借指梅花岭。

⑤ 左忠毅：即史可法的座师左光斗，字遗直，号浮丘，安庆桐城（今属安徽）人。明天启四年（1624）与杨涟弹劾太监魏忠贤，反被诬陷，死于狱中。后平反，追赠太子太保，谥号忠毅。

⑥ 留都：指南京。

漂母祠

清·蒋士铨

妇人之仁偶然尔，不遇韩侯何足齿①？
鬼神默相饭王孙②，齐王不死楚王死③。
千金之报直一钱，老母庙食今犹传。
丈夫箪豆形诸色④，饿殍纷纷亦可怜⑤。

【题 解】

清乾隆二十九年（1764），诗人由于直言犯上，被迫离京，途经淮阴漂母祠时，有感于漂母施恩不望报的故事，遂作此诗。诗中借漂母的事迹，感慨当代世态炎凉、人情淡薄，英雄末路而无人救济，表达了对古人的追思和对现实的失望。全诗风格莽苍雄健、不主故常，语言精炼、议论警策。

【注 释】

① 韩侯：指淮阴侯韩信。
② 默相：暗中保佑。王孙：古时对青年的敬称。
③ 指韩信没有死于做齐王之时，而死于做楚王之后。
④ 箪豆：一箪饭食，一豆羹汤，指少量饮食。箪，盛饭的竹器。豆，盛食物的器皿。
⑤ 饿殍：饿死之人。

过文信国祠同鲂荪作 三首

清·赵翼

其 一

须眉正气凛千秋，丞相祠堂久尚留。
南渡河山难复楚 ①，北来俘虏岂朝周 ②。
出师未捷悲移鼎 ③，视死如归笑射钩 ④。
何事黄冠尊俎语 ⑤，平添野史污名流。

【题 解】

　　文信国，即文天祥，字宋瑞、履善，号文山，吉州庐陵（今江西吉安）人。宋末丞相兼枢密使，封信国公，著名抗元英雄。兵败被俘，拒绝出仕元朝，从容就义。鲂莘，人名，诗人友人。这首诗以客观公正的史家眼光高度评价了文天祥千秋凛然的民族气节，批判了一些人在野史中对文天祥的污蔑。

【注 释】

①　南渡河山：指宋高宗建立南宋。复楚：此处借用申包胥哭秦廷，秦哀公出师复楚的故事，比喻恢复宋朝江山。

②　北来俘虏：指文天祥。周：指代元朝。

③　移鼎：指改朝换代。

④　射钩：事见《史记·齐太公世家》："鲁闻无知死，亦发兵送公子纠，而使管仲别将兵遮莒道，射中小白带钩。小白详死，管仲使人驰报鲁。鲁送纠者行益迟，六日至齐，则小白已入，高傒立之，是为桓公。"后齐桓公不计前嫌，任用管仲为相。

⑤　黄冠：农夫所戴箬帽。尊俎语：指粗鄙的野史。如《宋史·文天祥传》：元世祖欲使文天祥出仕，文天祥答道："国亡吾分一死矣，傥缘宽假，得以黄冠归故乡，他日以方外备顾问，可也。"尊俎，指代宴席。

其　二

三百余年养士恩①，故应末造泽犹存②。
半生声伎勤王散③，一代科名死事尊④。
满地白翎人换世⑤，空山朱嘷客招魂⑥。
笑他北去留承旨⑦，也是南朝一状元⑧。

【题 解】

这首诗继续对文天祥的英雄事迹进行赞美。诗中将文天祥与留梦炎两位状元面临国家危亡时的不同行动进行对比，以留梦炎的贪恋富贵、投降元朝反衬文天祥的毁家纾难、为国捐躯，更加鲜明地展现了文天祥的民族气节。

【注 释】

① 语出《宋史·文天祥传》："天祥曰：国家养育臣庶三百余年，一旦有急，征天下兵，无一人一骑入关者，吾深恨于此，故不自量力，而以身殉之。"

② 末造：末代。泽：恩泽。

③ 事见《宋史·文天祥传》："德祐初，江上报急，诏天下勤王。天祥捧诏涕泣，使陈继周发郡中豪杰，并结溪峒蛮，使方兴召吉州兵，诸豪杰皆应，有众万人。事闻，以江西提刑安抚使召入卫。……天祥性豪华，平生自奉甚厚，声伎满前。至是，痛自贬损，尽以家赀为军费。"

④ 语出《宋史·文天祥传》："宋三百余年，取士之科，莫盛于进士，进士莫盛于伦魁。自天祥死，世之好为高论者，谓科目不足以得伟人，岂其然乎！"

⑤ 白翎：据陶宗仪《辍耕录》，元世祖曾命伶人作《白翎雀》曲。

⑥ 语出谢翱《登西台恸哭记》："魂朝往兮何极？莫归来兮关塞黑。化为朱鸟兮有咮焉食？"

⑦ 留承旨：即留梦炎，官拜南宋翰林学士承旨，宋朝灭亡后继续出仕元朝。

⑧ 指留梦炎和文天祥一样，同是淳祐一甲前三名进士及第。南朝：指南宋。

其 三

战罢空坑力不支^①，拼将赤族殉时危^②。
死坚狱吏囚三载^③，生享门人祭一卮^④。
血碧肯污新赠谥^⑤，汗青终照旧题诗^⑥。
如何一本梅花发^⑦，分半南枝半北枝。

【题解】

　　这首诗描写了文天祥作战失利、被元军俘虏、囚禁三载、以身殉国的全过程，生动翔实地再现了民族英雄慷慨赴死的决心和勇气。全诗语言精警，感情真挚，对仗工整，议论新颖，引人深思。

【注释】

① 宋端宗景炎二年（1277），文天祥率军到江西，收复会昌、兴国，并围攻赣州，抗元形势方才好转，不料元军趁文天祥不备，突袭兴国。文天祥迎战不利，败退空坑（属兴国县），士兵溃散，妻子被俘。

② 赤族：举族尽死。

③ 指文天祥在大都（今北京）被囚三载，坚贞不屈。

④ 文天祥被元军俘虏，押解北上，途经江西庐陵时，其弟子王炎午为文天祥立起牌位生祭，以激励其民族气节。

⑤ 据赵弼《文信国传》记载，文天祥殉国后，元世祖为显示自己的开明，赠其庐陵郡公称号，谥曰忠武，又命人为之举行祭奠之礼。不料阴风乍起，将写有元朝赐号的神主牌位卷入云中。元丞相孛罗急忙将神主牌位改写为"前宋少保右丞相信国公之灵位"，继续举行祭礼，天始晴朗。

⑥ 南宋祥兴二年（1279），文天祥曾作《过零丁洋》一诗："辛苦遭逢起一经，干戈寥落四周星。山河破碎风飘絮，身世浮沉雨打萍。

惶恐滩头说惶恐，零丁洋里叹零丁。人生自古谁无死？留取丹心照汗青。"后元军诱降文天祥时，他便出示此诗以明志。

⑦ 由于气候原因，大庾岭南坡的梅树先开花，北坡的梅树后开花。这里用来比喻文天祥和他的弟弟文璧面对元朝敌人两种截然不同的表现。文璧在宋理宗末年镇守惠州，城陷降元。

黄天荡怀古

清·赵翼

打岸狂涛卷白银，似闻桴鼓震江津①。
归师独遏当强寇②，兵气能扬到妇人③。
有火谁教戎箭射④，无风何意海舟沦⑤。
建炎第一功终属，太息西湖竟角巾⑥。

【题 解】

诗人赵翼是赵宋宗室后人，因此对宋朝历史格外关注，创作了许多以宋史为题材的咏史诗。这首诗亦是其中的一首。黄天荡在今南京东北，南宋建炎四年（1130）三月，韩世忠、梁红玉曾率领宋军在此大败金兀术。这首诗热情地赞颂了韩世忠夫妇英勇退敌的卓越功勋，对宋军最终功败垂成表示遗憾，同时为韩世忠晚年的凄凉境遇感到深深不平，从而讽刺了南宋统治者偏安畏葸、不辨忠奸的昏庸无能。

【注 释】

① 桴鼓：战鼓。桴，鼓槌。

② 南宋建炎四年（1130），金军追击南宋君臣入海，得胜回师。《孙
　子兵法》有云："归师勿遏。"但韩世忠偏偏虎口拔牙，以八千军
　士与金国十万大军相持四十八日，重创金军。

③ 妇人：指韩世忠夫人梁红玉，封安国夫人、杨国夫人。

④ 指有汉人被金军收买献计，教金军用火攻突围而走。

⑤ 谓宋军大船靠风帆行驶，无风不能开动，被金军火攻焚毁。

⑥ 角巾：有棱角的头巾，为古代隐士冠饰。此处喻指归隐。

题《元遗山集》

清·赵翼

身阅兴亡洗劫空，两朝文献一衰翁①。

无官未害餐周粟②，有史深愁失楚弓③。

行殿幽兰悲夜火④，故都乔木泣秋风⑤。

国家不幸诗家幸，赋到沧桑句便工。

【题 解】

元遗山，即元好问，金代诗人，字裕之，号遗山。这首诗是赵翼读
元好问诗集后有感而作，诗中认为，元好问在金亡后虽然曾为元朝服务，
稍嫌失节，但其创作的《元遗山集》却真实生动地反映了金国灭亡的悲
剧历史，表达了元好问思念故国的深沉情感，具有高度的思想性和艺术
性，值得称道。

【注释】

① 两朝文献：指金、元两朝的档案资料。

② 未害餐周粟：化用伯夷、叔齐不食周粟的典故，意谓不妨吃元朝的粮食。

③ 失楚弓：语出《孔子家语·好生》："楚王出游，亡弓，左右请求之。王曰：止，楚王失弓，楚人得之，又何求之！孔子闻之，惜乎其不大也，不曰人遗弓，人得之而已，何必楚也。"

④ 行殿：指金朝汴京行宫。幽兰：汴京行殿中有幽兰轩。

⑤ 故都：指金中都燕京，今北京。

乾 陵

清·赵翼

一番时局牝朝新 ①，安坐妆台换紫宸 ②。

臣仆不妨居妾位 ③，英雄何必在男身？

林峦赭岂娲皇石 ④，风雨阴疑妒妇津 ⑤。

同穴乾陵应话旧，曾经共辇洛阳春。

【题解】

这首诗作于清乾隆五十二年（1787），是《莪洲以陕中游草见示，和其六首》中的一首。乾陵是唐高宗李治与女主武则天的合葬陵墓，在今陕西省乾县城北梁山上。诗中充分肯定了武则天接替唐高宗处理政务的能力和功绩，反对历来以天象、灾异污蔑、攻击武则天的世俗见解，这在男尊女卑的古代社会里殊为难得，表现了诗人卓越不群的历史眼光。

【注 释】

① 牝朝：古代对女主当政的蔑称。

② 紫宸：紫宸殿，大明宫第三殿，为皇帝接见群臣与外国使节的正殿。

③ 这里指张昌宗、张易之兄弟成为武则天男宠。

④ 赭：红色。娲皇石：神话中女娲补天之石。

⑤ 据《旧唐书·则天皇后本纪》，武周长安四年（704），"自九月至于是，日夜阴晦，大雨雪，都中人有饥冻死者，令官司开仓赈给。"史家多以此灾异为女主乱国之象。又《旧唐书·则天皇后本纪》评价武则天曰："武后夺嫡之谋也，振喉绝襁褓之儿……其不道也甚矣，亦奸人妒妇之恒态也。" 妒妇津：传说晋刘伯玉妻段氏甚妒忌。伯玉尝诵《洛神赋》，曰：娶妇如吾无憾矣！其妻恨曰：君何得以水神美而轻我？我死，何愁不为水神？乃投水而死，后因称其投水处为妒妇津。相传妇人渡此津，必坏衣毁妆，否则即风波大作。

读　史

清·赵翼

一编青史几千秋，都入灯前大白浮①。
远去卧龙空伐敌②，时来屠狗亦封侯③。
六州铸错终存铁④，万里乘风或覆舟。
历历古今成局在，兴衰不尽系人谋。

【题 解】

　　这首诗是诗人在阅读史书的过程中提炼出来的史学理论，诗中列举了几件史实，说明客观事物是复杂变化的，往往不以人们的主观意愿为

转移，这表现了诗人评价历史成败兴衰的公正态度。

【注 释】

① 大白浮：满饮大杯酒，语出刘向《说苑·善说》："魏文侯与大夫饮酒，使公乘不仁为觞政，曰：饮不酹者，浮以大白。"

② 卧龙：指诸葛亮。

③ 屠狗：指樊哙。

④ 六州铸错：据《资治通鉴·唐昭宣帝天佑三年》载：罗绍威为天雄节度使，辖魏博六州四十三县。罗绍威以魏博自田承嗣时所置牙军五千人，挟持军帅，骄横难制，乃阴借朱全忠军十万入魏博，尽杀牙兵。半年中罗绍威供应军需，耗费不赀，虽剪除骄兵，但亦自此衰弱。绍威悔之，谓人曰：合六州四十三县铁，不能为此错也！

【名 句】

历历古今成局在，兴衰不尽系人谋。

虞忠肃祠

清·黄景仁

毡帐如云甲光黑，饮马完颜至江北①。

六州连弃两淮墟②，半壁江东死灰色。

雍公仓卒来犒师③，零星三五残兵随。

勤王一呼草间集，督军不来来亦迟④。

万八千人同一泣，卓然大阵如山立。

海陵走死贼臣诛⑤，顺昌以来无此捷⑥。
降旗斫倒十丈长⑦，六龙安稳回建康⑧。
此时长驱有八可⑨，以笏画地言琅琅。
不可与言言不必⑩，肯复中原岂今日？
五路烽烟百战平⑪，三巴门户崇朝失⑫。
即今青史尚余悲，即今战处留荒祠。
寒芦半没杨林口⑬，白浪犹冲采石矶。
江淮制置亦人杰⑭，下流观望何无策。
再造居然赖此人⑮，不是儒生敢轻敌。
肃爽须眉一代雄，谁令遗骨老蚕丛⑯？
招魂纵有归来日，应在吴山第一峰⑰。

【题 解】

这首诗作于清乾隆三十六年（1771），诗人在安徽学使朱筠署中任幕友期间。虞忠肃即虞允文，字彬甫，隆州仁寿（今属四川）人。宋高宗绍兴年间进士，孝宗时官拜左丞相，封雍国公，谥号忠肃。虞忠肃祠在安徽采石矶畔。此诗描述了虞允文在宋金采石矶之战中临危不惧、力挽狂澜的英勇表现，对南宋朝廷最终未能重用其人收复失地表达了深切的遗憾。全诗熔写景、叙事、抒情、议论于一炉，满怀激情地塑造了虞允文的儒将风采，语言精炼，神完气足。

【注 释】

① 完颜：指金废帝完颜亮。
② 六州：指和州、庐州、扬州、蒋州、通化军、信阳军等。两淮：宋神宗熙宁后将淮南路分为淮东、淮西两路，合称两淮。
③ 雍公：即虞允文。犒师：慰劳军队。
④ 督军：指李显忠。当时采石矶主将王权罢职离去，而接替他的督军

李显忠尚未到来，情势危急。

⑤ 海陵：指完颜亮。贼臣：指劝说完颜亮渡江南侵的汉人梁汉臣等。

⑥ 顺昌：顺昌之战，南宋初年抗金战役。宋军由著名将领刘锜指挥，以少胜多，大破金兀术。

⑦ 斫：砍。

⑧ 六龙：指代天子车驾。

⑨ 八可：采石之役后，虞允文于绍兴三十二年（1162）被委任为川陕宣谕使，并与宣抚使吴璘商议收复中原的大业，再次北伐中原，曾收复陕西六郡。可惜宋孝宗即位后，因误信奸臣史浩、汤思退的谗言，要求退兵，以致功败垂成。隆兴元年（1163）入对，史浩既素主弃地，及拜相，亟行之，允文入对言："今日有八可战。"上问及弃地，允文以笏画地，陈其利害。上曰："此史浩误朕。"

⑩ 句谓南宋皇帝不是明理之人，与之理论亦是徒劳。

⑪ 五路：宋神宗时分全国区划为二十三路，陕西为五路。

⑫ 崇朝：终朝，一个早晨，形容时间短促。

⑬ 杨林口：地名，在和县东。

⑭ 江淮制置：指江淮制置使刘锜。

⑮ 事见《续资治通鉴·宋纪》："（虞允文）至镇江，谒招讨使刘锜问疾，锜执允文手曰：疾何必问！朝廷养兵三十年，大功乃出书生手，我辈愧死矣！"

⑯ 蚕丛：蜀先王之名，此处指代蜀地。

⑰ 吴山：又名胥山，在浙江杭州西湖东南。金主完颜亮慕其山色之美，决意南侵，有"立马吴山第一峰"之语。

祖龙引

清·朱琏

徐市楼船竟不还，祖龙旋已葬骊山。

琼田倘致长生草^①，眼见诸侯尽入关。

【题解】

　　这首诗以嘲戏的笔调，对秦始皇求仙不成的荒诞故事予以辛辣讽刺。诗中写秦始皇与其生见诸侯破秦入关，还不如早些死去，落得安心。全诗四句环环相扣，令人忍俊不禁。

【注释】

　　① 据《十洲记》："东海有不死之草，生琼田中。"

霸王之墓诗后

清·孙原湘

　　愤王墓上草先秋^①，如此兴亡一哭休。
　　七十战才余寸土^②，八千人恨不同丘^③。
　　时来雉亦烹功狗^④，事去人争笑沐猴^⑤。
　　憔悴孙郎重下拜^⑥，江东归去有扁舟。

【题解】

　　这首诗主要站在道德立场上，不以成败论英雄，诗中讽刺了刘邦、吕后为人之险恶，对项羽的悲剧故事赋予深切同情。诗作结尾云"江东归去有扁舟"，更是对项羽不肯过江东的生死抉择表达了遗憾、崇敬与感伤交融的复杂情绪。

【注 释】

① 愤王：即项羽。据《南史·萧琛传》记载，吴兴有项羽庙，土人名为愤王，甚有灵验。

② 七十战：语出《史记·项羽本纪》："项王自度不得脱，谓其骑曰：吾起兵至今八岁矣，身七十余战，所当者破，所击者服，未尝败北，遂霸有天下。然今卒困于此，此天之亡我，非战之罪也。"

③ 八千人：语出《史记·项羽本纪》："项王笑曰：天之亡我，我何渡为！且籍与江东子弟八千人渡江而西，今无一人还，纵江东父兄怜而王我，我何面目见之？纵彼不言，籍独不愧于心乎？"

④ 雉：指高后吕雉。烹功狗：吕后诛杀韩信，即所谓"走狗烹"。

⑤ 沐猴：语出《史记·项羽本纪》："人言楚人沐猴而冠，果然。"

⑥ 孙郎：诗人自称。

苏台怀古

清·席佩兰

浣纱溪水碧于湖，一勺晴波便沼吴①。
五夜深宫炊粟梦②，十年敌国卧薪图。
捧心智自工狐媚③，抉目危空将虎须④。
至竟越王台下路，春风麋鹿似姑苏。

【题 解】

这首诗以春秋末期吴越争霸故事为题材，以精炼的语言赋予这一历史故事高度的艺术概括，对仗工稳，内涵丰富。诗作结尾处更宕开一笔，由吴国之亡联系到越国之亡，余韵悠长，引人遐思。

【注释】

① 沼吴：语出《左传·哀公元年》："越十年生聚，而十年教训，二十年之外，吴其为沼乎！"杜预注云："谓吴宫室废坏，当为沼池。"

② 五夜：五更。炊粟梦：即黄粱梦。

③ 捧心：相传西施有心痛之疾，以手捧心时越发美貌动人。

④ 抉目危空：指伍子胥倒悬抉目，以警告吴王。捋虎须：喻指触犯有权势者。

钱塘怀古

清·毛秀惠

京洛烟尘弃不收①，西湖台阁作金瓯②。
流连秋色还春色，歌咏杭州胜汴州。
自愿苟安增币帛③，谁抒孤愤报仇雠。
栖霞岭畔将军墓④，只有南枝记旧丘⑤。

【题解】

这首诗以南宋朝廷苟安享乐、陷害忠良的历史事件为吟咏对象，叙议结合，通过一系列鲜明的对比，将讽刺的矛头直指南宋统治者，力透纸背，发人深省。此诗在艺术构思和意象创造上也有其独到之处，给人别开生面的审美感受。

【注 释】

① 京洛：汴京与洛阳，指代宋朝被金人侵占的地区。

② 金瓯：盛酒器，喻指国家疆土完整。

③ 币帛：指南宋屈辱求和，向金国纳贡的银两和绢帛。

④ 将军墓：即岳飞墓。

⑤ 旧丘：岳飞于宋高宗绍兴十一年（1141）被杀害于大理寺风波亭，当时葬尸于北山旁，至孝宗隆兴元年（1163），冤案昭雪，方被改葬在西湖边栖霞岭下。

鹦鹉洲

清·宋湘

两日停桡鹦鹉洲，接天波浪打江楼。

灵风尚带三挝鼓，芳草难消一赋愁①。

从古异才无达命，惜君多难不低头。

秋坟莫厌村醪薄②，何处曹黄土一丘③。

【题 解】

这首诗是诗人泊舟鹦鹉洲有感于祢衡身世而创作的咏史诗。诗中借景抒情，思接千载，对祢衡空负奇才却英年被害的悲惨命运表达了深深的惋惜。全诗结构严谨，层次分明，感情真挚，令人回味。

【注 释】

① 一赋：指祢衡《鹦鹉赋》。

② 秋坟：指祢衡墓。村醪：土制薄酒。

③ 曹黄：指曹操和黄祖。

读《桃花扇》传奇偶题

清·张问陶

竟指秦淮作战场，美人扇上写兴亡。
两朝应举侯公子，忍对桃花说李香！

【题 解】

　　清乾隆五十六年（1791），诗人在阅读了孔尚任的《桃花扇》传奇之后，写下八首七言绝句抒发感慨，这便是其中的一首。诗中肯定了《桃花扇》传奇的文学成就，并对侯方域和李香君两位传奇主人公予以评价。诗人认为，侯方域本是明朝的举人，进入清朝后再度应试，是丧失民族气节的表现，其人格远远无法与忠贞不渝的青楼女子李香君相比。讽刺之意，跃然纸上。

曹孟德

清·舒位

偶然一曲亦千秋，长短歌行出入愁①。
乱世奸雄谁月旦②，建安人物自风流。

褚渊竟作中书死③，王莽终贻外戚忧④。

若向诗城论割据，故应南面拥孙刘。

【题解】

这首诗高度评价了曹操的文学成就，指出曹操在政治和文学上皆远胜孙、刘之辈，曹魏强而吴蜀弱，三国格局的形成理所应当。全诗见解精辟，表现出诗人不同凡俗的远见卓识，令人耳目一新。

【注释】

① 长短歌行：指曹操曾作《短歌行》二首，文采斐然。

② 月旦：品评。汉末许劭好评论乡党人物，每月更其品题，时谓之"月旦评"。

③ 事见《南史·褚渊传》："彦回拜司徒，宾客满坐，照叹曰：彦回少立名行，何意披猖至此！门户不幸，乃复有今日之拜。使彦回作中书郎而死，不当是一名士邪？名德不昌，遂有期颐之寿。"意谓曹操若不至相位而死，亦当以名士视之。

④ 王莽为汉元帝皇后王政君兄子，篡汉建立新朝。此处借指曹操。

阮嗣宗

清·舒位

几时乞得步兵衔①，壮不如人老更馋②。

性好吟诗成一癖，口除饮酒可三缄③。

黄垆小醉眠谁侧④，青眼高歌对阿咸⑤。

八十余篇无剩语^⑥，生平怀抱发其凡。

【题 解】

　　这首诗提纲挈领地概括了阮籍生平的主要事迹，惟妙惟肖地刻画了一位风流倜傥的魏晋名士形象，对阮籍放达不羁的人格表达了充分赞许。全诗用典自然，对仗工稳，语言精炼，风格幽默。

【注 释】

　　① 事见《世说新语·任诞》："步兵缺校尉，厨中有贮酒数百斛，阮籍乃求为步兵校尉。"
　　② 壮不如人：语出《左传·僖公三十年》载烛之武言："臣之壮也，犹不如人。今老矣，无能为也已。"
　　③ 事见《世说新语·德行》："晋文王称阮嗣宗至慎，每与之言，言皆玄远，未尝臧否人物。"《孔子家语·观周》："孔子观周，遂入太祖后稷之庙。庙堂右阶之前，有金人焉，三缄其口，而铭其背曰：古之慎言人也，戒之哉！"
　　④ 事见《世说新语·任诞》："阮公邻家妇，有美色，当垆酤酒。阮与王安丰常从妇饮酒，阮醉，便眠其妇侧。夫始殊疑之，伺察，终无他意。"
　　⑤ 青眼：语出《晋书·阮籍传》："籍又能为青白眼。见礼俗之士，以白眼对之。常言：礼岂为我设耶？时有丧母，嵇喜来吊，阮作白眼，喜不怿而去；喜弟康闻之，乃备酒挟琴造焉，阮大悦，遂见青眼。"阿咸：即阮籍之侄阮咸。
　　⑥ 八十余篇：指阮籍所作《咏怀》八十二首。

梅花岭吊史阁部

清·舒位

一寸楼台谁保障？跋扈将军弄权相①。
已闻北海收孔融②，安取南楼开庾亮③。
天心所坏人不支，公于此时称督师。
豹皮自可留千载④，马革终难裹一尸。
平生酒量浮于海，自到军门惟饮水⑤。
一江铁锁不遮拦⑥，十里珠帘尽更改⑦。
譬如一局残局收，公之生死与劫谋⑧。
死即可见左光斗，生不顾作洪承畴⑨。
东风吹上梅花岭，还剩几分明月影⑩。
狎客秋声蟋蟀堂⑪，君王政事胭脂井⑫。
中郎去世老兵悲⑬，迁客还家史笔垂⑭。
吹箫来唱招魂曲，拂藓先看堕泪碑⑮。

【题 解】

这首诗描写了在南明弘光朝廷不可救药的时局之下，史可法知其不可为而为之、尽忠报国的英雄事迹，热情地歌颂了其人义无反顾、视死如归的崇高精神，表达了诗人对前辈英雄的敬仰之情。全诗语言精炼，对仗工整，议论警策，引人深思。

【注 释】

① 跋扈将军：指高杰、左良玉等。弄权相：指马士英。
② 孔融是东汉末年文学家，献帝时任北海相，世称孔北海，其人曾以言辞激烈触怒曹操，惨遭杀害。这里以孔融指代被马士英所害的德

州守将雷演祚等。

③ 事见《晋书·庾亮传》："亮在武昌，诸佐吏殷浩之徒，乘秋夜往
共登南楼，俄而不觉亮至，诸人将起避之。亮徐曰：诸君少住，老
子于此处兴复不浅。便据胡床与浩等谈咏竟坐。"庾亮是东晋著名
将领，这里借庾亮说明南明缺乏贤明之臣。

④ 语出《新五代史·死节传》："豹死留皮，人死留名。"

⑤ 意谓史可法虽有酒量，但到军中后便不饮酒，只饮水，以免酒后误事。

⑥ 一江铁锁：指西晋王濬舟师攻破东吴长江铁锁之事。

⑦ 十里珠帘：语出杜牧《赠别》："春风十里扬州路，卷上珠帘总不如。"

⑧ 劫：围棋术语，指黑白双方反复提吃，喻指情势危急。

⑨ 洪承畴：字彦演，号亨九，明神宗万历进士，崇祯十四年（1641）
任蓟辽总督时，与清军在松山会战，兵败被俘，投降清朝。

⑩ 化用唐代徐凝《忆扬州》诗中"天下三分明月夜，二分无赖是扬州"
之语，暗示扬州繁华已逝。

⑪ 事见《宋史·贾似道传》："时襄阳围已急，似道日坐葛岭，起楼
阁亭榭，取宫人娼尼有美色者为妾，日淫乐其中。惟故博徒日至纵博，
人无敢窥其第者。其妾有兄来，立府门，若将入者，似道见之，缚
投火中。尝与群妾踞地斗蟋蟀，所狎客人，戏之曰：此军国重事邪？"
这里以贾似道喻指马士英、阮大铖等人。狎客：依附权贵的帮闲之人。

⑫ 君王：这里借陈后主喻指南明福王朱由崧。

⑬ 事见《后汉书·孔融传》："（孔融）与蔡邕素善，邕卒后，有虎
贲貌类于邕，融每酒酣，引与同坐，曰：虽无老成人，尚有典型。"
中郎：即蔡邕，其曾任中郎将，故称。这里以孔融怀念蔡邕，比喻
后人怀念史可法。

⑭ 事见王士禛《池北偶谈》："康熙二十年，吴江吴汉槎自宁古塔归京师。
驻防将军安某者，老将也，语之曰：子归，可语史馆诸君，昔王师
下江南，破扬州时，吾在行间，亲见城破时，一官人戴巾衣氅，骑
一驴诣军营，自云：我史阁部也。亲王引与坐，劝之降，以洪承畴
为比。史但摇首云：我此来只办一死，但虑死不明白耳。王百方劝
谕，终不从，乃就死。此吾所目击者，史书不可屈却此人云。"迁客：

指流徙或被贬谪到外地的官员。

⑮ 堕泪碑：即襄阳岘山羊公碑。

夜读《番禺集》，书其尾

清·龚自珍

灵均出高阳①，万古两苗裔②。
郁郁文词宗，芳馨闻上帝。

【题 解】

《番禺集》是明末清初著名学者、诗人屈大均的诗集。屈大均字翁山、介子，号莱圃，广东番禺人。因曾参加反清活动，故其著作多被清朝统治者禁毁。屈大均诗有李白、屈原的遗风，内容丰富、感人至深，故龚自珍在这首诗中对其文学成就予以高度评价。

【注 释】

① 句谓屈原是上古帝王高阳氏的后代。语出《离骚》："帝高阳之苗裔兮。"
② 两苗裔：意谓屈大均与屈原同是高阳苗裔。

读公孙弘传

清·龚自珍

三策天人礼数殊^①，公孙相业果何如？
可怜秋雨文园客^②，身是赀郎有谏书^③。

【题解】

《史记》、《汉书》中皆有公孙弘传。公孙弘，字季，一字次卿，西汉淄川国（郡治在寿光南纪台乡）薛人。他出身于乡鄙之间，居然为相，封平津侯，深得汉武帝信任。这首诗将公孙弘与司马相如的事迹进行对比，指出公孙弘之所以封侯拜相，不过是因为其进谏投合武帝胃口，而司马相如之所以遭到冷落，也是因其讽谏忠言逆耳，不对武帝心思。龚自珍创作此诗，带有强烈的借古讽今的意味，清朝统治者正如当年的汉武帝一样，只爱听臣子歌功颂德，却听不进半点逆耳之言，这样的社会现实实在使诗人悲愤不已。

【注释】

① 三策天人：指公孙弘曾作数篇论述天人关系的对策上呈武帝。礼数殊：指武帝给予公孙弘特殊的礼遇。
② 文园客：指司马相如，其人曾任孝文园令，故称。
③ 赀郎：即司马相如，汉景帝时以赀为郎。

咏 史

清·龚自珍

金粉东南十五州^①，万重恩怨属名流。
牢盆狎客操全算^②，团扇才人踞上游^③。
避席畏闻文字狱，著书都为稻粱谋^④。
田横五百人安在，难道归来尽列侯？

【题解】

这首诗作于清道光五年（1825），名为咏史，意在讽今。诗人借用古代典故，揭露东南士林的黑暗腐败和庸俗猥琐，从一个侧面深刻揭示了清朝中后期腐朽萎靡的社会面貌。诗作结尾处以田横五百士壮烈牺牲的英勇事迹反衬清朝士人的苟且偷生，呼唤士风重振，表达了诗人对现实的深切忧虑。

【注释】

① 金粉：古代女子化妆所用水银铅粉，形容江南地区的繁华绮丽。十五州：泛指长江下游苏、浙、皖一带。

② 牢盆：古代煮盐工具，这里指代盐政。全算：全局计划。

③ 团扇才人：东晋王导之孙王珉，倚仗门第，二十余岁即为中书令。其人不务政事，常手持白团扇，清谈玄远。

④ 稻粱谋：喻指谋求衣食。

己亥杂诗 三百五十首选一

清·龚自珍

其一百三十

陶潜酷似卧龙豪①，万古浔阳松菊高②。
莫信诗人竟平淡，二分梁甫一分骚③。

【题解】

清道光十九年（1839），龚自珍辞官南归故乡，沿途以七言绝句的形式写下杂诗三百五十首，因为这一年是己亥年，故称"己亥杂诗"。这首诗是其中的第一百三十首。诗人以东晋诗人陶渊明为吟咏对象，标举其人热情豪放、胸怀天下的一面，反对前人单纯地将陶渊明归入隐逸诗人行列的观点，可谓知人论世，见解不凡。

【注释】

① 卧龙：指诸葛亮。
② 浔阳：郡名，晋时治所在柴桑，今江西省九江市西南。松菊：语出陶潜《归去来兮辞》："三径就荒，松菊犹存。"
③ 梁甫：指《梁甫吟》。骚：指《离骚》。

台城路　赋秣陵卧钟，在城北鸡笼山之麓，
其重万钧，不知何代物也

清·龚自珍

　　山陬法物千年在①，牧儿叩之声死。谁信当年，椎槌一发②，吼彻山河大地。幽光灵气。肯伺候梳妆，景阳宫里③？怕阅兴亡，何如移向草间置？

　　漫漫评尽今古。便汉家长乐④，难寄身世。也称人间，帝王宫殿，也称斜阳萧寺⑤。鲸鱼逝矣⑥。竟一卧东南，万牛难起。笑煞铜仙⑦，泪痕辞灞水⑧。

【题解】

　　这首词作于清道光二十年（1840）八月龚自珍游历南京时，是年鸦片战争爆发，次年诗人去世。词中所言卧钟，铸于明初，实重二十三吨，今在南京鼓楼东北大钟亭内悬挂。鸡笼山，即鸡鸣山。词人认为，卧钟正象征着清王朝不可挽回的衰败命运，一卧不起，再难悬挂。这一敏感的直觉体现了词人的远见卓识，笑中有泪，令读者感喟不已。

【注释】

①　山陬：山脚。
②　椎槌：钟鼓、铃铎。
③　景阳宫里：事见《南齐书·武穆裴皇后传》："武帝以宫深不闻端门鼓漏声，置钟于景阳楼上，以应五鼓。宫人闻钟声，早起妆饰。"
④　长乐：西汉长乐宫。
⑤　萧寺：指鸡鸣山上鸡鸣寺，梁武帝所建，梁朝皇帝姓萧，故称萧寺。
⑥　鲸鱼：撞钟之杵，形似鲸鱼，故称。

⑦铜仙：即西汉金铜仙人承露盘。

⑧灞水：在陕西，源出蓝田东，西北流经西安，北注渭水。

广陵吊史阁部

清·黄燮清

沿江烽火怒涛惊，半壁青天一柱撑。
群小已隳南渡局①，孤臣尚抗北来兵。
宫中玉树征歌舞，阵上靴刀决死生②。
留得岁寒真气在，梅花如雪照芜城③。

【题解】

广陵，即扬州。这首诗赞美了史可法临危受命、坚贞不屈的爱国情操，同时讽刺了朋比为奸、醉生梦死的弘光君臣，以史可法的崇高对比弘光君臣的卑鄙，抑扬分明，表达了诗人强烈的爱憎之情。

【注释】

①隳：倾覆。

②靴刀：用唐将李光弼的典故，指短刀插在靴中，表示与敌人决战的斗志。

③芜城：扬州别称。

西施咏

清·金和

溪水溪花一样春，东施偏让入宫人。
自家未必无颜色，错绝当年是效颦。

【题 解】

这首诗对"东施效颦"的历史典故做出全新解读，表达了诗人与众不同的杰出见识。诗人认为，东施未必真的貌丑，她的错误在于不善于发现自身的美并使之自然流露，却偏要生硬地模仿他人，结果弄巧成拙。这一解读中蕴含着深刻的哲理，耐人寻味。

读宋史

清·张之洞

南人不相宋家传①，自诩津桥警杜鹃②。
辛苦李虞文陆辈③，追随寒日到虞渊④。

【题 解】

这首诗借宋朝统治者不信任南方人的荒唐心理，讽刺清朝政府一味信用满蒙官员，却始终对汉族官员心存疑忌的当朝现实，委婉地表达了诗人对朝廷用人政策的不满。

【注释】

① 宋朝开国皇帝赵匡胤及其将领皆是北方人，因此对南方人不够信任，形成了不用南方人为宰相的传统。

② 宋神宗破例任用南方人王安石为宰相，邵尧夫等保守派便编造谣言，称于洛阳城外天津桥上听到杜鹃啼鸣，预言将有南人为相，扰乱天下。

③ 李虞文陆：指南宋忠臣李纲、虞允文、文天祥、陆秀夫，这四人皆为南方人。

④ 寒日：落日，喻指国势艰危的南宋。虞渊：神话中日落之处。《淮南子·天文训》："日至于虞渊，是谓黄昏。"

长沙吊贾谊宅

清·黄遵宪

寒林日薄井波平^①，人去犹闻太息声。
楚庙欲呼天再问^②，湘流空吊水无情。
儒生首出通时务^③，年少群惊压老成。
百世为君犹洒泪，奇才何况并时生。

【题解】

清光绪二十三年（1897）秋，黄遵宪以湖南长宝盐法道接署湖南按察使，协助巡抚陈宝箴推行新政，继而推荐梁启超到长沙担任时务学堂总教习。此诗即作于本年冬天。贾谊宅，即贾太傅祠，在湖南长沙西区福胜街三条巷。诗人在诗中表面上凭吊贾谊，实际上却借古喻今，以贾谊比附梁启超，并通过赞颂梁启超鼓吹新政。

【注释】

① 井：长沙贾谊宅前有井，传说为贾谊所凿。

② 事见《楚辞·天问》王逸《章句》："屈原放逐，忧心愁悴，彷徨山泽，经历陵陆，嗟号昊旻，仰天叹息。见楚有先王之庙及公卿祠堂，图画天地山川神灵，琦玮僪佹，及古贤圣怪物行事。周流罢倦，休息其下，仰见图画，因书其壁，呵而问之，以渫愤懑，舒泻愁思。"

③ 事见《史记·屈原贾生列传》："是时贾生年二十余，最为少。每诏令议下，诸老先生不能言，贾生尽为之对，人人各如其意所欲出。诸生于是乃以为能，不及也。孝文帝说之，超迁，一岁中至太中大夫。"首出：初出。

满江红　朱仙镇谒岳鄂王祠敬赋

清·王鹏运

风帽尘衫，重拜倒朱仙祠下。尚仿佛英灵接处，神游如乍①。往事低徊风雨疾，新愁黯淡江河下。更何堪雪涕读题诗②，残碑打③。

黄龙指④，金牌亚⑤。旌旆影，沧桑话。对苍烟落日，似闻叱咤。气慑蛟鼍澜欲挽⑥，悲生笳鼓民犹社。抚长松、郁律认南枝⑦，寒涛泻。

【题解】

这首词作于清光绪二十八年（1902）。朱仙镇在今河南开封南，建有岳飞祠。宋高宗绍兴十年（1140），岳飞率军大败金兵于郾城，进军朱仙镇，正欲一鼓作气，直抵黄龙府，却被朝廷强令班师，以致功亏一篑。这首词描绘了岳飞祠凄凉衰飒的气氛，怀念当年岳飞的卓著战功，

更感叹其壮志未酬的悲剧命运，表达了词人对英雄的哀悼之情。同时，这首词借古喻今，也寄托了词人对清朝国运日下的浓重愁思。

【注 释】

① 神游如乍：形容精神恍惚。

② 雪涕：拭泪。

③ 残碑打：指拓印残碑上的题诗。

④ 黄龙：黄龙府，金国早期都城，在今吉林农安。

⑤ 金牌：皇帝圣旨的一种形式。亚：迫近。

⑥ 蛟鼍：蛟龙、鳄鱼之类。

⑦ 郁律：遒劲貌。

秋登越王台

清·康有为

秋风立马越王台，混混蛇龙最可哀。

十七史从何说起①，三千劫几历轮回②？

腐儒心事呼天问③，大地山河跨海来。

临眺飞云横八表④，岂无倚剑叹雄才。

【题 解】

这首诗作于清光绪五年（1879），当时康有为二十一岁。越王台在广州市北越秀山上，相传为西汉南越王赵佗遗迹。诗中描写登临越王台所见风云变幻，并由此联想到历经浩劫的国运时局，呼唤当今之世也

能出现雄才大略的英雄人物，手握长剑，力挽狂澜。诗作气势磅礴、风格雄健，体现了康有为独特的艺术个性。

【注 释】

① 十七史：化用文天祥"一部十七史，从何说起"之语，指从《史记》到《五代史》的十七部史书。

② 劫：佛教术语，指世界毁灭、重生的周期。轮回：佛教术语，指众生各依因果，生死相续，轮转不停。

③ 腐儒：诗人自谦之语。

④ 睨：斜视。八表：八方以外极远之处。

读《陆放翁集》

清·梁启超

诗界千年靡靡风①，兵魂销尽国魂空。
集中什九从军乐②，亘古男儿一放翁。

【题 解】

这首诗作于清光绪二十五年（1899）梁启超旅居日本期间。陆放翁，即南宋著名爱国诗人陆游。诗中热情地歌颂了陆游诗歌里渴望建功立业、为国驱驰的慷慨之志和老而弥坚的高昂格调，高度评价了陆游千古难遇的奇男子气概，表达了诗人对陆游的异代同心之感。

读史 二十首选二

清·王国维

其 十

挥戈大启汉山河，武帝雄才世诪多。
轻骑今朝绝大漠，楼船明日下牂牁^①。

【题 解】

王国维《读史》组诗共二十首，这首诗是其中的第十首。诗中以汉武帝为吟咏对象，歌颂了武帝南征北战的雄才大略。前代以汉武帝为题材的诗歌作品多讽刺其荒淫误国，此诗却充分肯定了汉武帝的功绩，指出其功大于过，体现出王国维作为一代学者的卓越史识。

【注 释】

① 牂牁：郡名，西汉元鼎六年（前111）置，治所在今贵阳附近，管辖地区大致包括今贵州大部、广西西北部和云南东部。

【名 句】

轻骑今朝绝大漠，楼船明日下牂牁。

其十四

北临洛水拜陵园^①，奉表迁都大义存^②。
纵使暮年终作贼^③，江东那更有桓温。

【题 解】

　　这首诗是《读史》组诗中的第十四首，诗中以东晋桓温为吟咏对象。桓温是历史上极富于争议的人物，既才能出众，又充满野心。诗人在这首咏史诗中则重点强调桓温之功，对桓温北伐中原、奉表迁都的事迹予以充分肯定，指出桓温虽阴谋篡国，但仍不失为东晋南朝最具雄才大略的人物。

【注 释】

　　① 指桓温北伐中原，一度收复西晋故都洛阳。陵园：指西晋帝王的陵墓。
　　② 奉表迁都：指桓温屡次上表，请求皇帝还都洛阳，却遭到世家大族的反对。
　　③ 终作贼：指东晋太和六年（371），桓温废皇帝司马奕为东海王，另立简文帝司马昱，专擅朝政，阴谋篡国。

图书在版编目（CIP）数据

古代怀古诗词三百首/王紫微编著.—北京：中国国际广播出版社，
2014.9（2019.6重印）
（中华好诗词主题阅读丛书）
ISBN 978-7-5078-3728-5

Ⅰ.①古… Ⅱ.①王… Ⅲ.①古典诗歌－诗集－中国 Ⅳ.①I222

中国版本图书馆CIP数据核字（2014）第088123号

古代怀古诗词三百首

编　　著	王紫微	
责任编辑	杜春梅　张淑卫　张娟平	
版式设计	国广设计室	
责任校对	徐秀英	
出版发行	中国国际广播出版社（83139469　83139489[传真]）	
社　　址	北京市西城区天宁寺前街2号北院A座一层	
	邮编：100055	
网　　址	www.chirp.com.cn	
经　　销	新华书店	
印　　刷	香河利华文化发展有限公司	
开　　本	640×940　1/16	
字　　数	200千字	
印　　张	20.75	
版　　次	2014 年 9 月　北京第一版	
印　　次	2019 年 6 月　第二次印刷	
定　　价	45.00元